옛시에 매혹되다

옛시에 매혹되다

김풍기 글

푸른메

들어가는 말

옛시를 읽는 시간은 고요하다. 소리 하나 들리지 않는 산중이어도 좋지만 내가 살아가는 세속의 온갖 소음이 천지를 가득 메운 도시의 한가운데라 하더라도, 옛시를 읽는 시간은 적막강산이다. 맑디맑은 녹차 한 잔 우리고 향 한 대 피우면 옛시를 읽는 공간으로는 더없이 적당하다. 번우한 일 가득한 세사에 시달릴 때에도 한시를 펼치면 그 순간 나는 한시삼매에 빠져든다. 눈 깜빡 할 사이에 천고의 시간을 오간다. 역사를 호령하고 자신의 나아갈 바를 고민하던 옛 사람들과 담소를 나누는 순간이다. 적어도 내게는 그 시간이야말로 가장 소중하고 행복한 시간이다.

20대 후반 몇 년 동안을 나는 한시에 빠져 살았다. 당시 나는 가난한 대학원생이었다. 아침 일찍 일어나 만원버스를 두 번 갈아타고 학교에 도착하면 한 시간 반쯤 걸렸다. 사람들 틈에 끼여 함께 흔들리며 내가 했던 유일한 일은 한시를 외우는 것이었다. 작은 쪽지에 시를 베껴서 주머니에 넣어두고 그것을 열심히 외웠다. 집으로 돌아가는 한밤의 버스에서도 한 시간 반 동안을 그렇게 보냈다. 하루에 세 시간 동안 나는 한시를 외우며 시간을 보낸 셈이다. 어떤 날은 준비한 시를 모두 외웠고, 어떤 날은 한시의 문맥에 빠져서 하염없는 상념에 잠겨 있느라고 한 수도 못 외웠다. 차창으로 보이는 저 일상들과 버스에서 들려오는 라디오 뉴스의 현실이 한시의 한 구절 속으로 들어오기도 했다. 그런 날이면 작은 버스는 유마거사의 방처럼 무한공간으로 변하곤 했다.

방황 없는 청춘이 어디 있으랴만, 내 젊은 시절의 방랑길에 오랫동안 함께 했던 벗은 한시를 비롯한 수많은 옛시였다. 낯선 도시에서 나는 옛 지식인들과 이야기를 나누며 방랑길의 굽이들을 같이 넘었다. 힘든 줄 모르고 삶의 고비를 지났다면 상당 부분 옛시를 읽으며 지냈던 세월 탓이다. 그렇게 벗이 된 이래 내 삶은 옛시와 더불어 만들어왔다. 그들은 내게 무성한 녹음이 되어주었고, 마음 속을 고운 단풍으로 물들여 주었다.

때로는 위로와 격려로, 때로는 시대를 바라보는 창으로, 때로는 성찰과 수행의 지침으로 옛시는 언제나 내 옆자리에 서 있었다. 간섭하지는 않되 언제나 호의적인 눈길로 지켜보는 걸 느끼곤 한다. 그래서 나는 옛시에 매혹된다. 매혹적인 옛시 읽기를 통해서 나는 우리 시대를 읽고 느끼며 옛 지식인들의 내면 풍경도 아울러 느낄 수 있다. 왜 옛시를 읽는지 묻는다면, 나는 이 책을 슬쩍 내놓을 것이다. 그에게 매혹된 마음을 어찌 말로 표현할 수 있으랴.

한동안 국악방송에서 프로그램을 맡아 진행한 적이 있었는데, 그때의 원고를 다시 정리해서 문학 계간지 〈딩아돌하〉에 연재를 했다. 그 글들을 모았다. 물론 새로 쓴 원고도 있다. 이 글 안에는 용현과 보림 두 도반의 목소리도 있고, 돌아가신 할머니의 목소리도 스며 있으며, 스승과 여러 벗들의 그림자도 드리워져 있다. 세상에 혼자 쓴 원고가 어디 있으랴. 수많은 사람들과의 인연 덕에 이 책이 만들어졌다. 중중무진重重無盡한 인연들에게 감사의 인사를 올린다.

2011년 9월
춘천에서
김풍기 삼가 씀

🌸 차례

고전문학과 풍류

'흥興'이라고 표현될 수 있는 정신적 고양 상태는, 조선의 사대부들이라면 누구나 중시하는 하나의 미의식이자 미적 표현이었다. 그것은 또 다른 의미에서의 '멋'이요 '맵시'다. 표면적으로 자신의 모습을 치장함으로써 표현되는 멋이나 맵시가 아니라, 정신적 승화 과정을 거친 후 표현되는 어떤 삶의 경지를 '흥'이라고 할 수 있겠다.

일상을 넘어 자유로운
정신으로 나아가게 하는 힘

風
流

| 풍류를 어떻게 볼 것인가 |

'풍류'라는 말을 들으면 무엇이 떠오르는가. 사람에 따라 다르기는 하겠지만, 풍류라는 말은 언제나 예술적 흥취 혹은 질탕한 분위기를 연상시킨다. 단어로서의 풍류는 "속되지 않고 운치가 있는 일, 풍치를 찾아 즐기며 멋스럽게 노니는 일 등을 의미하거나, '음악'을 예스럽게 이르는 말"로 쓰인다. 이것이 국어사전에 올라 있는 풍류의 뜻이다. 우리는 일상생활 속에서 풍류라는 말을 자주 접한다. 그렇지만 그 의미가 무엇인지 정확하게 따져서 생각해보지는 않는다.

근래 들어 우리 민족의 고유한 미의식을 찾기 위한 노력이 나타나면서 풍류가 주목의 대상이 되었다. 아직은 연구의 초기 단계지만, 풍류의 의미에 대한 관심은 일찍부터 보인다. 언어와 문화, 민족이 다르면 그에 따라 미의식도 다르게 형성된다. 서로 다른 미의식을 연구하고 공통 분모를 찾아냄으로써 그 보편적 특징을 밝히는 것이 미학의 중요한 목적일 것이다. 그러나 미학의 보편성으로도 쉽게 해명하지 못하는 그 나름의 미학적 자질이 존재한다. 우리의 경우 풍류가 바로 그것이 아닌가 생각한다.

조지훈 선생은 일찍이 「멋의 연구」라는 글을 통해서 우리 민족의 고유한 미학적 개념으로 '멋'을 이야기한 바 있다. 그는 멋과 관련된 많은 단어를 섬세하게 구분하고 의미를 천착하면서 멋의 개념을 정립하고자 하였다. 멋에는 여러 범주의 미의식이 내포되어 있는데, 그 중에서도 '고움'의 정상미正常美 또는 규격성으로서의 아려미雅麗美를 뛰어넘은 변형미變形美 또는 초규격성의 풍류미風流美를 멋의 중요한 실질로 생각하였다. 나아가 동양에서 미의 2대 전형으로 풍아風雅와 풍류를 들면서, 풍아가 맛의 세계라면 풍류는 멋의 세계라고 하였다. 멋의 세계를 문학 작품으로 표현한 시인의 예로는 정지상, 이규보, 황진이, 정철 등을 들었다. 멋을 풍류와 동의어로 취급할 수 있느냐의 여부는 차치하고라도, 이미 선학들에 의해 풍류는 일찍이 관심의 대상이 된 적이 있을 만큼 중요한 개념이다.

그렇지만 '멋'이라든지 '풍류', '결', '고움' 등은 외국어로 번역이 까다롭거나 거의 불가능한 단어들이다. 다른 나라의 단어에 걸맞은 것을 찾기 어렵다는 것은 한국어를 사용하는 구성원들 고유의 개성적인 개념이라는 점을 의미한다. 그만큼 풍류는 다른 나라에서 쉽게 찾아보기 힘든 묘한 개념어라 할 수 있다. 어떤 연구자는 풍류를 서양의 미 체계에서 찾아볼 때 '심미성' 혹은 '예술성'에 상응하는 용어일 것이라고 조심스럽게 논의한 바 있지만,[1] 이 역시 선뜻 동의하기 힘든 부분이 있다.

중국이나 일본에서도 역시 풍류라는 단어를 사용하지 않는 것은 아니다. 다만 중국이나 일본과는 달리 우리나라에서 풍류의 개념은 훨씬 다층적 의미를 가지고 있다. 중국은 인간의 풍모와 주로 관련되는 개념으로, 일본은 사물의 외면으로 드러나는 미적 요소(특히 감각적 아름다움)를 강조하는 개념으로 풍류가 이용되어왔다면, 우리나라에서는 종교성, 사상, 형이상학적 측면 등이 강조되었던 것으로 연구되기도 하였다.[2] 어느 나라든 하나의 단어를 하나의 개념만으로 한정짓는 경우는 흔치 않다. 그렇지만, 우리나라에서 풍류는 형이상학적 개념뿐만 아니라 우아한 흥취를 자아내거나, 흥겨운 놀이판에서의 흥성스러움, 음악 등 여러 가지 층위에서 개념이 형성되었다. 각각의 층위를 살피면서, 그것을 어떻게 현대적으로 해석할 것인가를 모색해보기로 한다.

| 풍류도, 그 현묘한 우주적 세계 |

풍류가 하나의 개념화되어 기록에 나타난 것 중에서 가장 이른

---

1) 신은경, 『풍류-동아시아 미학의 근원』(보고사, 1999), 85쪽 참조.
2) 앞의 책, 64쪽 참조.

시기의 것은 최치원의 글인 것으로 생각된다. 신라 말기 문인 최치원은 「난랑비서鸞郎碑序」에서 이렇게 쓰고 있다. "나라에 현묘한 도가 있으니 '풍류'다. 그 가르침을 베푼 근원은 선사仙史에 상세히 기록되어 있는데, 이는 실제로 삼교三敎를 포함하며 뭇 생명들을 두루 교화하는 것이다."[3]

이 기록은 후대에 다양한 해석을 낳았다. 부연 설명 없이 짧은 내용으로 되어 있기 때문에 어떤 것이 정확한지 누구도 장담할 수 없었다. 다만 신라 고대로부터 전해오는 종교성 내지는 철학성 짙은 말이라는 점에는 동의하는 듯하다. 기본적으로는 신선의 전통에 기대고 있지만, 사실은 유교, 불교, 도교 등 삼교를 포함하면서 모든 생명들을 두루 교화하는 것이 '풍류도'라고 할 때, 최치원이 말하는 풍류는 민족 고유의 심오한 사상이었을 것이다.

풍류와 연관하여 널리 알려진 집단은 신라의 화랑일 것이다. '풍류도風流徒'는 화랑을 지칭하는 용어였다. 이럴 때 풍류는 어떤 의미를 지니는 것일까? 화랑에 대한 기록 역시 현재로서는 많지 않기 때문에, 그 용례를 찾아서 의미를 추적하는 것 역시 어려운 일이다. 그러나 화랑들이 무예와 학문을 연마하는 과정에서 천하의 이름난 산천을 두루 다니면서 노닐고 심신 수련을 했다는 점을 연상한다면, 풍류도에서의 풍류는 역시 자연과의 친화와 밀접한 관련이 있

---

3) 國有玄妙之道, 曰 '風流'. 設敎之源, 備詳仙史, 實乃包含三敎, 接化群生. (김부식, 『삼국사기』권 4, 진흥왕조)

으리라는 추정은 가능하다.

이들의 풍류는 후대에 사선四仙의 이미지와 결합하여 전승된다. 술랑述郎, 남랑南郎,[4] 영랑永郎, 안상安祥 등 네 명의 신선은 신라 시대 인물들이다. 이들은 금강산을 중심으로 강원도 영동 지역을 두루 유력하였으며, 아름다운 자연을 찾아 시를 읊고 차를 마시며 정신을 수양했다. 그들의 모습에서 우리는 화랑이 즐겼던 문화와 유사한 지점을 발견할 수 있다. 비록 국가 체제 내부의 인물들인가 아닌가 하는 점에서 결정적으로 차이를 가지기는 하지만, 자연 속에서 심신을 수양을 하고 시를 짓는다든지 예술적 감흥을 중시하는 풍모를 보인다는 것은 분명 이들 사이의 일정한 유사성이 엿보인다. 후대 사람들은 자연을 벗 삼아 살아가는 이들의 모습에서 풍류를 느꼈고, 그것을 모방함으로써 자신들 역시 풍류 있는 삶을 살아갈 수 있으리라고 생각했다.

정확히 신라 시대의 풍류 개념에 적합한 것은 아니지만, 이와 연관된 일화로 고려 후기의 홍장紅粧 이야기를 들 수 있다.

고려 말의 문신인 박신(朴信, 1396~1478)은 어렸을 때부터 명성이 있었다. 그가 강원도로 발령을 받아 벼슬살이를 할 때, 강릉 기생 홍장을 사랑하여 그 정이 자못 진중했다. 세월이 흘러 그의 임기가 끝나 개경으로 돌아가야 할 때가 되었다. 당시 강릉부윤江陵府尹은 시

---

4) 남석행南石行이라고도 한다.

를 잘 짓기로 이름이 높았던 조운흘趙云仡이었다. 장난기가 발동한 그는 박신에게 갑자기 홍장이 죽었노라고 거짓말을 했다. 그녀의 죽음을 들은 박신은 너무 슬퍼하여 몸을 이기지 못할 정도였다.

예나 지금이나 강릉 경포대는 관동 일대에서 가장 아름다운 곳이었다. 마침 강원도안렴사江原道按廉使가 이곳으로 와서, 모두 경포호수에서 뱃놀이를 하게 되었다. 조운흘은 몰래 홍장을 불러서 아름답게 화장을 시키고, 화려한 그림으로 장식된 어여쁜 배를 준비시켰다. 또한 눈썹과 머리카락이 모두 하얀, 늙은 아전 한 사람을 뽑아서 의관을 잘 갖추어 입혔다. 그의 모습은 마치 처용처럼 당당하였다. 홍장을 배에 실은 뒤 그 배에 시를 적은 채액彩額을 걸어 두었다. 그 시는 다음과 같았다.

신라 태평시절에 늙은 신선 안상	新羅聖代老安詳
천 년 전 풍류는 아직도 못 잊겠네.	千載風流尙未忘
듣자 하니 높은 분이 경포에서 노니신다지만	聞說使華遊鏡浦
아리따운 배에 차마 홍장을 싣지 못했네.	蘭舟不忍載紅粧

―서거정徐居正, 『동인시화東人詩話』 권하卷下, 제64칙

홍장을 태운 배가 천천히 움직여서 포구로 들어가 호수 주변 모래톱 부근을 오락가락하였다. 배에서 연주하는 음악은 마치 천상에서 들리는 듯하였다. 이때 조운흘이 안렴사에게 말했다.

"이곳은 옛날 신선이 남긴 유적이 있습니다. 산꼭대기에는 차를

달이던 아궁이[茶竈]가 있고, 여기서 수십 리 떨어진 한송정에는 사선비四仙碑가 있습니다. 지금도 신선 무리들이 그 주변을 왕래한다고 합니다. 꽃이 핀 아침과 달이 뜬 저녁이면 사람들이 간혹 그 광경을 목도하기도 하지만, 멀리서 바라볼 뿐 가까이 다가가지는 못한다고 합니다."

이에 박신이 말했다.

"산천이 아름답고 풍광이 정말 뛰어나군요."

그는 자기도 모르게 눈물이 고이는 것이었다. 잠시 후 순풍을 받아 배가 떠가는데 언뜻 앞을 보니 웬 노인이 노를 젓는데 그 형상이 참으로 기이하였다. 그 배 안에는 붉은 옷을 입은 여인이 노래를 부르며 춤을 추고 있었는데 너무도 어여뻤다. 박신이 깜짝 놀라 말했다.

"저이는 필시 신선이군요."

그런데 가만히 살펴보니 그 여인은 바로 홍장이었다. 그제야 박신은 조운흘에게 속은 것을 알았고, 그 자리에 있던 사람들은 박장대소를 했다고 한다. 서거정이 지은 『동인시화』에 수록되어 있는 일화다.

홍장 이야기는 이후 여러 문헌에 수록되어 아름답고 풍류로운 일화로 전승된다. 이 이야기가 언제 만들어졌는지 확인할 길은 없지만, 지금도 경포호 주변에는 홍장암이라는 바위가 있어서 강릉 지역에서는 널리 구비 전승된 이야기라는 점을 증명한다.

여기서 조운흘은 강릉 지역이 신선 무리, 특히 사선의 유적이 매우 많다는 점을 강조한다. 그리고 그들의 사적은 풍류로 남아서 지금까지 전해진다고 하였다. 그럴 때 풍류는 어떤 의미를 가지는 것일까? 단순히 자연 풍광을 즐기면서 차를 마시고 예술적 흥취를 즐긴 것에만 국한되는 것 같지는 않다. 이들은 신라의 사선을 언급하면서 적어도 신라의 문화적 토대 속에 스며 있는 현묘하고 형이상학적 차원의 풍류를 전제로 하고 있다. 물론 일화의 표면에 나타난 것은 음악과 춤과 시로 가득한 잔치 자리다. 그렇지만 사선을 언급하고 그들의 유적을 예거하는 속에는 고대 신라의 문화적 풍토가 전제되어 있다고 여겨진다.

풍류는 고대부터 우리 민족의 현묘한 사상적 차원을 의미하는 개념으로 사용되었다. 그렇지만 이 층위의 개념은 조선 말기 우리 민족사에 대한 관심이 높아지기까지 거의 나타나지 않았다.

풍류가 만드는 인간의 무늬들

형이상학적 층위의 풍류 이외에 가장 널리 사용되는 용례는 아마 '풍류남아', '풍류재사' 등에서처럼 인물형을 나타낼 때일 것이다. 인물을 표현할 때 풍류롭다고 하는 것은 어떤 유형을 지칭하는 것일까? 간단히 답하기 어려운 이 질문은 실제 인물의 행적을 예로 들어 보이는 것이 좋을 듯하다.

조선 중기 문인 송강松江 정철鄭澈은 술과 시를 좋아하는 사람이었다. 그의 술은 지나친 점이 있었기 때문에 스스로 술을 끊겠다는 글을 지은 적도 있었다. 상대 당파에서는 그의 술이 언제나 공격의 대상이었지만, 같은 당파 문인들은 풍류롭다고 칭송했다. 시조와 한시, 가사, 악부 등 많은 분야에서 주옥같은 작품을 남긴 정철은, 우리 고전문학사에서는 길이 빛나는 작가로 손꼽힌다. 백성들을 계몽하기 위한 이념적 차원의 작품이 있는가 하면 생활의 굴레에서 벗어나 파탈을 즐기는 삶의 한 부분을 묘사한 작품도 있다. 특히 후자의 경우는 풍류 넘치는 작품으로 여겨지면서 사람들의 사랑을 받았다.

쓸쓸히 나뭇잎 지는 소리	蕭蕭落木聲
빗발 듣는 소리인 줄 알았네.	錯認爲疏雨
중 불러 문 밖에 나가 보랬더니	呼僧出門看
시내 남쪽 나무 위로 달이 걸렸다더군.	月掛溪南樹

—정철, 「산사의 밤山寺夜吟」, 『송강속집松江續集』 권1

산속의 절에서 하루를 묵으며 지은 작품이다. 이 시는 후대에도 사람들에게 애송되었다. 특별한 설명이 필요 없을 정도로 쉽고도 선명한 이미지가 돋보인다. 전반부의 청각적 이미지와 후반부의 시각적 이미지가 병치되면서, 바람 서늘한 가을밤의 풍경을 포착하였다. 마치 송나라 구양수의 「추성부秋聲賦」를 절묘하게 요약이라도 해놓은 듯한 구성이 놀랍다. 나뭇잎 떨어지는 쓸쓸한 가을밤과 명랑한 가을달의 모습은, 산속 절의 고요한 느낌을 잘 보여준다. 얼마나 조용했으면 나뭇잎 지는 소리가 빗소리처럼 들렸을까. 그 고요함은 하늘에 뜬 가을 달과 어울리면서 그 심도를 한층 더해준다.

그와 교유했던 당대 최고의 시인 중에 석주石洲 권필權鞸이라는 사람이 있다. 정철이 죽은 뒤 그의 묘를 지나다가 느끼는 바가 있어서 시를 지었다.

빈 산에 낙엽 지고 비는 쓸쓸히 내리는데	空山落木雨蕭蕭
상국의 풍류가 이곳에 잠들었구려.	相國風流此寂寥
슬퍼라, 한 잔 술 다시 올리기 어려우니	惆悵一杯難更進
옛날의 그 노래를 오늘 아침 불러봅니다.	昔年歌曲卽今朝

조선 후기 문인인 이덕무는 이 시를 소개하면서, 권필이 말하는 "옛날의 그 노래"는 정철의 「장진주사將進酒辭」를 말하는데, 중국의 시인詩人들은 이 시를 성조에 잘 맞는다고 칭찬했다는 말을 덧붙이고 있다. 더이상의 해설은 덧붙이지 않고 있지만, 첫 구절의 표현은 권필이 정철의 「산사의 밤」이라는 작품을 알고 그것을 인용하여 표현한 것임에 분명하다.

권필은 그 작품에서 정철의 풍류로운 모습을 추모하고 있다. 그의 풍류는 분명 시와 술, 노래로 세상의 굴레를 벗어나 자유롭게 노닐던 모습을 말하는 것이리라. 이럴 때 풍류의 개념은 단순히 예술의 어떤 분과를 지적한 것이라기보다는, 그러한 것들이 어우러져서 만들어내는 정철의 삶을 전반적으로 지칭한다. 술과 시와 노래를 즐기던 삶의 여러 국면들이 정철이라는 한 인물의 인간형을 형성하였고, 그러한 인간형을 하나의 개념어로 표현하자면 풍류라고 할 수 있을 것이다.

앞서 예로 들었던 「산사의 밤」에 한정해서 말하자면, 정철의 풍류는 고요한 가운데 자신의 삶을 돌아보게 하는 힘이 숨어 있다. 쓸쓸한 가을밤을 배경으로 표현된 탓에 흥취를 고조시키기보다는 내면을 응시하게 한다. 물론 이러한 시풍詩風이 풍류 그 자체로 인식되지는 않았을 것이다. 권필은 이 작품과 함께 「장진주사將進酒辭」를 언급하고 있다. 널리 알려진 것처럼 「장진주사」는 일종의 권주가다. 죽으면 아무리 아름답게 치장해준다 해도 술을 마시지 못할 터이니, 살아 있을 때 즐겁게 마시자는 내용이다. 이 작품도 화려하게 치장된 무덤을 쓸쓸하게 묘사한다. 술을 마시자고 하는 내용치고는 매우 구슬프다. 권필이 정철의 무덤 앞에서 술을 올리고 있기 때문에 의도적으로 이 작품을 언급한 것으로 보인다. 정철의 풍류를 잘 보여주는 것으로는 다음과 같은 시조 작품을 예로 들 수 있다.

재 너머 성권농成勸農 집에 술 익단 말 어제 듣고
누운 소 발로 박차 언치 놓아 지즐타고
아해야 네 권농 계시냐 정좌수鄭座首 왔다 하여라.

생활공간으로서의 관직 생활에서 벗어나 성권농(정철의 벗 '성혼'을 지칭하는 것으로 본다)의 집을 찾아가는 과정은 흥겹기 그지없다. 고개 너머 저쪽의 세계와 관청이 있는 이쪽의 세계는 대비되는 공간이다. 이쪽에는 공적 업무와 세속의 욕망이 가득하지만, 저쪽에는 술과 벗과 풍류로운 삶이 가득하다. 소를 일으켜서 언치를 얹어 타고 가는 모습에서도 소박함과 흥이 넘친다. 이러한 모습이야말로 정철의 풍류를 잘 보여준다.

정철처럼 술과 시와 노래를 중심으로 질박하고 흥과 운치가 넘치는 풍류적 삶을 만들어내는 경우도 많았지만, 모든 풍류가 그러했던 것은 아니다. 예술적 삶을 기반으로 하면서도 그것이 훨씬 유흥 공간에 근접하는 경우 '풍류 넘치는 삶'으로 표현되는 일이 많았다.

유흥적 공간에서의 풍류

유흥 공간에서의 풍류는 19세기 이전 자료에서 가장 쉽게 접할수 있는 모습이다. 질탕하게 술자리를 벌이면서 음악과 시를 짓는모습은 이미 삼국시대부터 보인다. 현실의 모든 근심과 괴로움을잊고 한바탕 일탈을 즐기는 것은 풍류로운 일로 받아들여졌다. 풍류의 개념이 후대에 형성되면서 과거의 화려했던 나날들을 규정하는 경우도 있었지만, 어쨌든 폭풍처럼 스치는 질탕한 잔치 자리는언제나 사람들의 감정적 긴장감을 불러일으켰다. 그것이 세속의 추악한 욕망이라 할지라도 그 당시만은 모든 것을 잊을 수 있었다. 그즐거움이 주는 매력은 다시 질펀한 술자리를 만들게 하고, 삶은 그것 때문에 유지되거나 혹은 생활 공간에서 밀려난다.

그렇다고 해서 어떤 제약도 없이 술에 빠져서 흥청망청하는 것을 풍류라고 지칭하지는 않는다. 거기에도 그 나름의 기준이 분명히 있다. 사람에 따라 그 기준의 높낮이는 다를지언정, 기준이 없는 것은 아니다.

고려 후기 문인 이규보李奎報 역시 풍류명사의 명단에 자주 속하는 인물이다. 그 자신이 '삼혹호선생三酷好先生'이라는 호를 지었다. 술과 시와 거문고를 너무도 좋아해서 그렇게 자처한 것이다. 그 사실 하나만으로도 충분히 풍류명사의 대열에 이름을 올릴 수 있을 것이다. 그의 작품 중에 역사를 소재로 쓴 영사시詠史詩가 다수 있다. 그 중에 당나라 현종의 일을 소재로 쓴 시에 '풍류진風流陣'이라는 단어가 나온다.

> 궁궐 깊은 곳에서 싸움판 벌이니 　　　　禁掖庭深鬪鬪場
> 노을 빛 비단 이불에 짙은 향기 풍긴다. 　錦衾霞被散濃香
> 당명황은 부질없이 풍류진만 가졌나니 　明皇謾有風流陣
> 상양궁 쳐들어 온 오랑캐 녀석 못 막았네. 未禦胡雛犯上陽
>
> ─이규보, 「풍류진」, 「동국이상국집東國李相國集」 권4

이 작품에 대해 이규보가 붙인 해설이 있다. 그는 「천보유사天寶遺事」를 인용하여 다음과 같은 글을 썼다. "명황明皇이 양귀비와 함께 술자리를 벌여서 한창 흥이 도도해졌을 때가 되면 풍류진을 벌인다. 양귀비에게는 궁비宮妃 백여 명을 거느리게 하고, 당현종 자신도 역시 중소귀인中小貴人 백여 명을 거느린다. 이렇게 두 편으로 나누어 궁궐 넓은 뜰 한가운데 배치하고 그 이름을 풍류진이라고 하였다. 아름다운 옷과 붉은 비단옷을 이용하여 깃발을 만든 뒤, 쌍방이 서로 겨루게 한다. 패한 자에게는 큰 잔에 술을 따라 벌주를 내리는 것으로 한바탕 웃음거리로 삼았다. 사람들은 이 일을 상서롭지 못한 조짐이라고 생각했는데, 그 뒤에 과연 안녹산의 난이 일어났다."

이규보가 주목한 이 사건은 중국의 역사서에 기록되어 있으므로, 우리나라의 사정과는 좀 다를지 모르겠다. 그러나 중요한 것은 임금이 궁궐에서 궁녀들과 어울려 술을 마시고 놀이에 빠져 지내는 것을 비판적 시각으로 보았다는 점이다. 여기서 나오는 풍류진은 궁녀들을 두 편으로 나누어 어떤 조건을 걸고 내기를 한 뒤 벌주를 마시게 하는 일을 지칭한다. 그 일의 성격이야 다를지는 모르겠지만, 현실 속에서 자신이 해야 할 일을 떠나서 쾌락을 추구하는 일을 풍류라고 본 것이다. 여기서의 풍류진은 지나친 방일放逸 때문에 지양해야 마땅한 풍류였다.

그렇다면 유흥 공간 속에서 즐기는 풍류로서 우리의 뇌리에 각인되어 있는 모습은 어떤 것일까. 조선 말기 가객이자 뛰어난 시인이었던 안민영의 사설시조를 보면 그 실마리가 풀릴 듯하다.

팔십일세八十一歲 운애선생雲崖先生 뉘라 늙다 일렀던고
동안童顏이 미개未改하고 백발이 환흑還黑이라 두주斗酒를 능음能飮하고 장가長歌를 웅창雄唱하니 신선의 바탕이요 호걸의 기상이라 단애丹崖에 서린 님을 해마다 사랑하여 장안 명금名琴 명가名家들과 명회

현령名姬賢伶이며 유일풍소인遺逸風騷人을 다 모아 거느리고 우계면羽界面 한바탕을 엇걸어 불러낼 제 가성歌聲은 요량嘹喨하여 들보 티끌 날려내고 금운琴韻은 냉랭하여 학의 춤을 일으킨다 진일盡日 질탕迭宕하고 명정酩酊히 취한 후에 창벽蒼壁에 붉은 잎과 옥계玉階의 누런 꽃을 다 각기 꺾어 들고 수무족도手舞足蹈하올 적에 서릉西陵에 해가 지고 동령東嶺에 달이 나니 실솔蟋蟀은 재당在堂하고 만호萬戶에 등명燈明이라 다시금 잔을 씻고 일배일배 하온 후에 선소리 제일명창 나는 북 드러놓고 모송牟宋을 비양比樣하여 한바탕 적벽가赤壁歌를 멋지게 듣고 나니 삼십삼천三十三天 파루罷漏 소리 새벽을 보報하거늘 휴의상扶携衣相扶하고 다 각기 헤어지니 성대聖代에 호화낙사豪華樂事 이밖에 또 있는가

다만적 동천東天을 바라보아 님을 생각하는 회포야 어느 끝이 있으리

—안민영의 사설시조

여기서 노래하는 대상은 안민영의 스승인 박효관朴孝寬이다. 운애선생은 박효관의 호다. 81세나 된 스승을 노래하면서 가장 중점을 둔 것은 바로 그의 풍류다. 여기서 묘사하고 있는 모습이야말로 안민영이 가장 이상적으로 생각하는 삶이다. 여든 한 살이나 된 노인이지만 얼굴은 동안이요 백발은 다시 검어졌다. 게다가 말술을 마시며 장가를 웅장하게 부를 만큼 건강하다. 한양의 이름난 음악인들과 문학인들을 모두 모아놓고 노래를 부르면 노랫소리는 들보를 감돌면서 여운을 남긴다. 종일 술에 취하여 국화를 꺾어 들고 흥

청홍청 춤을 추면서 하루를 보낸다. 저녁이 되어도 그러한 삶은 변함이 없다. 동쪽 고개에 달이 뜨고 귀뚜라미가 방에서 울면 온 집안에 등불을 밝히고 다시 술을 기울인다. 당대 최고의 판소리 명창 모흥갑과 송흥록을 흉내내어 한바탕 적벽가를 듣다가, 파루 소리에 새벽이 오면 그제야 헤어진다. 이렇게 살아간다면 더 바랄 것이 무엇이겠는가.

풍류라는 말 속에 음악을 지칭하는 의미가 들어 있는 것도 안민영의 시조에서 충분히 드러난다. 대풍류(관악합주), 줄풍류(현악합주), 풍류가야금, 풍류다스름 등의 용례에서 볼 수 있는 것처럼, 풍류를 음악의 의미로 사용하는 것은 그것을 즐기는 것이야말로 풍류로운 삶이라는 전제가 암묵적으로 깔려 있다.

그러나 작품 속에서 묘사되고 있는 박효관의 풍류는 향락적 일탈과는 거리가 있다. 그의 모습이 신선과 호걸에 비유되는 것에서 짐작할 수 있듯이, 그가 즐기는 음악과 술에는 멋있게 나이를 먹은 예술인의 모습이 스며 있다. 명사들을 모아놓고 세원하게 노래를 부르거나, 국화꽃 가지를 꺾어 들고 흥에 겨워 손과 발을 움직여 춤을 추거나, 판소리를 밤새도록 듣는 모습에서 우리는 예술애호가로서의 아름다운 모습을 발견한다. 더욱이 그와 같은 생활이 단순히 개인의 취향과 향락적 태도를 보이는 것이 아니라, 태평성대라는 사실을 증언하기 위함이라는 중장 마지막 부분의 언술은 풍류로움이 곧 정치적 성과와 연결된다는 점을 드러낸다. 시대가 어지럽다면 이렇게 예술적 흥취 속에서 한세월을 보내는 일은 불가능한 것,

박효관이 흥취 넘치는 생활을 할 수 있는 바탕에는 임금의 뛰어난 치적으로 인해 태평성대를 이룩했다는 점에 있다는 말이다.

예술적 흥취가 절도를 잃게 되면 방탕한 술판으로 변질된다. 술과 음악, 시 등을 즐기기 위해 풍류가 존재하는 것이 아니라 그러한 소재를 통해서 인간다운 삶을 누리기 위해 풍류가 존재한다. 이 점을 놓치는 순간 유흥 공간에서의 풍류는 순식간에 욕망의 배설 장소로 변하게 되어 있다.

| 우아한 정신 경계의 표현 |

유흥 공간에서의 풍류도 우리 삶에서 중요한 부분을 차지하지만, 그 흥성스러움이 정신적으로 한층 고양된 경지를 맛보는 경우가 있다. '흥興'이라고 표현될 수 있는 정신적 고양 상태는, 조선의 사대부들이라면 누구나 중시하는 하나의 미의식이자 미적 표현이었다. 그것은 또 다른 의미에서의 '멋'이요 '맵시'다. 표면적으로 자신의 모습을 치장함으로써 표현되는 멋이나 맵시가 아니라, 정신적 승화 과정을 거친 후 표현되는 어떤 삶의 경지를 흥이라고 할 수 있겠다. 그럴 때 흥은 풍류라는 이름으로 지칭될 수 있는 여지를 가진다.

도를 배우는 건 집착이 없는 것   學道卽無著

인연 따라 어디에서나 노닌다.   隨緣到處遊

잠시 청학동을 이별하고	暫辭靑鶴洞
백구주로 와서 희롱하노라.	來玩白鷗洲
이 몸은 구름 밖 천 리	身世雲千里
천지는 바다 한 귀퉁이.	乾坤海一頭
그대 초당에 하루 묵으니	草堂聊奇宿
매화 가지에 떠오른 달이 풍류로구려.	梅月是風流

—이이李珥, 「보응 스님과 산을 내려갔다가 풍암 이지원의 집 초당에서 묵다與山人普應下山 至豐

巖李廣文之元家 宿草堂 乙卯」, 『율곡집』 권1)

　　조선의 성리학자 율곡 이이의 시 작품이다. 제목에서 언급한 것
처럼, 그는 보응이라는 스님과 함께 산을 내려와 이지원의 집 초당
에서 묵게 되었다. 시의 앞부분은 보응을 중심에 놓고 쓴 내용이다.
아무런 집착 없이 인연 따라 노닌다면 어디를 가든 도道는 편재해
있다는 의미다. 이것은 보응이 '청학동'(여기서 청학동은 강원도 강릉시 연
곡면에 있는 소금강을 가리킨다)을 떠나 물가로 내려오게 된 사연에 일종의
전제 조건으로 제시한 것이다.

　　청학동이 탈속의 공간이라면 그들이 있는 백구주는 속세에 가까
운 공간이다. 백구주는 백로주白鷺洲와 같은 말로, 원래는 이 말 자
체가 이미 속세를 벗어나 있는 공간을 뜻하는 단어다. 그러나 여기
서는 이지원의 집이 있는 마을 부근에 백구주가 있다고 보아야 한
다. 청학동을 이별하고 백구주로 왔다는 표현이 그것을 알려준다.
산속에 있든 마을에 있든 도는 어디서나 배울 수 있고, 그와 같은

마음이 일상화되는 것이 바로 집착에서 벗어나는 길이다.

인간의 욕망을 씻고 순선한 경계를 회복하는 길은 불교나 유교가 함께 추구하는 목표다. 그 표현이나 실현에 있어서는 길을 달리하지만, 마음의 문제에 국한시켜 말한다면 인간의 혼탁한 욕망을 씻어내야 한다는 점에서는 입장을 함께 한다. 보응에게 하는 말이지만 동시에 율곡이 지향하는 마음 경계인 것은 그 때문이다. 이지원의 집 초당에 함께 묵으며, 그들은 집착을 벗어난 순선한 마음 경계를 느낀다. 비록 몸은 세상 한가운데 있지만, 마음은 세상을 벗어나 우주자연과 합일된 경험을 한다. 구름 밖 천 리를 떠도는 신세라든지, 천지는 바다 끝 한 귀퉁이에 있다는 표현은 이들이 처한 현실적 공간이면서 동시에 그들이 속세로부터 벗어난 심리적 거리를 상징한다. 몸은 세상 한가운데 있지만 마음은 세상에서 멀리 벗어나 우주 자연과 함께 한다. 이런 마음으로 바라보는 매월梅月, 즉 매화 가지에 걸린 달은 그 자체로 무한한 정신적 흥취를 자아낸다. 천지 자연의 움직임과 함께 내 정신도 움직인다. 그 속에서 희열과 감동을 느낀다. 그것이 바로 풍류라는 것이다.

율곡의 시는 풍류가 어떻게 정신적으로 승화되면서 도의 경지로 나아갈 수 있는가를 보여주는 예라고 하겠다. 그러나 그 정신적 경계는 누구나, 그리고 언제나 도달할 수 있는 것은 아니다. 그렇지만 사람들은 삶의 구비마다 언뜻 드높은 정신 경계를 엿보았다는 느낌을 가지곤 한다. 그 깨달음은 너무도 순간적이어서 번개처럼 뇌리를 스치지만 내 삶의 태도를 근본적으로 바꾸지는 못한다. 뛰어난 문인이라면 바로 그 순간을 작품으로 형상화한다. 신위의 작품 중에서 그런 지점을 발견한다.

> 손님 있으면 술잔 함께 하는 것 정말 좋은 생각이나　有客同觴固可意
> 아무도 없이 혼자 마시는 것 그리 잘못은 아니지.　無人獨酌未爲非
> 술병 말랐다고 국화의 비웃음 살까 봐　壺乾恐被黃花笑
> 책 잡히고 옷 잡혀서 술을 사왔네.　典却圖書又典衣
>
> ─신위申緯, 「국화菊花」

시의 내용은 어렵지 않다. 손님이 있으면 함께 술을 마시는 것도 좋다. 그러나 혼자 마시는 것도 그리 잘못된 것은 아니다. 술은 사람과 사람 사이의 소통을 원활하게도 해주지만, 자기 내부의 목소리에 귀를 기울이게 만들어주기도 한다. 혼자 마시는 술이 사실은 혼자 마시는 게 아니라는 역설 속에 신위의 깨달음이 스쳐 지나간다. 혼자 내부를 응시하면서 생활에 밀려난 저 도저한 정신 경계를 느끼는 순간 갑자기 술을 마시고 싶어진다.

국화가 필 무렵이니 아마도 중양절 부근이 아닐까 싶다. 술병이 말랐다는 국화의 비웃음을 핑계로 책과 옷을 저당 잡히고 술을 사왔다. 어쩌면 책이 구성하고 있는 예교禮敎의 세계, 옷이 만들어내고 있는 가식의 세계를 버리고, 술과 국화를 매개로 내면의 목소리를 만나고 천지자연의 운행에 슬며시 동참하고 있는 것은 아니겠는가.

이들에게 있어서 풍류는 유흥의 공간도 아니고 형이상학적 이념의 공간도 아니다. 그들은 생활인으로서의 욕망을 정화하고 승화하여 순선하고 맑은 정신 경계에 도달하려는(혹은 도달한) 학인學人이다. 맑은 눈으로 세계와 마주할 때 비로소 천지자연의 움직임을 온몸으로 느낄 수 있다. 그 움직임이 내 정신을 일깨우고, 그 순간 형언할 수 없는 희열을 느낀다. 그것이 내 몸을 통해 표출될 때 우리는 풍류라고 개념화하는 것이다. 자료가 거의 없는 상태라 억측할 수는 없지만, 앞에서 언급한 최치원의 풍류 역시 이러한 층위와 비슷한 것은 아닐까 상상해본다.

다시 풍류를 생각한다

풍류란 무엇이며, 그것은 지금 우리에게 무슨 의미가 있을까. 풍류를 통해서 우리의 삶은 어떻게 달라질 수 있을까. 풍류를 형이상학적 우주의 세계나 유흥 공간, 인물의 행적 등에서 다양하게 찾아보았지만, 그것을 간단하게 정의할 수 있는 방법은 없다. 게다가 하나의 유형만으로 나타나는 것도 아니다.

그렇지만 이들 행적이나 여러 개념에서 공통적으로 나타나는 지점이 보인다. 바로 일상생활을 벗어나 정신적 혹은 신체적 자유를 구가하는 것에서 오는 흥취가 스며 있다는 점이다. 우리는 언제나 정신적인 차원만을 이야기해야 마치 인문학적 깊이를 획득하는 것처럼 생각하는 버릇이 있다. 그러나 정신적 차원의 깊은 흥취는 신체적, 현실적 차원에서의 흥취를 전제로 해야 비로소 논의할 수 있는 것이 아닐까. 내 몸이 느끼는 흥취를 따라 우주의 울림과 공명하고, 그것을 통해 깊은 정신적 감흥을 이끌어내는 것이야말로 최고의 풍류가 아니겠는가.

기계처럼 맞물려 돌아가는 생활이지만, 외부의 번잡함을 모두 끊고 내면을 응시하는 순간 일상생활의 틈이 보인다. 그 틈을 비집고 들어가 내 삶을 보다 윤택하고 리듬감 넘치는 것으로 만드는 일, 그것이 바로 풍류일 것이다. 사람마다 풍류를 다르게 정의할 수 있지만, 적어도 내 삶에 있어서의 풍류란 몸의 리듬을 따라 우주의 리듬을 느끼고, 그것이 내 정신의 깊숙한 곳에 아름다운 무늬를 만들어내는 것, 그것이야말로 최고의 풍류다.

부채 이야기

세상에 변하지 않는 인연이 어디 있겠는가. 부채가 낡아서 모습을 바꾸듯 우리 인연 역시 그렇게 변하는 것이다. 선물에서 시작해서 아득한 기억 저편으로 사라지는 부채를 통해서 만물들과 나 사이의 인연과 변화를 다시 생각해본다.

부채에 담긴 사연

清
爽

| 부채를 가지고 중국으로 |

조선 사신 일행들에게 연경燕京은 흥미로운 공간이었다. 조선에
서는 볼 수 없는 이국적인 풍물은 물론이거니와 새로운 인물을 사
귀거나 혹은 다채로운 공연들을 만날 기회가 많았기 때문이다. 극
장에서는 매일 여러 종류의 연극이 공연되고 있었고, 저잣거리에서
는 신기하기 그지없는 마술이 펼쳐지고 있었다. 게다가 코끼리나
낙타, 원숭이 등과 같이 조선에서는 접하기 어려운 짐승들도 눈요
깃감으로 제격이었다. 그러니 그들에게 연경은 얼마나 신기하고 흥
미진진한 곳이었겠는가.

문제는 이들이 '사신'의 신분으로 와 있다는 것이었다. 공식적인
사신단의 일원으로 왔으므로 그들은 청나라 조정의 통제를 받아야

했고, 그 첫번째가 바로 사신들의 숙소를 벗어나서 마음대로 행동할 수 없다는 것이었다. 즉 공식적인 업무 때문이 아니라면 개인적으로 숙소를 벗어나 외출할 수 없었다. 공적으로 나가더라도 반드시 청나라 관리의 인솔에 따라야 했고, 사적으로 외출했다가 적발되면 외교적으로 문제가 될 뿐 아니라 그에 상응하는 처벌도 감수해야만 했다. 사신단에 소속되어 있다 해도 모든 사람들이 공식적인 신분이었던 것은 아니다. 조선 조정의 임명을 받아서 청나라로 가는 관리들은 개인적으로 수행인원을 선발해서 데리고 갈 수 있었다. 흔히 '자제군관子弟軍官'으로 불리는 이들이 그들이다. 『열하일기』를 쓴 박지원朴趾源도 공식적인 관리 신분으로 청나라에 간 것이 아니라 정사正使였던 박명원朴明源의 자제군관 자격으로 수행했던 것이다. 초기에야 자제군관의 역할이 어떠했는지 몰라도, 18세기에 접어들면 청나라에 관심을 가진 지식인들이 자제군관이라는 명목으로 사신단에 끼어서 청나라를 다녀왔고, 그 경험을 글로 남기는 경우가 많았다. 그 사람들은 애초에 청나라 문물을 경험하는 것이 목적이었으므로, 자신들의 숙소를 벗어날 수 없도록 만들어진 규정은 큰 골칫거리였다. 연경에 도착했을 때에는 조심스러운 행동을 보이며 그 규칙을 지키려 했지만, 시간이 갈수록 청나라 관리나 군사들의 눈치를 보아가며 몰래 숙소를 빠져나가 연경의 다양한 문화를 경험하고 즐겼다. 그러한 날들의 기록들이 지금 방대하게 남아 있는 연행록燕行錄 관련 서책과 문서들이다.

담헌湛軒 홍대용(洪大容, 1731~1783)이 연경에 갔을 때의 일이다. 미리 청나라 사정을 알아본 그는, 연경의 곳곳을 돌아다닐 비용으로 은자 200냥이라는 거금을 준비했다. 그 돈으로 수레를 빌리거나 관광비용을 대려고 했던 것이다. 그 중에 40냥으로는 부채를 다량 구입했다. 물론 그의 준비물이 부채만은 아니었다. 여러 크기의 장지壯紙도 상당량 준비했던 것으로 보인다. 숙소 밖을 출입하기 위해서는 여러 사람의 도움을 받아야 했다. 먼저 조선의 역관에게 부탁해서 사정을 알아보아야 하고-홍대용의 경우에는 청나라 말로 의사소통을 할 수 있었지만, 역관이 전후 사정을 잘 알기 때문에 부탁을 해야만 했다-청나라 측 관원 및 통관通官에게 청탁을 해서 허락을 받아야 했다.

1766년 1월 4일, 홍대용은 사신들의 숙소와 외출 문제를 관리하던 아문衙門의 관리인 사주한史周翰을 비롯하여 여러 명의 통관들에게 일제히 선물을 돌렸다. 대장지大壯紙 한 속束, 중장지中壯紙 두 속, 부채 다섯 자루, 먹 세 갑, 청심환 다섯 알을 여러 사람들에게 나누어 보내고, 30대의 젊은 청나라 통관 서종현에게는 특별히 붓 세 자루를 더 보냈다. 선물을 돌리고 온 조선 통역관 홍명복洪命福의 전언에 의하면, 아무런 대가를 바라지 않고(!) 이렇게 많은 선물을 준다면서 서종현이 매우 기뻐하더라는 것이었다. 거기에 덧붙여 무엇으로 보답해야겠느냐고 하기에, 어르신께서는 바깥구경하시는 것을 좋아하실 뿐이니 출입을 자유롭게 해주었으면 좋겠다고 대답했다는 말을 전했다. 이 일이 계기가 되어 홍대용은 저녁마다 다채로운 공연과 구경거리를 찾아서 돌아다닐 수 있게 되었다. 돈이 있으면

귀신도 통한다는 말이 허언이 아니라는 것을 알게 되었다는 홍대용의 말이 새삼스럽게 다가온다.

이처럼 부채는 조선의 사신단 일행이 청나라를 돌아다니면서 무언가 해결해야 할 일이 생기면 선물(때로는 뇌물)로 활용했던 물건이다. 부채와 함께 각광을 받았던 물품으로는 조선 종이, 붓, 청심환 등인데, 이들은 모두 품질이 좋고 활용도가 높아 청나라 사람들에게 환영을 받았다. 이덕무李德懋의 기록에 의하면 중국 가게에서 진열된 부채를 많이 보았는데, 대부분 조선에서 만들어진 부채에 서화를 그려넣은 것이었다고 한다. 그만큼 부채는 청나라 여행에 요긴한 물품이었다.

한여름 무더위를 쫓으며

부채는 원래 더위를 쫓기 위한 물품이다. 요즘처럼 냉방기기가 다양하지 않았던 시절에는 여름을 나기 위한 요긴한 생활용품이었다. 그러나 부채를 누구나 소유했던 것은 아니다. 부채를 만들기 위해서는 대나무를 가늘고 곱게 손질해서 부챗살을 마련해야 했고, 거기에 덧바를 종이가 필요했다. 그 이전에는 금박으로 화려하게 장식한 부채 손잡이에 비단을 발라서 썼으니, 일반 백성들의 집에 이런 호사품이 있을 리 만무다.

호사스러운 것이든 소박한 것이든, 부채의 일차적인 목적은 더위를 쫓는 것이다. 거기에 부수적으로 파리나 모기 같은 날벌레를 쫓거나 햇빛을 가리기 위한 목적도 추가된다.

녹일 듯한 햇빛 하늘에 흐르고 땅은 찌는 듯한데　　鑠景流空地欲蒸

한낮 창가에서 땀 닦으며 파리 떼에 지친다.　　午窓揮汗困多蠅

어여뻐라 저 부채, 맑은 바람 끌어올 줄 아나니　　憐渠解引淸風至

어찌하여 곤륜산에서 얼음 밟을 필요 있으랴.　　何必崑崙更踏氷

―기대승奇大升, 「부채에 쓰다題扇」 2수 중 첫번째 수, 「고봉집高峯集」 권1

　쇠라도 녹일 듯 쏟아지는 햇빛, 찌는 듯한 땅덩어리는 한여름의
전형적 표현이다. 그렇게 더운 날은 무얼 해도 의욕이 생기지 않는
데, 더욱이 한낮의 시간이면 그 무기력함은 말할 수조차 없을 정도
다. 가만히 앉아 있어도 땀이 흐른다. 한편으로는 땀을 훔치면서 다
른 한편으로는 달려드는 파리 떼를 쫓느라 곤고하다. 그 순간 가장
반갑고 어여쁜 벗은 바로 부채다. 파리 떼를 쫓아주기도 하려니와
무엇보다 바람을 일으켜 더위를 잠시나마 잊게 해준다. 곤륜산 만
년설을 밟고 싶은 마음은 날이 뜨거우면 뜨거울수록 즐거움을 더해
주는 상상이지만, 부채 앞에서는 굳이 그런 상상이 필요없다.
　그러나 기대승의 작품이 더위 속의 부채를 평범하게 혹은 평면적
으로 읊었다면[1], 그것을 통해 자기 성찰로 들어가는 경우가 있다.

욕심 적으면 마음 항상 고요하고　　欲少心常靜

몸 한가하면 흥취 절로 자란다.　　身閑趣自長

한 집안은 작은 천지와 같은 것,　　　　　　一家天地小

분수 따라 더위 추위 보내야 하리.　　　　　隨分送炎凉

ㅡ이색李穡, 「혹독한 더위酷熱書扇」 2수 중 두 번째 수, 『목은시고牧隱詩藁』 권4

　혹독한 더위가 기승을 부리는 때, 작중화자는 부채 하나를 펼치고 그 위에 시를 쓴다. 보통 여름날의 풍류 있는 삶을 보여줄 때 넓은 파초 잎을 떼어놓고 그 위에 시를 쓰는 모습을 연상한다. 그런데 이색의 여름날 풍류는 부채 위에 시를 쓰는 모습으로 나타난다. 온 천지가 더운 열기로 가득할 때 그는 시원한 계곡을 찾아 척서滌暑를 하는 것이 아니라 집 안에 가만히 앉아서 마음을 가다듬는다. 더위의 계기는 외부적 환경이 제공했을망정 그것을 이겨내는 힘은 자기 내부에 있음을 표현하는 것이다.

　마음을 그렇게 먹는 순간 여름날의 더위는 순식간에 인간의 번뇌로 치환된다. 인간의 욕망과 번뇌를 타오르는 불에 비유하는 것은 특히 불교에서 자주 보이는 방식이다. 무언가 자신이 바라는 일에 몰두해서 긴장하다 보면 어느새 자기 이마에 땀이 송골송골 맺히는 경험을 한 적이 있을 것이다. 그 땀은 여름이나 겨울에 관계없

---

1) 물론 기대승의 두번째 시에는 부채와 관련된 간단한 상념, 예컨대 버려져야 할 부채의 운명, 더위와 추위에 대한 약간의 생각을 보여주지만 그것이 본격적인 내면 성찰의 단계로 들어간 것은 아니다. 두번째 작품은 다음과 같다: 둥근 부채 넉넉히 바람 일으키지만, 가을 오면 너를 어이할거나. 그대 위해 이런저런 생각하나니, 추위와 더위는 서로 다르니(團扇生風足, 秋來奈爾何? 爲君多少感, 寒熱不同科).

이 심리적 상태를 표현하는 것이기도 하다. 그런 점에서 사람의 마음이 복잡다단한 무언가에 매여 있고 그 때문에 땀이 흐르는 걸 보면, 사람의 번뇌야말로 얼마나 뜨거운 것인지를 짐작한다. 욕망이 내 눈을 가로막을 때 삶은 얼마나 번잡하고 바빴던가. 내가 딛고 선 자리를 살필 겨를도 없이 돌아다니다 보면 어느새 내 등에는 땀이 진득하게 배어 나오고 귀밑머리는 희끗해진다. 덧없는 세월은 흐르고, 우리는 시원한 인생, 바람 한 번 누려보지 못하고 자기 생을 막바지로 몰고 간다.

적은 욕심과 한가한 몸은 '홍진紅塵에 묻힌 분네'의 번뇌를 떠나 자신만의 삶을 만들어나가는 큰 힘이고, 고요한 몸과 유장悠長한 홍취야말로 그런 삶의 실제 내용이다. 남들이 보면 작고 누추한 집이지만 그것은 광막한 우주의 축소판과 같다. 자신의 분수를 알고 거기에 따라 더위와 추위를 보내고 맞아야 아름다운 사람의 본분사本分事다. 더위와 추위를 뜻하는 '염량炎凉'이라는 단어는 동시에 세태의 변화를 의미하는 것이기도 하다. 작은 집에서 출발하여 우주와 관계를 맺는 일은 적은 욕심과 유장한 홍취에서 비롯되는 것, 그렇다면 예측 불가능한 세태의 변화 역시 내 분수에 따라 응하면 그뿐이라는 것이다. 그런 삶 속에서 한여름 더위는 온데간데없다.

| 문화적 흥취가 넘치다 |

근대 이전 문인들의 글에서 부채와 관련하여 가장 많이 등장하

는 것은 선물로서의 부채다. 선물의 증여를 통해 그들은 자기 마음을 표현했다. 누구나 느끼는 것처럼, 선물의 경계는 참으로 모호해서 자신에게 증여된 것에 선물의 한계를 정하는 것은 매우 어렵다. 사회의 관행이라는 것이 있기는 하지만, 똑같은 물건이라도 어떤 사람에게는 선물로 인식되는 것이 어떤 사람에게는 뇌물로 인식된다. 주는 사람과 받는 사람 사이에 생기는 괴리 때문에 온갖 오해가 생기기도 한다.

요즘이야 부채가 흔해졌고, 다양한 냉방기기가 있어서 여름의 더위를 식힐 수 있다. 그럼에도 불구하고 부채 선물은 때에 따라 선물의 경계를 훌쩍 뛰어넘는 경우가 있다. 수공으로 만들어진 값비싼 합죽선에 이름난 서화가의 그림을 담기만 하면 순식간에 선물의 경계를 넘는다. 그런 부채는 받기도 부담스럽고 사용하기도 부담스럽다. 사실 이전의 문인들이 부채를 선물로 애용했던 것은 한여름 사용하면 부채의 종이는 해져서 용도 폐기되는 경우가 많은 물건이었기 때문이다. 말하자면 누구나 사용하지만 오랫동안 고이 모셔놓을 물건은 아니라는 인식이 사회적으로 널리 퍼져 있었다는 것이다. 물론 그 시대에도 이름난 사람의 글씨나 그림, 혹은 자기에게 소중한 인연이 있는 사람의 흔적을 담은 부채라면 고이 모셔놓고 대대로 전하는 경우가 있기는 했지만, 지식인들 사이의 부채 선물이란 주는 사람이나 받는 사람 모두에게 부담스럽지 않은 수준이었다.[2]

부채를 선물하는 때는 대체로 단오 무렵이다. 이 시기의 부채 선물은 윗사람이 아랫사람에게 증여하는 형태를 보이는 경우가 많다.

임금이 신하에게, 집안의 어른이 아랫사람에게 부채를 주면서 무사히 여름을 날 것을 바란다. 단오 부채를 흔히 '절선節扇'이라고 하는데, 절선은 특히 임금이 중신重臣에게 선물함으로써 자신의 마음을 표하는 경우가 많았다. 임금에게서 받는 절선은 신하 입장에서는 영광스러운 선물이면서도 때로는 부담이 되기도 한다. 17세기 학행으로 이름난 유학자인 명재明齋 윤증(尹拯, 1629~1714)은 임금에게 옷감과 음식을 하사받고 나서 이를 거절하는 정중한 상소를 남기고 있다.[3] 그 상소문에 의하면 해마다 선물을 하사받고 있는 처지에 음식과 옷감을 일반 대신들과 같이 받는다는 것은 분에 넘치는 일이므로 사양하고자 한다는 것이다. 그렇다면 그가 평소에 받고 있다는 선물은 무엇인가. 바로 서책, 책력, 부채가 그것이다. 당시만 해도 책의 출판은 국가가 관장하고 있었으므로, 무언가 중요한 책을 만들게 되면 당대 대신들과 이름난 선비들에게 임금이 하사하는 형태로 유통되었다. 그러므로 책은 기회가 있을 때마다 하사되는 선물이다. 그에 비해 책력과 부채는 일종의 절기 선물이다. '단오에는 부채 선물, 동지에는 책력 선물'이라는 말이 있을 정도로 널리 퍼져 있던 풍습이었다.

---

2) 부채 선물을 조선 사회와 관련하여 흥미롭게 풀어놓은 논문 중에 김혁 교수의 「조선시대 지방관의 선물 정치와 부채」(『영남학』 제16호, 2009)를 참조할 만하다. 그는 이 글에서 19세기 후반 경상도 고성 지역의 지방관을 지낸 오횡묵이라는 인물을 통해서 부채 선물이 가지는 사회사적 의미를 분석하고 있다.

3) 윤증, 「옷과 음식물을 사양하는 상소문辭衣資食物疏」(『明齋遺稿』 권7).

몇 무리 맑은 바람 궁궐에서 나오니	數陣淸風出內藏
넘칠 듯한 은혜에 하늘 향기 일어난다.	津津雨露惹天香
부쳐보니 문득 번갈증이 다 낫는 듯	揮來頓覺蘇煩渴
이제부터 뒤엉겼던 마음 강하게 할 수 있으리.	從此柔腸可作剛[4]

—정온鄭蘊, 「단오날 임금에게 부채를 하사받다端午日受內賜扇」, 『동계집桐溪集』 권1

단오는 음력 5월 5일이니 시기적으로 무더위가 시작되기 직전이다. 임금은 절선 선물을 통해서 신하의 마음을 사로잡을 수도 있고 자신의 정성을 드러낼 수 있으니 일거양득이다. 부채는 수공이 많이 들 뿐만 아니라 상당한 기술을 요하는 것이기 때문에 많은 양을 생산할 수 없는 물건이다. 그러다 보니 자연히 좋은 품질의 부채는 국가가 독점하게 되었다. 상공업이 활발하지 않았던 시절이니 물건 생산은 기본적으로 국가가 필요로 하는 물건을 중심으로 이루어지고, 그 중에서도 궁중에 납품되는 물품은 최고의 품질이어야 했다. 임금은 그런 물건들을 자신을 비롯한 왕실 가족들을 위해 쓰기도 하지만 상당 부분은 신하들 및 재야의 많은 백성들에게 선물로 돌

---

4) 이 작품 원문의 단어의 뜻은 다음과 같다:내장(內藏, 궁궐의 창고를 말하는 단어로, 여기서는 궁궐을 의미함), 진진(津津, 흘러넘치는 모양), 우로(雨露, 원래는 비와 이슬이라는 뜻이지만 여기서는 임금의 은혜를 의미함. 비와 이슬이 어떤 사물이든 똑같이 적셔주듯이 임금의 은혜도 그와 같이 모든 백성들에게 골고루 미친다는 뜻임), 천향(天香, 하늘의 향기라는 뜻으로, 여기서는 대궐에서 사용하는 향 혹은 대궐에서 흘러나오는 향기를 말함), 번갈(煩渴, 답답하고 조급증이 나는 증세. 여기서는 더위 때문에 답답하고 조급증이 난다는 뜻).

리는 경우가 많았다.

정온(1569~1641)은 임금에게 부채를 받고 감격에 겨운 심정을 작품에 담았다. 부채에 실려서 온 맑은 바람 속에는 임금이 거처하는 대궐의 아름다운 향기도 들어 있지만, 무엇보다도 임금의 은혜가 듬뿍 담겨 있다. 더위 때문에 힘들었던 몸과 세사에 얽혀 어지러웠던 마음이 순식간에 낫는 듯하다고 했다. 임금에 대한 고마움을 충분히 드러내면서도 지나친 표현 때문에 아첨의 느낌이 없다.

그렇지만 근대 이전의 지식인들 사이에서 부채를 주고받은 흔적은 굉장히 많다. 웬만한 문집에는 부채를 소재로 쓴 한시 작품들이 많은데, 그 중에서도 선물을 증여하거나 받고 나서 감회를 쓴 작품들이나 다른 사람의 부채에 써준 작품들이 상당수다.

대지가 화로 같아 울기鬱氣는 열리지 않는데	大地烘爐鬱不開
벼슬에 끄달려 먼지 속에서 분주하다.	仍牽薄宦走塵埃
천 리 밖 고인께서 이 몸을 가련히 여겨	故人千里遙憐我
특별히 맑은 바람 한 줌 보내 오셨네.	特惠淸風一掬來

—변계량卞季良, 「김감로우 천봉 스님이 부채를 보내주셔서 시로 답례하다金甘露雨千峯以貼扇見
惠以詩答之」, 『춘정집春亭集』 권3

여기 등장하는 스님은 고려 말에서 조선 초기에 활동했던 이름난 시승詩僧인 만우卍雨를 말한다. 그의 시적 명성은 상당히 높았던 터라, 그의 문집이 남아 있지는 않지만 당대 최고 수준의 지식인들과 시를 주고받았던 흔적이 여러 문집에 남아 있다. 변계량의 이 작품 역시 마찬가지다. 만우 스님이 부채를 보내주어서 고맙다는 사례를 한 시 작품이지만, 만우가 부채만 달랑 보내지는 않았을 것이다. 당연히 시(혹은 편지글)를 보내왔을 것이고, 그러한 수답酬答을 통해서 서로의 문화적 지취를 나누었다.

벼슬살이에 분주한 변계량은 멀리서 부쳐온 부채 한 자루를 받고 자신의 처지와 상대방의 삶을 순간적으로 대비시킨다. 벼슬에 얽매여 분주히 다니는 자신과 천 리 밖의 세외고인世外高人인 만우의 삶이 작품 속에서 은연중 비교된다. 화로처럼 후끈 달아오른 여름 더위에 마음속은 온갖 번뇌로 꽉 들어차서 그 기운은 좀체 열릴 틈을 보이지 않는다. 그런 삶 속에서 자신을 돌아보고 새로운 길을 모색한다는 것은 요령부득이다. 물론 변계량은 그럴 마음이 없었을 수도 있겠지만, 적어도 이 순간만은 더위와 번뇌에서 벗어나 시원한 바람 한 줄기 맞으며 자신을 돌아볼 계기를 마련한다.

이렇게 부채를 통해서 서로의 마음을 전하기도 하고 자신의 삶을 돌아보는 계기로 삼기도 하지만, 동시에 문화적 교분을 나누기도 한다. 아무 것도 씌어 있지 않은 텅 빈 부채를 들고 가서 존경하는 어른이나 좋아하는 벗에게 서화를 부탁하기도 한다. 그런 경우에는 문화적 교유의 형태가 훨씬 강하다.

한 잔 배꽃술로　　　　　　　　　一杯梨花春
멀리 창랑객을 보낸다.　　　　　　遠餉滄浪客

술자리 마치자 산 위의 해 낮아지고   酌罷山日低

시냇물 소리만 텅 빈 누각 채운다.   溪聲滿虛閣

— 이이李珥, 「조광원의 부채에 쓰다題趙光瑗扇」, 『율곡집』 권2

이 작품은 조광원을 멀리 떠나보내면서 이별의 마음을 부채에 쓴 것이다. 부채가 가지고 있는 기능적 측면과는 전혀 관계가 없는 진술로 이루어졌는데, 이는 부채가 이별의 선물이면서 동시에 두 사람 사이의 깊은 교유 관계를 드러내는 문화적 공간으로 사용되었기 때문이다.

이이의 문인록에 의하면, 조광원은 자신의 종형從兄인 조광현趙光琔과 함께 이이에게 동문수학한 제자다. 어디 출신이고 어떠한 삶을 살았는지 자세한 기록을 찾을 수는 없지만, 그는 이이가 총애한 제자였으리라. 진사進士로만 기록되어 있으니, 아마도 초야에 은거하면서 평생을 학문과 시문 속에서 살아갔을지도 모를 일이다. 적어도 위의 작품은 조광원의 그런 삶을 넌지시 알려준다. '창랑객滄浪客'이라는 표현 속에서 우리는 그가 속세의 삶에 머리 돌리지 않고 강호자연 속에서 고결한 삶을 살아가려 노력했다는 점을 짐작한다. 그런 제자에게 이화주 한 잔 대접하면서 보내는 이이의 마음은 참으로 허허롭다. 산 위로 해가 뉘엿뉘엿 넘어갈 무렵, 제자는 떠나고 텅 빈 누각에는 시냇물 소리만 가득하다. 산 너머로 막 떨어지는 해, 빈 누각을 가득 채운 시냇물 소리는 이이의 마음이 얼마나 스산하고 텅 비었는지를 잘 보여준다.

요즘도 우리는 글씨를 쓰거나 그림을 그린 부채를 자주 접한다. 아무리 공짜로 돌리는 둥근 부채라 해도 광고 문구나 사진 같은 것들이 들어가 있다. 그것은 여전히 부채라고 하는 공간이 문화적 소통의 여러 길 중의 하나로 이용된다는 것을 의미한다. 더운 여름, 무심히 집어든 부채에 무언가 적혀 있다면 그것을 통해 우리는 부채를 만들어준 사람의 마음을 짐작한다. 문화의 소통은 그렇게 마음과 마음이 맞닿는 곳에서 이루어지는 것이다.

가을 부채, 버려진 그대여

여름이 지나면 부채는 손에서 멀어진다. 물론 한겨울에도 선비들의 손에는 부채가 들려 있는 경우가 많았지만, 그 경우는 대부분 부채가 가지는 장식품으로서의 역할 때문이었다. 『동국세시기東國歲時記』에는 고려 사람들은 겨울에도 부채를 들고 다닌다는 중국 사람들의 말을 적어놓았다. 그 정도로 근대 이전의 지식인들에게 부채란 장식품 구실을 톡톡히 했다. 그러나 기능적인 면으로 보았을 때 여름이 끝나는 것과 함께 부채 역시 사람들의 관심 범위에서 멀어지게 마련이다. 그것은 부채 입장에서 볼 때 주인의 애정이 식어서 버림을 받는 일이다. 바로 그 점에 착안하여 '가을 부채'는 버려진 사람의 심정을 드러내는 비유로 자주 사용되었다.

제나라 좋은 비단 새로 자르니　　　　　　　　新裂齊紈素

희고 깨끗하여 서리 눈 같아라.	皎潔如霜雪
마름질하여 합환선 만드니	裁爲合歡扇
밝은 달처럼 둥글둥글하여라.	團圓似明月
그대 품과 소매를 드나들면서	出入君懷袖
흔들흔들 산들바람 만들어낸다.	動搖微風發
언제나 두려워라, 가을이 와서	常恐秋節至
서늘한 바람이 뜨거운 열기 빼앗는 것.	凉飇奪炎熱
상자 속에 버려지면	棄捐篋笥中
은혜로운 그 마음 중도에서 끊어지리.	恩情中道絶

　—반첩여班婕妤, 「원망의 노래怨歌行」

　반첩여는 한漢나라 효성제孝成帝가 황제에 오르던 해에 궁녀의 신분으로 궁에 들어간다. 후에 효성제의 눈에 띄어 총애를 받게 된다. 그러나 조비연趙飛燕이 황제의 총애를 받게 되자 서서히 관심 밖으로 밀려나게 되며, 황제의 총애가 다시 반첩여에게 갈까 두려워한 조비연의 모함으로 곤궁에 처하게 된다. 나중에 그 오해는 풀리지만, 다시는 효성제의 옆으로 돌아가지 못하고 쓸쓸히 지내는 신세가 된다. 그때 바로 위의 「원망의 노래」를 지어서 자신의 처지와 심정을 표현한 것이다.

　이 작품에서 중요한 소재가 된 것은 바로 부채다. 희고 고운 비단으로 합환선合歡扇을 만들어서 임의 총애를 받다가, 가을이 되어 찬바람이 불면 더이상 사랑을 받지 못한다는 내용이다. 선명한 비

유로 자신의 마음을 잘 표현하고 있는데, 이 작품이 바로 가을 부채
이미지를 처음으로 사용하여 이후 많은 작가들에게 사용되는 계기
를 마련한다.

찬 등불 외로운 베개에 끝없이 흐르는 눈물	寒燈孤枕淚無窮
비단 장막 은빛 병풍은 지난밤 꿈속일세.	錦帳銀屛昨夢中
얼굴빛으로 사람 섬기면 끝내 버림받나니	以色事人終見棄
비단 부채 서풍을 원망하지 말지라.	莫將紈扇怨西風

─정추鄭樞, 「늙은 기생老妓」, 『동문선東文選』 권21

　　고려 말의 문신이자 뛰어난 시인 정추(1333~1382)의 시선이 향하는
곳은 늙은 기생의 방이다. 젊은날에는 많은 사람들을 섬기면서 총
애를 한몸에 받았지만, 늙어지자 그녀를 기다리는 것은 차가운 등
불 아래 외로운 베갯머리뿐이다. 그녀의 눈물은 회한과 외로움으로
만들어졌고, 화려한 장막과 병풍은 한갓 꿈속을 스쳐 지나가는 허
상일 뿐이다. 그러나 후회는 언제나 때늦은 것, 아무리 가슴을 치고
눈물을 흘린다 해도 지나간 세월을 어쩌겠는가.
　　정추의 이 작품은 늙은 기생의 외로움을 드러내면서 동시에 자신
의 처지를 비유한다. 임금의 총애를 받던 시절에는 온갖 호사를 누
렸지만, 그 총애가 사라지자 버림받은 외로운 신세가 된다. '색色'으
로 사람을 섬긴다는 것은 얼굴빛을 잘 꾸며서 임금의 마음에 맞는
말만 함으로써 총애를 받는다는 뜻이다. 그러나 세월이 지나면서

그것은 한순간에 꿈처럼 사라진다. 마치 가을이 되어 더이상 쓸모 없게 된 부채처럼 버려져 아무도 돌아보지 않는 처지가 되면, 그 자리에 남는 것은 꿈같은 옛날을 그리워하는 것과 절절한 후회뿐이다. 설령 임의 손에 들려서 겨울까지 버티는 부채라 해도, 그 부채는 임의 체면을 유지하는 껍데기에 불과한 것이지 명실상부한 것은 결코 아니다.

|변하지 않는 인연이 어디 있으랴|

계절이 바뀌면 우리는 언제나 새로운 계절에 맞는 물건으로 주위를 장식한다. 새로운 계절을 위한 옷과 여러 장식품들이 바뀌는 것은 물론 마음가짐도 달라지는 경우가 많다. 그러나 어제까지 내 삶을 지탱해주던 소중한 것들이 환경의 변화와 함께 가뭇없이 사라지는 것은 가슴 아픈 일이다. 언제나 그들에 대한 고마움을 생각하면서 살아갈 수는 없다. 그렇더라도 이따금씩, 아주 이따금씩 그러한 것들을 떠올리고 돌아보면 어떨까.

여름 내내 친구들과 미역 감으면서 놀았던 동구 밖 강가를 어쩌다 겨울에 지날라치면 그렇게 낯설 수가 없었다. 내 온몸을 맡기면서 첨벙거리던 그 강물이, 어린 눈에도 무언가 싸늘하면서도 거리감이 생긴 것을 느꼈다. 같은 공간을 흐르는 강물이지만 그렇게 낯설었던 것은 시간의 흐름과 함께 내 마음이 달라졌기 때문이었을 것이다.

서랍 속에 들어 있는 부채를 꺼내서 이따금씩 펼쳐본다. 벌써 몇

넌째 애용하고 있는 부채다. 손때도 묻고 여기저기 찢어진 데도 보인다. 얼마 되지도 않은 시간인데도 그 흔적들이 아련하기만 하다. 선물로 받았으니 그와의 인연도 소중하다. 그렇지만 세상에 변하지 않는 인연이 어디 있겠는가. 부채가 낡아서 모습을 바꾸듯 우리 인연 역시 그렇게 변하는 것이다. 선물에서 시작해서 아득한 기억 저편으로 사라지는 부채를 통해서 만물들과 나 사이의 인연과 변화를 다시 생각해본다.

차를 마시며

차를 준비하고 물을 끓이면서 내 마음은 서서히 세상에서 벗어난다. 창 밖으로는 흰 눈이 소리 없이 쌓이고, 간밤에 불던 거센 바람은 고요히 잠들었다. 아침 햇살을 받은 먼 산의 눈은 거실 창을 환히 밝힌다. 드디어 차를 우려내어 그 향기가 코끝에 스치고 아름다운 음악이 귓가에 맴돌면, 내가 앉아 있는 곳이 바로 깊은 산속이며 한적한 바닷가가 되는 것이다.

차 한 잔에 우주를 담고

喫
茶

| 차를 마시는 겨울 아침 |

가장 위대한 은거는 산속에 숨는 것이 아니라 사람들 북적거리
는 저잣거리에 숨는 것이라고 했다. '시은市隱'이라는 말이 그래서
생겨났다. 숨는다는 것은 단순히 몸을 감춘다는 의미가 아니다. 욕
망 가득한 세속을 벗어나는 것이다. 욕망을 성취하기 위해 모두 골
몰할 때, 혹은 세상이 추악한 욕망을 주동력으로 해서 돌아갈 때,
그것을 온몸으로 거부하는 행위야말로 진정한 은거의 의미다. 세상
을 버리고 산속으로 숨었던 수많은 은거자들도 마음속에는 세속의
욕망에 대한 강한 거부가 들어 있다. 살다 보면 나도 모르게 세상의
욕망에 묻혀서 정신없이 돌아간다는 것을 발견하게 되고, 그럴 때
면 모든 것을 그만두고 어디론가 훌쩍 떠나고 싶어진다. 그 소망을

간단한 형식으로 실천하면 여행이 되고, 전생애에 걸친 큰 계획을 세워서 실천하면 은거가 될 터이다.

그러나 하루하루 바쁘게 살아가는 중생들에게, 세상이 답답하다고 해서 훌쩍 여행을 떠나거나 혹은 모든 생업을 팽개치고 어디론가 은거를 한다는 것은 매우 힘든 일이다. 세상의 추악함에서 잠시라도 벗어나고 싶은 마음이야 누구나 가질 수 있지만, 그것을 실천하는 일은 만만치 않다. 그 순간, 세상을 벗어나는 간단한 방법이 있다. 바로 차 한 잔을 앞에 놓고 마음에 드는 음악을 듣는 것이다.

차 한 잔을 앞에 놓고 앉는 순간 우리는 세상 번우한 일에서 벗어나 광막한 우주 속으로 숨어버린 은거자가 된다. 차를 준비하고 물을 끓이면서 내 마음은 서서히 세상에서 벗어난다. 창밖으로는 흰눈이 소리 없이 쌓이고, 간밤에 불던 거센 바람은 고요히 잠들었다. 아침 햇살을 받은 먼 산의 눈은 거실 창을 환히 밝힌다. 드디어 차를 우려내어 그 향기가 코끝에 스치고 아름다운 음악이 귓가에 맴돌면, 내가 앉아 있는 곳이 바로 깊은 산속이며 한적한 바닷가가 되는 것이다.

| 신과의 소통:차 공양 |

차를 언제부터 마셨는지는 정확하지는 않다. 그것이 원래 우리나라에 있었던 풍습이었는지, 혹은 중국이나 다른 나라에서 들어온 것인지, 잘 모르겠다. 그럼에도 분명한 것은, 부처님께 공양을 올릴

때 이용했다는 기록이 꽤 이른 시기부터 나온다는 점이다. 특히 『삼국유사三國遺事』「기이제이紀異第二」에는 차 공양과 관련된 기록이 여러 차례 등장한다. 신라 경덕왕이 삼월 삼짓날 귀정문歸正門 누각으로 행차하였다가 충담사忠談師를 만나서 차를 마신 일이 기록되어 있다. 장삼을 입고 앵통櫻筒에 다구茶具만을 넣은 충담사의 모습에 경덕왕은 매우 기뻐하면서 그에게 조언을 듣게 된다.

사실 지금 남아 있는 기록만으로는 충담사가 어떤 인물인지 알 수 없다. 다만 그가 염불보다는 향가에 능하여 「찬기파랑가」로 이름을 알리고 있었다는 점, 경주 남산 삼화령에 있는 미륵불에게 해마다 두 차례씩 차를 올리는 '차 공양'을 했다는 점만이 알려져 있다. 이같은 일화를 통해서, 조상이나 부처님께 차를 올려 예를 표하는 '차례(茶禮, 혹은 다례)'의 전통이 매우 오래되었음을 짐작하게 한다.

신라 홍덕왕 때 김대렴이 당나라에서 차나무 씨를 가져와 재배했다는 『삼국사기』의 기록도 있고, 화엄사를 창건한 연기조사緣起祖師가 처음 차를 재배했다고도 한다. 그렇지만 분명한 점은, 경덕왕 때와 같은 고대 사회에서 차는 귀한 음식이었음에 틀림없다는 것이다.

'차'는 신령스러운 존재에게 올림으로써 예를 표하는 신성한 물건이다. 차를 매개로 해서 인간은 부처님이나 조상과 같은 신령과 교통한다. 기이한 맛과 짙은 향기를 풍기는 차는 인간 세상에서는 접하기 힘든 음식이었다. 인간 세계 너머로 통하는 신비의 약, 그것이 바로 차였다.

| 신선과 나누는 차 한 잔 |

신선 이미지는 분명히 황하 문명권의 상상력은 아니리라는 것이 연구자들의 일반적인 시각이다. 하늘을 날고 영원한 생명을 누리는 신선 이미지는 후대에 노장사상과 만나서 중국의 도교로 표현되기 도 하였지만, 역시 동북부 지역과 한반도를 포괄하는 문명권에서 발생하였을 것이다. 『산해경山海經』이 보여주는 흥미로운 상상력은 신선 이미지에 연결되어 해석되기도 한다. 황하 문명에서보다는 중 국 동북부 지역과 한반도 지역에서 하늘을 날아다니는 신선의 이미 지가 분명하게 나타난다. 멀리 갈 것도 없이, 우리 신화만 해도 그 런 이미지가 넘쳐난다. 환웅은 여러 무리 3천 명을 이끌고 구름을 타고 땅으로 내려왔으며, 동명왕(주몽)의 아버지 해모수는 다섯 마리 용이 끄는 수레를 타고 하늘과 땅을 오르내린다. 이같은 상상력이 야말로 신선 이미지를 만드는 중요한 모티프라 할 수 있다.

어느 곳이나 신선 이야기가 얽혀 있지 않은 곳은 없지만, 강원도 영동 지역은 일찍부터 기록이 나타난다. 금강산을 중심으로 남쪽으 로 내려오며 오대산과 강릉 경포대, 한송정, 삼척 죽서루 등 많은 곳에서 신선 일화가 발견된다. 특히 신라의 네 신선[四仙]의 자취는 곳곳에 이야기로 남아서 전한다.

신라의 네 신선은 술랑, 남랑, 영랑, 안상을 말한다. 이들이 잠시 삼일포를 들렀는데 경치가 너무 좋아서 사흘이나 머물렀다고 해서 붙은 이름이 삼일포다. 삼일포 안에는 작은 섬이 있고, 그 섬에 사

선정四仙亭이라는 정자가 있다. 그 아래쪽 바위에 '영랑도남석행永郎
徒南石行'이라는 여섯 글자가 붉은 글씨로 암각되어 있는데, 이것은
바로 네 명의 신선이 노닐던 자취로 알려져 있다. 그래서 이 글자를
'단서丹書'라고 한다. 예전부터 많은 선인들이 이 암각서를 보기 위
해 이곳을 찾았다. 힘있는 양반들이 이곳으로 몰리니, 이 지역 백성
들의 괴로움은 너무도 심했다. 그래서 한밤중에 이 글씨를 정으로
쪼아버렸다는 이야기도 전한다. 어떻든 사람들은 그 붉은 글씨를
보면서 신선의 자취를 느끼고 풍류를 만끽했다.

네 분 신선 일찍이 이곳에 모였으니	四仙曾會此
따르는 문객은 맹상군처럼 많았다오.	客似孟嘗門
아름다운 신발은 구름 속에 자취 없고	珠履雲無迹
푸르던 소나무는 화재로 사라졌네.	蒼官火不存
신선 찾노라니 푸르고 울창한 숲 생각나	尋眞思翠密
옛시절 회상하며 황혼 속에 서 있다.	懷古立黃昏
오직 차 끓이던 우물만이	唯有煎茶井
의연히 돌부리 옆에 남아 있어라.	依然在石根

—안축安軸, 「한송정에 쓰다題寒松亭」, 『동문선東文選』 권9

많은 사람들이 네 신선을 따라 이곳으로 왔다. 맹상군은 3천 명
의 문객을 거느렸던 전국 시대의 유명한 제후다. 그렇게 사람들과
함께 어울려 다니면서 자연 속에서 유유자적하던 전통은 신라 화랑

들에게 그대로 전해진다. 화랑들은 무리를 지어 자연 속을 노닐면서 학문과 무예를 갈고 닦았다. 그렇지만 신선들의 자취도 세월 앞에서는 흔적 없이 스러진다.

고려 말 강원도존무사江原道存撫使를 지낸 안축은 강릉의 한송정을 지나면서 옛 일을 회고한다. 신선의 아름다운 신발은 자취도 없어지고 당시에 푸르고 울창하던 소나무 숲은 화재로 모두 타버렸다. 오직 차를 달이기 위해 물을 긷던 우물만이 돌부리 옆에 옛날처럼 남아 있을 뿐이다. 이 작품에서 차는 신선의 상징처럼 묘사된다. 한편으로 보면 불로장생한다는 신선들도 오랜 세월의 흐름 속에서 가뭇없이 사라지고, 한송정 옛터에는 당시의 우물만이 남아서 이곳이 옛날 신선들이 노닐던 터전이었음을 전해줄 뿐이다. 시를 읽으면 어쩐지 쓸쓸함이 느껴진다. 한송정의 옛 영화와 지금의 황폐한 풍광이 대비되면서 우리의 삶을 돌아보게 한다.

차가 신선의 삶과 연결된다는 것은 여러 군데서 자주 발견된다. 조선 중기 문인인 허균이 지은 「남궁선생전南宮先生傳」이라는 작품이 있다. 주인공 남궁두는 아내가 간통하는 현장을 목격하고 간부와 함께 두 사람을 활로 쏘아 죽이고 쫓기는 신세가 된다. 전국을 유력하면서 떠돌다가, 신선술을 익힐 기회를 얻는다. 남보다 뛰어난 인내심으로 열심히 노력하였지만, 끝내는 인간으로서 욕망을 완전히 버리는 것에 실패하여 몸이 위급한 지경에 처한다. 그때 스승이었던 장로가 내놓은 것이 바로 차였다. 장로는 그를 회복시켜주는 소다蘇茶를 마시게 함으로써 몸과 마음의 열기를 식힌다. 비록 하늘로 올라가는 천선天仙이 되지는 못했지만, 다른 사람으로서는 상상할 수도 없는 오랜 수명을 건강하게 유지하면서 살아가는 지선地仙이 된다. 그럴 때조차도 차는 단순한 음료가 아니라 신선의 약으로 등장하는 것이다.

아름다운 자연은 신선 이야기를 낳았다. 우리는 그 이야기를 서로 전승하고 즐기면서 어느새 신선 세계의 한 사람이 된다. 차를 마시면서 몸과 마음의 세속적 욕망을 벗어나 신선의 경계 안으로 들어갈 수 있다면, 차야말로 우리를 신선의 세계로 안내하는 좋은 안내자가 아니겠는가.

| 벗이여, 차 한 잔 하시라 |

차는 벗과의 소통에 그 역할을 톡톡히 한다. 지금과는 달리 예전에는 차를 만드는 일이 쉽지 않았다. 지금처럼 덖음차를 마시는 방식은 개발된 지가 그리 오래된 것은 아니다. 중국만 하더라도 명나라에 와서야 '살청(殺青, '쇄청'이라고도 함)'의 방식으로 솥에 찻잎을 넣어 볶아내는 덖음차를 만드는 기술이 보급되었다고 한다. 그러니 우리나라의 경우 조선 중기 이전만 하더라도 차를 만드는 과정은 대단히 복잡했고, 그것을 우려 마시는 것도 번거로웠다. 그래서 차를 마시는 그림을 보면 언제나 차를 달이는 동자가 등장하였다.

육우(陸羽, 733~804)의 『다경茶經』에 차를 만드는 과정이 소개되어 있다. 찻잎을 따면, 그것을 찐 뒤 절구에 넣어 찧어서 틀로 눌러 떡 모양의 병차餠茶를 만들고, 이를 불에 구워서 부수고 빻아 가루로 만든다. 그 과정에서 이것을 다시 솥에 넣어 끓여야 비로소 마시는 차가 완성된다. 마시기에도 여러 과정을 거쳐야 하지만, 만들어내는 일도 매우 힘든 공정을 거친다. 이런 사정 때문에 일반인들은 쉽게 차를 접하기 어려웠다.

어렵게 만든 차를 누군가에게 보내는 일은 자신의 정성을 담아 예를 표하는 일이다. 스님들이나 산속에 은거하며 독서와 양생으로 세월을 보내는 은거자들의 경우는 차를 만드는 일이 더러 있었다. 차가 생산되면 그들은 평소 친분이 두텁거나 교유가 활발한 사람들에게 자신이 만든 차를 보낸다.

아름다운 소식 몇 천 리를 날아왔는가	芳信飛來路幾千
흰 종이 바른 함은 붉은 실로 매여 있네.	粉牋糊櫃絳絲纏
늘그막에 잠 많은 걸 나도 알고 있는데	知予老境偏多睡
한식 전에 딴 새 찻잎을 보내주셨네.	乞與新芽摘火前

—이규보, 「일암거사 정군분이 차를 보내준 데 대하여 사례함謝逸庵居士鄭君奮寄茶」,

『동국이상국집』 권18

하얀 종이로 바른 함은 붉은 실로 매여 있다. 멀리서 지인이 보내준 차 한 통이 이규보의 마음을 울렸다. 잠이 많은 늘그막의 일상을 일깨워주는 지인의 차는 얼마나 고마운가. 언제나 깨어 있는 삶이 되도록 경계의 말을 무언無言 중에 보내고 있는 것은 아닌가. 한식 전에 열심히 찻잎을 따서 만들었으니, 그 부지런함과 노고는 말할 나위도 없다. 다른 글은 없어도, 새 차를 넣어 곱게 싼 함을 마주하는 이규보의 가슴 속에는 지인에 대한 고마움과 기쁨이 새록새록 솟아나는 듯하다. 이런 느낌이 시 작품에서도 잘 나타나 있다.

차를 통해서 멀리 있는 벗에게 소식을 전하고, 차를 받은 벗은 보내준 벗에게 시를 보내서 고마운 마음을 전한다. 차야말로 가장 맑으면서도 그윽한 선물이다. 그것을 사이에 두고 우정이 깊어간다.

| 깨달음의 길로 안내하는 벗 |

우리나라의 다맥茶脈은 연구자들에 따라 여러 길로 설명하고 있지만, 불교에서도 다맥이 존재했었다는 점은 분명해 보인다. 지금도 불교계의 차 사랑은 각별한 데가 있다. 스님들은 차를 만들고 마시면서 수행에 도움을 받는다.

널리 알려진 공안公案 중에 '끽다거喫茶去'가 있다. 당나라 조주 선사의 일화에서 비롯한 이 공안은, 차를 마시는 일상생활이 깨달음의 세계라는 것을 강렬하게 표현하는 말이다. 우리나라에 선불교의 도입 및 수행과 함께 이 공안은 선승들 사이에서 널리 퍼졌고, 지금까지도 일정한 영향을 주고 있다.

차는 실생활에 도움도 되었지만, 차 생활을 통해서 정신을 수양하고 불도를 닦는 중요한 보조자료였다. 뿐만 아니라 유학자들 역시 생활 속에서 차를 마시며 자신을 돌아보는 계기를 만들곤 하였다. 일상생활이 바로 깨달음의 세계라는 점을 옛사람들은 차를 마시며 느꼈던 것이다. 조선 중기의 고승 서산대사의 시에서도 그런 점을 잘 표현하고 있다.

흰 구름은 오래된 벗   白雲爲故舊

밝은 달은 대장부 생애.   明月是生涯

수많은 골짜기와 봉우리 속에서   萬壑千峰裏

누군가를 만나면 차를 권하리.   逢人卽勸茶

—서산휴정西山休靜, 「행주선사에게行珠禪師」, 『청허당집』 권1

어디에도 걸림 없는 흰 구름을 벗으로 삼는 수행자의 모습에서 서산대사의 삶은, 그야말로 '그물에 걸리지 않는 바람' 같은 생활을 그대로 체현하고 있다. 산속에 높이 걸린 밝은 달은 그가 도달한 드높고 맑은 정신세계를 표현한다. 어떤 장애물도 거침없이 헤쳐 나가며 용맹정진하는 모습이야말로 진정 깨달음을 향해 나아가는 대장부의 모습이다. 그런 삶에 무슨 번뇌가 있고 무슨 걸림이 있으랴. '만 개의 골짜기와 천 개의 봉우리[萬壑千峰]'로 상징되고 있는 세상의 험한 인생길을 거침없이 넘어서 깨달음의 정신 경계 속에서 누군가를 만나서 차를 한 잔 권한다는 것은 바로 '끽다거'의 세계를 의미한다. 차를 마시는 행위를 통해 깨달음의 정신세계를 드러내는 하나의 방편으로 삼고 있다.

물론 모든 사람이 차를 통해 깨달음의 세계로 갈 수 있는 것은 아니다. 그렇지만 중요한 것은, 번우한 일상 속에서 차를 마심으로써 자신의 내면을 돌아보는 계기를 마련한다는 점이다. 차의 색깔, 향기, 맛 등을 음미하면서 자신의 감각 세계를 관찰하고, 그것을 통해 영원한 것은 없다는 것, 모든 것은 변화한다는 것을 자각한다. 혹은 찻물을 달이고 우려내는 동안 마음을 차분히 가라앉힌다. 그러한 마음이 행동으로 표현될 때 우아하고 격조 높은 삶을 이룰 수 있을 것이다. 이럴 때 '우아함'이란 경제적, 사회적 차원에서의 포장된 우아함을 말하는 것이 아니라, 정신적 차원의 드높은 경계가 현실의 삶으로 나타날 때 지칭될 수 있는 미적 개념일 것이다.

허균은 『한정록閑情錄』에 「소문충공집蘇文忠公集」의 기록을 인용하여 다음과 같은 일화를 소개하고 있다.

『자치통감資治通鑑』을 지은 송나라 사마광司馬光이 소동파蘇東坡와 차茶와 먹墨에 대하여 대화를 나누었다.

"차와 먹 두 가지는 성질이 정말 서로 반대입니다. 차는 흰 것을 좋은 것으로 치는데 먹은 검은 것을 꼽고, 차는 무거운 것을 좋은 것으로 꼽는데 먹은 가벼운 것을, 차는 새것을 치는데 먹은 오래 묵은 것을 칩니다."

이에 소동파가 말했다.

"상품上品의 차와 뛰어난 먹은 모두 향기로우니 이는 그 덕德이 같은 것이고, 모두 성질이 견고堅固하니 이는 그 지조가 같은 것입니다. 비유하자면 현인賢人과 군자君子가 그 지혜와 아름다움의 정도는 다르지만 그 덕과 지조는 한가지인 것과 같은 것이지요."

이 말에 사마광 역시 옳다고 여겼다.

차는 언제나 문인학사들의 벗으로 곁에 남아 있었기에 소동파와 같은 비유가 가능했을 것이다. 조선 중기의 문인 계곡谿谷 장유張維는 담배가 이 땅에 들어온 지 수십 년 남짓밖에 안 되었는데도 결기가 대단하다고 하면서, 앞으로 백 년만 지나면 차와 어깨를 겨룰 정도로 인기가 있을 것이라는 말을 한 바 있다. 과연 그의 말대로, 담배가 이 땅을 지배하면서 차는 슬며시 자취를 감추었다. 생각해보면 담배의 독한 냄새가 차의 그윽한 향기와 맞지 않기도 했을 것이고, 감각적 자극의 정도 역시 달랐을 것이다. 그렇지만 예나 지금이나 기호품으로서의 담배보다는 차가 훨씬 다양한 이미지와 두터운 문화적 층위를 가지고 있는 것은 분명한 것 같다.

다시 앞에 놓인 찻잔을 든다. 창밖으로는 흰 눈 쌓인 산이 성큼 다가와서 겨울 햇살에 빛나고 있다. 향긋한 차향과 함께 온 우주가 내 몸속으로 들어오는 듯하다. 차나무의 새순이 뜨거운 불길을 감내한 뒤 아름다운 향기를 풍기는 듯, 삶의 고락을 겪으면서 나의 삶도 향기를 몸속에 담고 있는 것일까. 말로만 번뇌하는 것은 내 삶에 어떤 도움도 되지 않듯, 말로만 마시는 차는 어떤 변화의 계기도 마련해주지 않는다. 중요한 것은, 무심한 마음으로 내가 차 한 잔을 마시면서 그 안에 담긴 우주를 만나는 것이 아닐까.

절의 정신

무인의 삶은 언제나 그 너머의 드높은 정신경계를 꿈꾸었다. 힘만을 앞
세운 무인이 아니라 몸과 정신이 조화를 이루어 그의 행동이 천하 만민
에게 도움이 될 수 있도록 하는 것이 바로 그들의 이상이었던 것이다.
어쩌면 지금 우리에게 필요한 덕목 역시 비슷하지 않을까 싶다.

절의, 인간 정신의 드높은 자리

浩
然

예나 지금이나 의리를 지킨다는 것은 때때로 인간성이 도달할
수 있는 최고 경지를 대변하는 말처럼 사용된다. 사람마다 '의리'의
함의는 다르기는 하지만, 다른 사람과 맺은 관계 속에서 개념이 만
들어진다는 점에서는 일치한다. 그렇게 치면 어떤 개념도 마찬가지
겠지만, 특히 의리라는 개념은 쓰이는 맥락에 따라서 그 함의를 달
리한다. 의리를 지킨다는 것은 상하관계에서나 수평적 관계에서 모
두 통용된다. 친구 사이에서도 의리를 지킬 수 있고, 자신이 모시는
주군을 위해서 의리를 지킬 수도 있다. 그런 점에서 의리는 참 광범
위한 개념을 지닌 말이다.

그렇다면 '절의'는 어떤가. 친구 사이에 절의를 지킨다는 말은

잘 쓰지 않는다. 말하자면 이 말의 용법은 수평적 인간관계에서보다는 수직적 인간관계에서 훨씬 자주 쓰인다. 임금과 신하 사이, 윗사람과 아랫사람 사이에서 절의라는 말은 더 잘 어울린다. 물론 절의의 사전적 의미는 '절개와 의리'를 합쳐서 지칭한다. 절의 안에는 의리가 포함된다. 그렇지만 그 용법에 있어서는 수직적 관계에 더 적합한 것처럼 보인다.

의리가 되었든 절의가 되었든 이들은 일반적으로 일상생활 속에서 거의 드러나지 않다가 특별한 상황에 닥치면 자신도 모르게 발현된다. 평소에 어떤 개인이 절의를 지키고 있는지 어떤지 알 수 있는 방법은 전혀 없다. 인간 마음속에 내재하는 덕목이기 때문이다. 그것은 비정상적인 상황에 처하게 되면 발현되어 그의 속마음을 드러낸다. 그렇지만 이 경지는 누구나 도달하는 것은 아니다. 오랜 기간 동안 공부하고 수양한 뒤에야 비로소 가능하다.

사회가 유지되기 위해 인간은 서로의 관계를 조화롭게 유지하기를 원한다. 그 원칙이 사람마다 다를 수 있기 때문에, 사회적 규약이나 법규로 기준선을 마련한다. 그럴 때 사람이 다른 사람에게 지켜야 할 기본 덕목을 제시하게 된다. 그 때 중요한 개념으로 등장하는 것이 절의다. 절의는 선비정신의 중요한 한 덕목이기도 하였으며, 지금까지도 우리 마음속에 이상적 덕목 중의 하나로 꼽힌다.

절의가 발현되기 위해 우선 개인적 차원에서의 덕성 함양 문제가 논의되어야 한다. 그렇게 함양된 마음속의 덕이 외부 사건과 만나서 절의로 표현되는 것이다. 사실 절의는 꼿꼿하고 고매한 이미지로 다

가온다. 여성적이라기보다는 다분히 남성적인 개념이며, 여름 느낌
이라기보다는 겨울 느낌으로 다가온다. 그 근원을 찾아가보고, 어떤
형태로 전개되었는지를 탐색해보는 것이 이 글의 주요 목표다.

논의를 쉽게 하기 위해 먼저 옛 선비들이 생각했던 '대장부'나
'용맹'의 개념을 살펴보자. 『맹자』를 열심히 읽었던 조선의 선비들
입장에서는, 맹자가 제시하는 대장부나 용맹의 개념은 아주 친숙한
것이었으리라. 맹자는 대장부에 대하여 이렇게 말한다.

> 천하의 넓은 집에 거처하고 천하의 올바른 위치에 서며 천하의 큰 도
> 를 행한다. 뜻을 얻으면 백성들과 함께 행하고 뜻을 얻지 못하면 홀
> 로 그 도를 행한다. 부귀도 그 마음을 방탕하게 할 수 없으며 빈천도
> 그 마음을 옮겨놓지 못하며 위무威武도 그 마음을 꺾을 수 없다. 이것
> 을 일컬어 대장부라 한다.
>
> —『맹자』「등문공장구」 하

인仁과 의義를 행하는 사람이 되라는 게 요점이다. 천하의 큰 도
를 얻으면 반드시 백성들과 함께 해야 하고, 혹시라도 그 도를 펼칠
기회를 얻지 못한다면 혼자라도 그것을 행해야 한다는 것이다. 그
와 같은 마음은 부귀나 빈천과 같은 사회적 경제적 환경에 의해서
변하지 않으며, 위엄과 무력 같은 권력에 의해서도 꺾이지 않는다
는 것이다. 이런 경지에 이르러야 비로소 '대장부'라 할 수 있다는
것이다.

맹자는 또한 양혜왕에게 진정한 용맹(용기)이 무엇인가에 대해 설명을 한 적이 있다. 용맹을 좋아한다는 말에 맹자는 대용(大勇)을 가져야 한다고 말한다. 칼을 어루만지면서 상대방을 노려보며 '네가 어찌 나를 감당하겠느냐' 하는 것은 작은 용맹(小勇)이며 필부의 용맹이라는 것이다. 진정한 용기를 가진 사람이 한 번 분노하면 천하의 백성을 안정시킨다는 것이다.

맹자의 대장부 개념이 보여주는 것처럼, 단순한 힘만으로는 결코 진정한 대장부가 될 수 없다. 그것은 천하를 걱정하고 자신의 심성 수양이 천지와 통할 수 있는 경지를 상정하고 나온 개념이다. 그 정신이야말로 근대 이전의 지식인들이 이상적으로 생각했던 것이고, 그 정신이 현실로 발현되었을 때 올곧은 선비정신과 절의가 우리 앞에 모습을 드러냈던 것이다.

단순한 무부武夫를 넘어서

힘만 세다고 훌륭한 대장부가 되는 것은 아니다. 그러나 대장부의 여러 조건 중에는 호기로운 정신 풍모가 꼽힌다. 누가 뭐라 해도 내 뜻이 올곧게 서있다면 아무리 많은 사람들이 나를 비난한다 해도 굽히지 않을 수 있는 것, 나아가 그 마음으로 내 삶을 만들어가면서 오직 진리의 길로만 나아가는 자세, 그것을 호기로운 마음과 연결시킬 수 있다. 이같은 덕목은 아무래도 책상물림의 선비보다는 무인들에게서 더 자주 나타난다. 우리 고전문학에서도 자신의 호기로운 마음을 표현하는 작품이 상당수 전해온다.

　삭풍은 나무 끝에 불고 명월은 눈 속에 찬데
　만리변성萬里邊城에 일장검一長劒 짚고 서서
　긴 파람 큰 한소리에 거칠 것이 없어라
　─김종서의 시조

　김종서는 북방을 개척하여 육진六鎭을 설치함으로써 두만강을 경계로 하는 국경선 형성에 중요한 역할을 했으며, 북쪽 오랑캐의 변방 침입에 맞서서 그들을 평정하고 민심을 안정시켰던 무인이자 문신 관료다. 훗날 세조로 등극하는 수양대군과 맞서다가 비극적으로 생을 마치기도 한 그는, 대장부로서의 장쾌한 기상을 짧은 작품 속에서 잘 표현한다. 드넓은 북쪽 만주 벌판을 바라보며, 북에서 불어오는 바람을 온 몸으로 맞으며 긴 칼을 짚고 서있는 김종서의 모습이 이 작품에서 연상된다. 그 당당함은 외모에서 온다기보다는 그의 드높은 정신적 풍모에서 비롯된다. 나라의 끝자락 국경에서 북쪽 벌판을 향해 길게 휘파람을 불면서 큰소리를 내지르는 거침없는 모습이야말로 한 시대를 울렸던 사내의 호기로운 모습을 그대로 보여준다. 이러한 유형의 시조를 흔히 '호기가'라고 부르는 것은 이 때문이다.
　이같은 유형의 한시 작품도 상당수가 전한다. 조선 전기의 이름난 장군이었던 남이 장군의 작품을 예로 들어본다.

백두산 돌은 칼을 갈아 다 없앴고　　　　白頭山石磨刀盡

두만강 물은 말을 먹여 없앴도다.　　　　豆滿江水飮馬無

사나이 스무 살에 나라 평정치 못한다면　男兒二十未平國

후세에 그 누가 대장부라 일러주리.　　　後世誰稱大丈夫

　태조의 외손이었던 그는 17세에 무과 급제하여 세조의 총애를 한몸에 받는다. 이시애의 난이 일어나자 27세의 젊은 나이로 출전하여 진압하고, 이어서 병조판서에 오른다. 예종이 즉위한 지 얼마 안 되어 그의 빠른 출세를 시기하던 유자광柳子光 일파의 모함을 받아 역모죄로 사형을 당한다. 짧은 생애만큼이나 파란만장한 일생을 지낸 그는, 무과 급제자답게 호기로운 삶을 살았다.

　백두산의 돌은 칼을 가느라고 모두 없앴고 두만강의 물은 말에게 먹여서 없앴다는 표현은 단순한 과장을 넘어서 천하를 경영하려는 그의 호기로운 뜻을 드러낸다. 게다가 사나이 스무 살에 나라를 평정하겠노라는 말은 그가 단순히 난을 평정하는 일개 무인으로서의 입장도 스며 있지만, 무인의 차원을 넘어 천하 백성들을 안정시키고 싶어하는 마음이 호기롭게 들어 있는 것으로 보인다.

　무사와 문사 사이에는 어딘지 모르게 기상의 차이가 나는 듯싶다. 그러나 전통적으로 무인에 대한 폄하의 시각을 쌓아왔던 근대 이전 이 땅의 문인들에게 호탕한 기상을 자유롭게 표출하는 것 역시 조심스러운 일이었다. 물론 시대에 따라서는 협객에 대한 흥미와 함께 약간의 선망을 드러내는 경우도 있었다. 변경 지역을 여행하면서 그곳의 풍물이나 인물을 소재로 시를 쓰는 변새시邊塞詩의 전통 역시 존재했다.

무인을 무시하는 문신들의 편견이 널리 퍼져 있기는 했지만, 그들은 좀스런 책상물림의 삶에 답답함을 느끼기도 하고, 천하를 호령하는 꿈을 꾸기도 했다. 몸은 조선의 좁은 땅덩어리에 묶여 있으되 마음은 천하를 뛰노는 사람들이 바로 무인들이었다. 무인의 삶은 언제나 그 너머의 드높은 정신 경계를 꿈꾸었다. 힘만을 앞세운 무인이 아니라 몸과 정신이 조화를 이루어 그의 행동이 천하 만민에게 도움이 될 수 있도록 하는 것이 바로 그들의 이상이었던 것이다. 어쩌면 지금 우리에게 필요한 덕목 역시 비슷하지 않을까 싶다.

| 절명시絶命詩의 세계 |

조선이 망하던 시절, 꼿꼿한 절의 정신을 드날리던 분들이 상당히 많다. 그 중에서도 매천梅泉 황현黃玹은 서늘한 정신이 아직도 우리를 일깨우는 대표적인 인물이다. 대한제국이 일본에 병합되는 내용의 을사보호조약(1905)이 체결되었다는 소식을 듣자 그의 울분은 극에 달했다. 황현은 5년 뒤 일본이 조선을 완전히 식민지화한 경술국치庚戌國恥를 당하여 자결하신 분이다. 비록 조선에 벼슬한 적은 없지만, 5백 년 동안 이 땅의 선비를 먹여 살려준 나라가 망했는데도 나라를 위해 목숨을 바치는 선비가 없다는 것은 수치라고 생각한 것이다. 그 시절의 지식인들이 지키던 절의를 몸으로 보여준 것이다. 그 무렵 황현은 여러 편의 시를 남기고 있는데, 다음과 같은 시에서 우리는 그의 결연한 절의 정신을 가늠할 수 있다.

새 짐승 슬피 울고 바다와 산 찡그리니	鳥獸哀鳴海嶽嚬
무궁화 이 강산이 이미 가라앉았네.	槿花世界已沈淪
가을 등불 아래 읽던 책 덮고 천고 역사 생각해보니	秋燈掩卷懷千古
세상에 지식인 되기가 참으로 어렵구나.	難作人間識字人

　　─황현, 「절명시絕命詩」

이처럼 이승에서의 인연이 다하는 순간 마지막으로 토해내듯 쓰는 작품을 절명시라고 한다. 평생의 삶이 이 작품에 응축되어 있다 해도 과언이 아니다. 어떤 작품은 자신의 신념을 적나라하게 드러내는가 하면 어떤 작품에서는 비장한 해학미를 드러내기도 한다. 그러나 어느 쪽이든 세상을 향해 던지는 작자의 강렬한 메시지가 담겨 있다.

나라 걱정하기를 집안 걱정하듯 했고	憂國如憂家
임금 사랑하기를 아비 사랑하듯 했네.	愛君如愛父
밝은 해가 나의 붉은 마음 비추면서	白日照丹衷
밝고도 밝게 이 땅에 임하였도다.	昭昭臨下土

　　─조광조趙光朝, 「절명시」

엄격한 성리학자들의 경우에는 시문을 쓰는 것에 대해 부정적 입장을 취하는 사람들이 더러 있었다. 시문을 쓰느라고 골몰하다가 정작 심성 수양에는 소홀히 할 가능성이 있다는 점 때문이었다. 조광조 역시 시문 쓰는 것을 부정적으로 바라보았다. 그 탓에 그의 문집에 수록된 시는 몇 수 안 된다. 위의 시는 그 중의 하나다.

널리 알려진 것처럼 조광조는 성리학의 기본 이념에 따라 통치하는 것을 주장하였기 때문에 매우 급진적인 정책을 추진하였다. 올바른 방향에도 불구하고 많은 적을 만든 조광조는, 남곤南袞, 홍경주洪景舟, 심정沈貞 등에게 모함을 당해서 역모죄로 사약을 받아 죽는다. 그를 모함할 때 나뭇잎에 꿀로 '走肖爲王(趙씨가 왕이 된다)'이라고 써서 벌레가 갉아먹도록 만든 뒤 그것을 이용했다는 설화가 널리 전한다.

그가 사약을 받고 죽을 때 지은 시가 바로 위의 작품이다. 여기서 조광조는 직설적인 어법으로 자신의 마음을 드러낸다. 집과 나라, 부모와 임금이 같은 차원에서 논의되는 것은 유교의 기본 입장이다. 하늘의 밝은 태양이 내 마음을 비추면서 이 땅을 환하게 비추어준다는 표현에서, 자신의 결백함을 강조한다. 물론 조광조의 작품이 문학성을 얼마나 획득하였는지는 의문을 표할 수 있지만, 이 작품을 읽는 조선의 선비들은 조광조의 정신이 성취한 드높은 세계에 대해 전율을 느끼지 않았을까. 시대가 달라져서 감동을 전하는 표현 방식이나 서술 태도에 차이는 있을지언정 거기에 스민 정신은 여전히 서늘한 느낌을 준다.

옛 선비들의 꼿꼿한 정신이 반드시 긍정적인 측면만을 가진 것은 아니다. 그 이면에는 자기 신념에 대한 믿음 때문에 과도한 주장과 어느 정도의 편협성을 깔고 있다. 성현의 말씀이라면 누구도 거부해서는 안 된다는 마음 때문에 상대방의 처지나 주변 환경을 고려하지 않고 근본주의적인 주장을 해서 사태를 어렵게 만들기도 한다. 그렇지만 그러한 원칙을 강력하게 지키는 사람들이 세상에 도리가 바로설 수 있는 계기를 만든다.

선비들의 정신을 이루는 요소를 몇 가지 들 수 있다. 명분이라든지 염치廉恥, 숭검崇儉 등이다. 이들과 함께 반드시 꼽히는 것이 바로 절의다. 절의는 출사 여부와 관련되는 것은 아니다. 남성이든 여성이든, 벼슬을 하는 사람이든 재야에 은거하는 사람이든, 양반이든 천민이든, 절의는 인간의 보편적 덕목 중의 하나다. 이같은 덕목이 하루아침에 발현되는 것은 아니다.

근대 이전의 지식인들이 절의를 현실 속에서 지킬 수 있는 힘은 바로 공부에서 나온다. 옛 선현들의 언행을 기록한 것은 언어 문자를 통해서 후세로 전해지고, 이것은 교육을 통해서 다음 세대로 이어진다. 공부는 바로 그와 같은 문화유산을 익히는 것이다. 그렇지만 문자의 표면적 의미만을 습득하는 공부라면 그것은 진정한 공부가 아니다. 책을 읽고 글을 쓰는 것은 삶을 변화시키려는 노력의 한 표현이다. 중국 명나라의 뛰어난 학자였던 왕양명은 제자들에게 이런 취지의 말을 한 적이 있다. "『맹자』를 읽었다는 사람이 있다. 그러나 그가 『맹자』를 읽은 만큼의 변화를 삶에서 가져오지 못한다면 그는 『맹자』를 읽지 않은 것이다."

왕양명의 글을 처음 접했을 때의 전율감 내지는 감동을 나는 지금도 잊지 못한다. 책을 읽으면서 감동을 받았다면 당연히 내 삶은 그 감동의 양만큼 바뀌어야 정상이다. 우리가 많이 접하는 소설을 읽어도 나의 마음가짐이나 태도가 바뀌는 법인데, 위대한 선현들의 말씀을 읽으면서 내 삶에 전혀 변화가 없다는 것은 쉽게 이해할 수 없는 발언이다. 다만 근대 이후 학문이 우리의 삶과 분리되면서 조상들의 공부 방법은 우리와 먼 나라 이야기가 되어버렸다. 공부는 잘하는데 행실은 형편없다든지, 사람은 착한데 남들에게 쉽게 이용당한다는 식의 인물 평가를 우리는 종종 한다. 동아시아의 전통적인 공부 개념에서는 이와 같은 평가가 원칙적으로 성립되지 않는다. 공부와 실천이 떨어지면 안 된다는 것이 기본 전제이기 때문이다.

인간은 태어날 때부터 마음속에 '인仁'을 부여받는다. 임금이든 천민이든, 남자든 여자든 누구나 마음속에는 인을 가지고 있다. 그것은 천지만물의 가장 정수에 해당하는 생명력과 맥락을 함께하는 것이며, 인간을 인간답게 만들어주는 중요한 요소다. 그 인이 현실 속에 발현된 것이 바로 '의義'다. 그런 점에서 보면 절의는 인간의 순선한 마음이 표현되는 한 형태인 것이다. 문제는 이러한 덕목이 발현되기 위해서는 앞서 언급한 것처럼 공부가 되어야 한다. 글을 배워서 읽고 스승의 가르침을 받으며 동학들과의 토론과 상부상조 과정에서 우리는 스스로 옛 성현들의 이상적인 삶의 태도를 따라 배운다.

　가난하지만 결코 자신의 뜻을 굽히지 않는 선비정신 혹은 절의 정신은 바로 공부와 실천의 합일에서 비롯된다. 나는 요즘 어떤 책을 읽고 있는지, 그 책은 내 삶에 어떤 의미를 던져주는지, 그것이 궁극적으로 삶에 대한 나의 태도에 변화를 가져오는지, 이런 여러 가지 문제를 진지하게 생각해야 새로운 공부길로 들어설 수 있다. 그와 같은 공부를 통해서 내 정신의 꼿꼿함을 드러냄으로써 세상이 긍정적으로 변화할 수 있는 계기를 제공하는 것이야말로 이 시대가 필요로 하는 공부길일 것이다. 그 길을 걸어나갈 때 나의 경제 수준이나 학력, 신분 등에도 불구하고 절의 가득한 삶을 만들어나갈 수 있을 것이라고 확신한다.

문학과 여행

인간의 몸은 작고 인생도 짧지만 호연지기를 길러서 우주와 하나가 될
수 있다면 그의 삶은 무한한 경지로 확대된다. 호연지기를 기르는 가장
좋은 방법이 바로 산을 오르는 것이다. 짧은 여행이라 해도 그 이면에는
철학적 차원의 밑그림이 전제되어 있다.

길 위에서 떠돌지
않는 삶이 어디 있으랴

養
氣

| 여행의 의미와 다양한 형태 |

제한된 공간에서 대부분의 생활을 이어가는 사람들에게 여행은
전혀 새로운 경험이다. 끊임없이 떠돌아 다녀야 하는 운명을 타고
난 유목민이라 하더라도, 평생의 동선을 그려놓고 보면 일정한 공
간의 흐름 속에 제한되어 있는 경우가 많다. 인간의 유랑이 애초에
식량을 얻기 위한 목적으로 이루어진 것이었다 하더라도, 정주민定
住民으로서 삶을 영위해온 수천 년 동안 인간에게 새로운 상상을 불
러일으켰던 중요한 요소였다는 점은 주목할 만하다. 한곳에 정착해
서 평생을 살아간다는 것은 다른 곳에서 식량을 구할 필요가 없다
는 전제가 있어야 한다. 국가와 같은 강력한 권력이 한 인간의 생활
공간을 제약한다 해도, 식량 문제가 해결되지 않으면 사람들은 목

숨을 걸고서라도 새로운 터전을 찾아 길을 나선다.

물론 이같은 논의는 어찌 보면 논리적인 것에 불과할는지도 모르겠다. 이론상으로 보면 인간의 유랑, 떠돌아다니는 행위가 식량문제 해결을 위한 생존 문제 때문이겠지만, 수천 년 인류 역사가 진행되는 동안 그것 하나만을 가지고 인간의 유랑을 설명하기란 거의 불가능한 일이다. 더욱이 19세기 이전의 한반도에서는 생활 조건 자체가 떠돌아다니는 개인의 존재를 우호적인 시선으로 바라보았던 것은 아니다. 서양의 경우도 비슷하겠지만, 농경사회였던 조선사회(나아가 동아시아 사회 전반)에서 사회 구성원 간의 결속력이란 때때로 생존력을 강화시키는 요소이기도 했지만 다른 한편으로는 이방인을 맹목적으로 내치는 '텃세'로서 기능을 하기도 했다. 잘 짜여진 생활공간 속에서 개인의 상상력이 힘을 발휘한다는 건 쉽지 않다. 한곳에서 태어나 자란 사람이라 하더라도 새로운 상상력과 기존 질서 유지에 위험이 감지되는 사유를 하는 순간 그는 내부 속의 외부가 되어버린다. 즉 몸은 사회 구성원들과 같은 위치를 점하고 있지만 사람들은 그를 외부인으로 생각한다.

내가 위치하는 공간의 질서를 잘 받아들이는 한 기존의 질서나 사유의 한계를 돌파하기란 거의 불가능하다. 어렸을 때부터 기존 질서만이 유일한 삶의 기준이라고 교육을 받아왔기 때문에 그 테두리를 벗어나는 것은 애초에 요원한 일이다. 그런 점에서 교육은 자라나는 다음 세대에게 막강한 권력을 행사한다. 교육을 하는 입장에서는 자신들의 기득권을 강화하는 방식으로 모든 교육 과정을 준비하며, 피교육자들은 비판적 시선을 갖출 틈도 없이 그 과정에 세뇌되어간다. 그렇지만 이렇게 예정된 범주를 벗어나서 새로운 길을 만드는 힘 역시 교육에서 나온다는 사실은 참으로 흥미롭다. 교육은 사회를 유지하는 힘이기도 하지만 파괴하는 힘도 똑같은 크기로 함축하고 있다. 문제는 그 힘이 발출되는 계기를 어떻게 만들어 주느냐이다.

유교 사회 국가에서 사서四書의 존재를 무력화시키는 사유나 행동을 하기가 쉽지 않듯이, 어느 사회든 교과서 역할을 하는 책이나 생각들을 뛰어넘기가 어렵다. 그것은 사회의 불합리한 점을 몸소 강렬하게 체험한 사람들의 경험과 그것을 날카롭게 예각화하여 문제의식을 형성할 수 있도록 도와주는 스승을 만나야 가능하다. 그러나 이렇게 어려운 과정을 딱히 거치지 않아도 어느 정도 새로운 돌파구를 마련할 수 있는 것이 있다. 바로 여행이다.

여행은 언제나 자신이 한곳에 안주하는 것을 거부하는 대표적인 행동이다. 자신의 생활공간을 떠나 새로운 공간으로 이동하는 것이 여행이라 해도, 그 이면에는 언제나 귀향이 전제되어 있다. 즉 모든 여행은 '집을 떠나서, 낯선 공간을 떠돌다가 유랑, 다시 고향으로 돌아오는' 일련의 여정을 포함하고 있다. 그러나 떠나기 전의 '나'와 유랑 생활을 거친 뒤 고향으로 돌아온 '나'는 대체로 질적인 차이를 내포하기 마련이다. 바로 그런 점 때문에 짧은 여행이라도 평생토록 마음에 각인되어 있는 경우도 있으며, 때때로 인생의 결절점을 만들기도 한다.

근대 이전을 살아갔던 이들의 여행은 자발적이기도 했지만 타의에 의해 이루어지는 경우도 많았다. 더욱이 교통이 그리 발달하지 않았던 근대 이전에는 집을 나선다는 것도 쉽지 않은 일이었다. 여행이 사회적으로 활발하게 이루어지려면 그와 관련된 사회적 인프라가 두텁게 형성되어 있어야만 한다. 교통수단의 획기적 발달과 숙박시설 및 음식점 등의 폭발적 증가를 보이는 근대에 들어와서야 비로소 여행이 대중화되었음을 생각한다면, 그 이전 시기의 여행은 지금 우리가 생각하는 여행과는 일정한 차이를 가지고 있으리라 여겨진다. 근대 이전의 여행 기록을 통해서 우리는 '길 위의 인생'을 다시 한번 돌아보는 계기를 마련할 수 있을 것이다.

| 공적인 임무로 떠나는 여행 |

하층민으로서는 일상의 공간을 떠나 여행을 한다는 것은 꿈같은 일이었다. 물론 장날에 장을 보러 가거나 가까운 친척집에 행사가 있어서 다른 마을을 다니러 가는 것 역시 여행이라면 여행이라 할 수도 있다. 하루 내지는 며칠 사이에 이루어지는 짧은 여정이지만, 그 역시 집이라고 하는 일상의 공간을 벗어난다는 점에서 가슴 설레는 일이었음에 틀림없다. 오랜만에 만나는 친지들이나 지인들과 나누는 술 한잔의 맛은 자주 접하기 어려운 삶의 즐거움이었다. 그러나 이들이 낯선 공간 속으로 들어가서 새로운 경험을 하는 여행을 하는 것은 거의 불가능했을 것이다. 자신이 딛고 선 터전에서 도

저히 살아갈 수 없을 정도의 핍박과 고통을 받는다면 물론 그곳을 벗어나 유랑의 길로 들어설 것이다. 그러나 이것을 여행이라고 하기에는 그들의 유랑이 너무도 절박하고 눈물겹다.

그렇게 본다면 근대 이전의 여행이라는 것은 주로 사회 상류층(경제적 차원이거나 문화적 차원의 상류층)의 전유물이었다. 가난한 선비의 생활이라면 모르겠지만, 웬만한 양반들은 하인을 데리고 견마를 잡혀서 길을 떠났다. 말 위에서 자연을 완상하면서 시를 읊기도 하고, 흥이 나면 내려서 쉬어가기도 하면서 편안한 여행을 즐겼다.

근대 이전의 지식인들에게 여행의 명분을 제공하는 것은 무엇이었을까? 바로 공적인 임무를 띠고 집을 나서는 일이었을 것이다. 선비들은 두 가지 모습을 지닌다. 재야에 있을 때는 심성수양을 하면서 공부를 하는 '학생學生'이지만(지금도 제사의 축문에 '학생부군신위學生府君神位'라고 쓰는 것을 상기하라), 과거를 통해서 벼슬길로 나아가면 관리로서의 삶을 누린다. 공부하는 학인學人과 백성을 다스리는 관리는 선비들의 두 얼굴이었다. 어떤 위치에 처해 있는가에 따라 여행의 방식과 내용은 기본적인 차이를 보인다.

관리로서의 여행은 임금의 명을 받아 떠나는 공적인 차원의 것이다. 자신이 근무해야 할 임지로 가는 것도 여행이요, 임지에 도착해서 자신이 다스리는 고을을 돌아보는 일도 일종의 여행이다. 평소에 공부해오던 내용을 실생활 속에 적용하면서 백성들의 삶을 돕고 임금을 보좌하는 일은 선비로서 자랑할 만하다. 따라서 공무로 떠나는 여행은 자부심과 당당함으로 한껏 고조된 흥취를 드러낸다.

물론 공적 여행이 모두 고조된 흥취를 보이는 것은 아니다. 대부분의 관리가 그렇겠지만 임명을 받아 부임할 당시에야 고조된 마음을 주체하지 못할 수는 있겠지만 업무를 시작하고 백성들의 삶을 구체적으로 만나게 되면 다시 차분한 마음으로 돌아가 실상을 살피게 된다. 그들의 눈에는 백성들의 풍족함보다는 어려움과 굶주림이 눈에 더 빨리 들어오기 마련이다. 그렇지만 다른 한편, 집을 떠나 이렇게 객지를 떠도는 인생에 대한 회의 역시 동시에 일어난다.

공명이라는 두 글자 때문에   功名兩箇字

백 년 이 몸이 분주하여라.   奔走百年身

나그네 길에서 세월 보내며   客路光陰盡

이 강산에서 또 봄을 보다니.   江山又見春

─이우李堣,「춘천 인람역春川仁嵐驛」,『송재집松齋集』권1

이우는 강원도관찰사를 지내는 동안(1510~1511) 각 지역을 두루 돌아다니면서 민정을 살피고 시문을 지었다. 여러 계절을 객지에서 보내는 동안 그는 문득 회의를 느낀다. '공명'이라는 두 글자 때문에 평생을 분주하게 돌아다니는 신세가 쓸쓸했을 것이다. 사대부로서 또는 집안의 한 구성원으로서 관직 생활을 한다는 것은 당시 사대부의 권리이면서 의무이기도 했다. 특별히 생업에 종사할 수 없었던 선비 계층은 벼슬을 통해서 사회적 권력 및 경제적 문제를 해결하였다. 어쩔 수 없이 벼슬길에서 세월을 보내지만, 공명을 얻기 위해 돌아다니는 신세가 어느 순간 허망하게 느껴진 것은 아니었을까.

이 작품이 절묘한 것은 마지막 구절에 사용된 '우又'라는 글자다. 관리로서의 생활 때문에 고향을 떠난 그는, 언제나 귀향을 꿈꾸었을 것이다. 자신의 생 앞에 끝없이 펼쳐진 길을 보면서 고향의 안온함을 느끼는 것은 당연하다. 그러나 소망과 현실은 언제나 어긋난다. 귀향에의 꿈과 공명을 위한 현실은 서로 자신을 끌어당긴다. 그 사이에서 머뭇거리는 동안 '또' 봄을 만났다는 것이다. '또'라는 글자 속에 작자의 깊은 한숨과 눈빛이 스며 있는 듯하다.

유배지, 그 아득한 길 저편

여행이라고 하기에는 버거운 길 떠남이 유배다. 죄상의 진실 여부를 떠나, 유배를 당했다는 사실은 법에 저촉되었다는 뜻이다. 유배가 오히려 명예로운 일인 경우가 없지도 않지만, 그 경우에도 현실적 어려움이 면제되는 것은 아니다. 몸은 고달프고 갈 길은 멀다. 아무리 가벼운 유배도 수백 리를 가야 하는 처지이고, 법에 의하면 하루에 80리를 상회하는 길을 가야만 하는 처지기 때문에, 몸을 제대로 추스르기가 어렵다. 자신에게 닥친 현실이 힘들기도 하지만, 머릿속을 짓누르는 마음의 무게가 더 무겁다. 그런 처지에서 주변 경관이 눈에 들어오기 힘들다. 유배길에 경관을 읊은 시가 많지 않은 것은 그 때문이다. 일단 유배지에 도착하여 어느 정도 생활이 적응되면 그제야 여러 시편이 창작된다.

현재 문집을 남긴 인물들의 생애를 살펴보면 이러저러한 이유로 유배를 당해보지 않은 사람을 찾기가 힘들 정도로 흔한 일이다. 관직 생활을 풍랑 속에 흔들리는 일엽편주에 비유하는 것도 일면 이해가 간다. 관료들에게 유배란 언제 찾아올지 모르는 손님과도 같았다.

유배를 가면서 자신의 현재를 당연한 것으로 받아들이는 사람은 별로 없을 것이다. 즉 유배를 당한 사람 입장에서는 언제나 자신에게 내린 유배 처분은 부당하다. 자신은 정말 결백한데 간악한 사람들의 모함 때문에 임금이 자신을 유배 보낸다고 생각한다. 전제가 이렇게 때문에 유배 환경 속에서 지어진 작품들은 무거운 색깔을 드러낸다. 예컨대 이항복李恒福이 함경도 북청으로 귀양을 가면서 지은 것으로 알려진 시조에서도 그 분위기는 그대로 감지된다.

철령 높은 봉에 쉬어 넘는 저 구름아
고신원루孤臣寃涙를 비 삼아 띄워다가
님 계신 구중심처九重深處에 뿌려본들 어떠리
　―이항복의 시조

철령은 함경도와 강원도를 가로지르며 경계를 만드는 높은 고개다. 철령을 넘어가면서 몸의 괴로움이야 말할 나위도 없지만, 더 힘든 것은 자신의 결백에도 불구하고 무거운 처벌을 받았다는 점이다. 먼 변방 귀양지로 향하는 작자와 한양에 있을 임금 사이의 심리적 거리는 계산조차 할 수 없을 만큼 아득하다. 그 사이를 오갈 수 있는 유일한 사물은 구름이다. 어느 곳에도 걸림 없이 유유자적 노니는 구름을 보면서, 이항복은 자신의 마음을 전달하려는 시적 상관물로 삼는다.

구름은 자신의 결백한 속마음을 담는 사물이며 자신의 눈물을 비로 만들어 대신 전해주는 전령사 역할을 한다. 더욱이 '구중심처'로 표현되는 것처럼 깊고 깊은 궁궐 속에 있는 임금에게 직접 눈물을 전달하는 존재다. 아홉 겹이나 싸인 궁궐 안에 처해 있는 임금은 철령을 넘고 있는 이항복과 거리감을 드러내면서, 시 전편에 답답함, 억울함 등을 담는다. 그렇게 보면 유유자적 하늘을 떠돌아 다니는 구름은 한적함의 상징이 아니라 반드시 한양으로 가서 자신의 마음을 전해주어야 하는 소망을 담은 사물이다.

힘든 유배길이지만, 철령에서 바라본 하늘의 구름에는 자신도 모르게 그리움의 정서가 슬며시 착색된다. 구중심처의 임금을 생각하는 것에는 이미 한양을 그리워하는 마음이 스며 있다. 다만 그 정서가 표면화되지 않았을 뿐이다. 그리움은 그의 또 다른 한시 작품에서 훨씬 더 잘 드러난다.

밤새도록 묵묵히 앉아 돌아갈 길 계산하는데   終宵默坐算歸程
새벽달 사람 엿보며 문으로 들어 밝아라.   曉月窺人入戶明
홀연 외기러기 하늘 저편에 지나가니   忽有孤鴻天外過
올 때야 응당 한양성에서 출발했겠지.   來時應自漢陽城

—이항복, 「밤에 앉아서夜坐」, 『백사집白沙集』 권1

돌아가는 여정을 톺아보느라고 새벽달이 문틈 사이로 스며드는 것도 알아차리지 못했다. 기나긴 겨울이 끝나가려는지 기러기가 북으로 날아간다. 새벽달을 등지고 날아가는 기러기를 보면서, 저들이 한양을 떠나서 지금 자신이 있는 하늘 위를 날고 있다는 생각을 한다. 그 순간 이항복의 마음은 이미 한양에 가 있다고 해도 과언이 아니다. 유배객의 심사는 이렇게 어떤 자연물을 만나더라도 그리움의 정서를 환기시키기 마련이다.

유배를 통해서 뜻밖의 여행을 한 사람들은 상당한 분량의 시문을 남겼다. 유배를 떠나면서 자신이 다시 돌아올 것을 전제로 하지만, 현실적으로 귀향 여부는 아무도 모르는 일이다. 귀양지에서 죽은 사람도 부지기수다. 그렇지만 이전에는 결코 경험하지 못한 새로운 자연과 사람을 만나면서 그의 사유가 상당히 달라졌으리라는 것은 충분히 짐작할 만하다. 그들은 마음이 점차 안정되면서 자신이 살고 있는 주변을 둘러보며 세월을 보내기도 하지만, 업무에 바빠서 평소에 읽지 못했던 책을 읽으면서 새로운 사유의 세계를 만들어 나가기도 한다.

| 자연 속을 떠도는 삶들 |

자연을 찾아 심신의 긴장을 풀고 새로운 활력을 얻는 것은 예나 지금이나 마찬가지다. 인간이 자연의 운행에 순응할 때 잠재되어 있던 우주적 힘을 얻는 것을 느낀다. 많은 수행자들이 자연 속에서

깨달음을 향해 정진하는 것도 이 때문이 아닐까 싶다. 옛 지식인들 역시 자연을 돌아보며 자신의 삶을 돌아보는 계기를 마련하였다.

선비들이 산수자연을 찾아 떠나는 것은 무엇 때문일까? 가장 자주 접하는 이유는 호연지기浩然之氣를 기르기 위함이라는 것이다. 인간을 하나의 작은 우주라고 할 때, 한 개인이 우주와 소통하게 만들어주는 기운이 바로 호연지기다. 인간의 몸은 작고 인생도 짧지만 호연지기를 길러서 우주와 하나가 될 수 있다면 그의 삶은 무한한 경지로 확대된다. 호연지기를 기르는 가장 좋은 방법이 바로 산을 오르는 것이다. 짧은 여행이라 해도 그 이면에는 철학적 차원의 밑그림이 전제되어 있다.

조선 시대 선비들의 자연관을 잘 보여주는 예로 율곡 이이가 쓴 글을 들 수 있다.

천지 사이에 모든 물체는 각기 '리理'가 있으니, 위로는 일월성신日月星辰으로부터 아래로는 초목산천草木山川에 이르고 미세한 것으로는 술찌꺼기나 불에 타고 남은 재에 이르기까지 모두 도체道體가 깃든 것으로 지극한 가르침이 아닌 것이 없다. 그러나 사람이 비록 아침저녁으로 눈을 붙여 본다 해도 그 이치를 알지 못하면 보지 않은 것과 무엇이 다르겠는가. 금강산을 유람하는 선비가 또한 눈으로만 볼 따름이고 능히 산수의 진정한 지취旨趣를 깊이 알지 못한다면 바로 저 백성이 날로 사용하고 있으면서도 도를 알지 못하는 것과 별 다를 것이 없을 것이다. 홍치재洪恥齋 어른과 같은 분은 산수의 지취를 깊이 알았다고 이를 수 있을 것이다. 그렇지만 단지 산수의 지취를 알 뿐이고 도체道體를 알지 못한다면 또한 산수를 아는 것이 귀중한 것은 없다. 그분의 앎이 어찌 여기에 그치겠는가.[1]

이 글은 집안 어른인 치재 홍인우의 글에 율곡 이이가 발문으로 붙인 글이다. 이 글에서 율곡은 산수를 바라보는 세 가지 관점을 제시한다. 첫번째 단계는 산수를 눈으로만 감상하고 마는 것, 두번째 단계는 산수의 진정한 지취를 깊이 아는 것, 세번째 단계는 도체를 아는 것 등이 그것이다. 눈으로 자연의 아름다운 풍광을 보고 만다면 이는 가장 낮은 수준의 유람객이다. 한 단계 더 들어가면 산수의 진정한 뜻을 파악하여 자신의 것으로 삼을 수 있다. 그러나 여기서 더 깊이 들어간 사람은 산수의 이면에서 그것을 운행하는 기본 원리라고 할 수 있는 도체를 발견한다는 것이다. 이것이야말로 자연을 통해서 심성수양의 최고 단계에 이르려는 이상을 드러내는 발언이다.

이처럼 성리학자들의 자연관은 자연을 있는 그대로 바라보는 것이 아니라 그 이면에 깊이 잠재되어 있는 우주의 운행 원리에 관심을 가진다. 이같은 관점은 지금까지도 많은 사람들의 마음속에 들어있는 생각이기도 하다.

---

1) 이이李珥, 「치재恥齋 홍인우洪仁祐의 '유풍악록遊楓岳錄'에 쓴 발문」, 『율곡집』 권13

18세기로 접어들면 자연을 유람하고 즐기려는 풍조가 서서히 나타나기 시작한다. 물론 모든 사람들이 자연 속에서 이치를 찾는 것은 아니었다. 일상생활의 빡빡함에서 벗어나 자유롭게 노닐다가 돌아오는 공간으로서 자연이 각광을 받는다. 이에 따라 자연을 두루 유람하는 사람들이 늘어난다. 그럴 때 주목받은 곳이 바로 금강산이다.

조선시대만 해도 금강산 유람은 모든 사람들의 꿈이었다. 교통 수단이 발달하지 못한 시대에 금강산과 같은 승경을 유람하기 위해서는 사회적인 권력이 필요했다. 자연히 양반 지식인 계층에서 유람은 하나의 풍조를 이룰 정도였다. 시대가 흐를수록 여성이나 중인 계층에게까지 금강산 유람은 경향을 이루었다.

조선 후기 역관 출신의 중인인 정수동鄭壽銅의 일화에서도 금강산 유람이 얼마나 각광을 받았는지 짐작할 수 있다.

정수동의 이름은 지윤芝潤으로 역관 집안 출신이다. 태어났을 때 손에는 '壽'자가 새겨져 있었고, 장성해서는 지초芝草가 동지銅池에서 난다는 『한서漢書』의 기록을 취하여 자신의 이름으로 삼았다. 정수동의 아내가 임신하여 해산할 때가 가까웠다. 하루는 약국에 가서 해산 전후에 소용되는 약인 불수산佛手散을 지어서 소매에 넣고 돌아오는 길이었다. 우연히 친구를 만났는데, 마침 금강산 유람을 떠나는 길이라는 것이었다. 정수동은 집에 들르지도 않고 선뜻 그 친구를 따라 함께 금강산 구경을 갔다. 몇 달 동안 금강산을 비롯하여 관동 지역의 명승을 두루 돌아본 뒤 돌아왔다고 한다. 장지연張志淵의 『일사유사逸士遺事』 권1에 나오는 이야기다. 아내의 해산과 같은 중차대한 일을 팽개치고 금강산 유람을 떠날 정도면 정수동의 금강산 애정이 얼마나 컸던가를 보여준다.

조선의 여인들이라고 해서 금강산 여행을 하지 않았던 것은 아니다. 사회적으로 큰 제약을 받기는 했지만, 그것을 과감히 벗어던지고 금강산 유람을 떠났던 여인이 있다. 조선 전기의 명기 황진이는 금강산을 구경하고 싶어서 양반 한 사람을 대동하고 다녀왔다는 이야기가 전한다. 그보다 더 분명한 기록으로는 조선 후기 여성 문인 김금원金錦園을 들 수 있다. 그녀가 지은 『호동서락기湖東西洛記』라는 글이 있는데, 이 글은 충청도 지역과 금강산, 강원도 설악산을 비롯한 영동지역, 서울 지역을 두루 유람하고 쓴 기행문이다. 그녀는 금강산 구경을 너무 하고 싶었던 나머지 남장을 하고 다녀왔다. 산천경개도 구경하면서 시문을 짓기도 했는데, 그 중의 한 편을 읽어보자.

아름다운 곳 들어가니 경개 더욱 새로운데　　　　　轉入香區境益新
지는 꽃 향기로운 풀에 세상일이 구슬퍼진다.　　　落花芳草悵前塵
제법 짙은 나무 빛에 그림 같은 이 봄이여　　　　七分樹色春如畵
만 섬들이로 퍼붓는 샘물 소리 골짜기에 넘친다.　萬斛泉聲洞不貧
보름을 막 넘긴 달이 뜨니　　　　　　　　　　得月纔經三五夜
고향 그리면서 이 몸 하나인 게 안타까워라.　　望鄕難化億千身
깊은 산 지는 해에 나래 치는 학　　　　　　　深山落日翩翩鶴
모두들 간밤 꿈에 만났던 사람들.　　　　　　俱是前宵夢裏人

—김금원의 『호동서락기』 중에서

이 작품은 내금강 오선봉五仙峰과 청학대靑鶴臺 사이에 있는 금강
문金剛門을 찾아가서 지은 시이다. 이곳에는 원래 청학이 새끼를 치
고 살았는데, 봉래 양사언이 '원화元化'라는 두 글자를 써서 벽에 새
겼더니 그 글씨에 기운을 빼앗겨서 다른 곳으로 날아가서 다시는
돌아오지 않았다는 전설을 이 시와 함께 소개하고 있다.

금강산을 보겠다는 일념으로 남장을 하고 떠나오긴 했지만, 여
행 도중에 느끼는 애상적인 감회를 아름다운 경치 묘사 속에 담았
다. 환히 비치는 보름달 아래 쏟아지는 듯한 물소리, 제법 푸른빛으
로 물이 오른 나무들이 금강산을 미적 공간으로 만드는 역할을 한
다. 그러나 혼자 지내는 산속의 밤이 주는 오롯함과 외로움, 꿈인
듯 생시인 듯 청학의 날개짓 소리는 시 작품을 몽환적으로 만들어
주기도 한다.

이렇게 계층과 성별을 불문하고 떠나는 여행길에서 그들은 삶의
구속을 벗어나 자유로운 영혼을 꿈꾸었을 것이다. 그것이 바로 여
행의 묘미 중 하나가 아니겠는가.

| 새로운 길을 찾아서 |

근대 이전의 여행은 이 외에도 상당히 많다. 예컨대 해외로 다녀
온 경험이라든지, 진리를 찾아 떠나는 구도여행이 대표적이다. 이
여행길 역시 새로운 삶의 길을 찾아 떠나는 대단한 여정이었을 것
이다.

우리가 살아가는 삶을 인생길이라고 표현한다. 오랜 세월 동안 우리가 걸어가야 할 길이 무엇인지 아무도 모른다. 이 때문에 옛 선현들의 글을 읽고 공부를 해서 올바른 길을 찾으려 한다. 혼자 걷는 것이 힘들고 외롭기 때문에 벗이 필요하고 가족이 필요하다.

그렇지만 남들이 바른 길이라고 주장하며 정해놓은 길만을 고집한다면 세상은 변화의 가능성이 없다. 세상에 절대적으로 올바른 길이 어디 있겠는가. 우리는 꾸준히 새로운 길을 찾아 돌아다녀야 한다.

여행은 관습적인 삶의 틀을 깨는 하나의 사건이다. 물론 돌아오지 못할 것을 예상하고 길을 떠나는 경우도 있지만, 대부분의 여행은 돌아올 것을 전제로 하고 길을 떠난다. 새로운 길을 찾는다 해도 다시 돌아와 나의 벗들과 함께 그 길로 나아가려는 태도를 상징적으로 드러내는 것이다. 매일 아침 나의 집을 떠나 새로운 여행을 떠나면서, 오늘 내가 찾는 길은 무엇인지, 그 길은 얼마나 새롭고 아름답고 올바른 길인지 생각해볼 일이다.

이별과 문학

세상에 어떤 이별이 가슴 아프지 않으랴. 멀리 수자리를 살러 갔든, 정
치적 상황에 의해 생이별을 했든, 혹은 죽음이 이승에서의 인연을 끊어
놓았든, 이별은 언제나 개인의 마음에 깊은 흔적을 남긴다. 세월이 흘러
서 떠난 사람에 대한 기억이 희미해질 만도 한데, 여전히 그에 대한 그
리움은 퇴색될 줄 모른다.

이별, 아련한 기억의 강 저편

袂
別

| **인간의 근본적인 괴로움, 이별** |

몸과 마음이 편안하면 종교가 끼어들 틈이 없는 것처럼 보인다. 그렇게 살아가는 사람도 자신만의 종교를 가지는 경우도 있지만, 얼마나 절실한지 알 수가 없다. 오히려 고단한 삶에 지친 사람의 종교는 훨씬 강한 사람 냄새가 나고, 그 간절함도 금세 느껴진다. 내 몸이 힘들수록 현실을 넘어서려는 의지가 강해진다. 그러나 현실을 넘어설 힘도 희망도 발견하지 못한다면, 자연스럽게 종교로 마음이 돌아선다. 누구에겐가 온몸을 던져서 기대고 싶을 때가 있는데, 종교의 힘 역시 그런 것에서 나오는 건 아닐까.

고통이 없어도 나 자신을 돌아볼 시간을 가지겠지만, 고통이 있다면 더욱 많은 시간을 가질 수 있다. 몸이 아파 단 하루라도 누워서 하루를 보낸 사람은, 그 시간 동안 떠올렸던 수많은 상념들을 기억할 것이다. 바쁜 일상 속에서 자신만을 생각하는 시간이 얼마나 있었던가. 언제나 다른 사람을 먼저 배려해야만 하고, 다른 사람을 위해 일하고, 다른 사람을 위해 나의 건강을 해치기까지 한다. 그것이 거의 유일한 생존 방법이라고 생각한다.

몸이 아파 누워 있는 동안, 우리는 그 생존 방법에 대해 의문을 가진다. 여태까지 남을 위해서 모든 것을 투자했을 뿐 정작 자신에 대한 배려는 없었다는 사실을 깨닫는 순간 자신이 믿었던 생존 방법은 우리가 살아남는 여러 방법 중의 하나에 불과할 뿐만 아니라 그렇게 살아야만 한다는 생각이 하나의 착각이라는 사실을 깨닫는 것이다. 심하게 아프면 삶의 태도에 변화가 생기는 것은 아마도 그러한 깨달음의 계기를 만났기 때문일 것이다.

불교에서는 인간이면 누구나 만나는 여덟 가지 괴로움[八苦]을 말한다. 태어나고, 늙고, 병들고, 죽는 것[生老病死]이 중요한 네 가지 괴로움이다. 거기에 더하여 사랑하는데도 헤어지는 괴로움[愛別離苦], 미워하는데도 만나는 괴로움[怨憎會苦], 무언가를 구하는데도 얻지 못하는 괴로움[求不得苦], 왕성하게 살아 있는 존재의 괴로움[五蘊盛苦] 등 네 가지가 덧보태져서 여덟 가지가 된다. 어느 것 하나 인간이 피할 수 있는 건 없다.

옛시에는 아련한 그리움이나 외로움을 노래한 작품이 많다. 그 대상이 무엇인지 명확하지는 않지만, 그런 시들을 읽는 순간 독자들 역시 그 정서적 아우라에 감염되는 느낌을 받는다. 생각해보면 우리도 삶의 순간마다 외로움이나 그리움을 막연하게 느끼는 경우가 있다. 그런 느낌은 어디서 비롯되는 것일까?

앞으로는 옛 사람 보질 못하고	前不見古人
뒤로는 올 사람 보질 못한다.	後不見來者
천지의 유유함을 생각하고는	念天地之悠悠
홀로 슬퍼서 눈물 떨군다.	獨愴然而涕下

—진자앙陳子昻, 「유주의 누대에 올라서登幽州臺歌」

이 작품은 당나라 때의 이름난 시인 진자앙이 지은 것이다. 그가 눈물을 흘리는 이유는 '천지의 유유함' 때문이라고 했다. 눈물을 흘리는 구체적인 이유는 적시되지 않은 채 다만 천지의 유유함을 거론하는 것은, 자칫 독자들의 공감을 얻는 데에 실패할 가능성이 높다. 그러나 이 작품은 오랜 세월 동안 사람들의 입에 오르내리면서 감동을 자아냈다. 그 감동의 근원은 어디일까?

작중 화자는 유주의 누대에 서있지만, 그가 누릴 수 있는 시간과 공간은 너무도 미약하다. 앞시대 사람들을 보지 못했을 뿐만 아니라 앞으로 태어나 자랄 사람들도 보질 못한다. 내게 주어진 이승의 시간은 너무도 짧고 내게 허락된 공간은 너무도 작다. 생각해보면 우리 삶이란 영원한 시간에 비하면 얼마나 짧고 덧없는 것인가. 한없이 약하고 보잘 것 없는 인간 존재를 느끼는 순간 그의 눈앞에는 유유하게 펼쳐져 있는 천지의 모습이 펼쳐진다. 영겁의 시간 동안

저 모습 그대로 펼쳐진 천지 앞에서, 한없이 나약하고 덧없는 한 인간의 생이 '반짝' 하고 스쳐 지난다. 영원과 순간, 불변과 덧없음의 대비가 작품 속에서 선명하게 드러나면서, 작중 화자의 눈물은 극복할 수 없는 그 사이의 괴리에 대한 깨달음으로 비친다.

인간의 삶이 얼마나 덧없는가에 대한 자각은 우리에게 많은 영감과 활력을 불어넣기도 하지만 알 수 없는 대상에 대한 외로움과 그리움을 자아내기도 한다. 동아시아의 옛시에서 나타나는 막연한 외로움이나 그리움의 근원은 바로 인간 존재가 숙명적으로 가지고 있는 조건에서 비롯한다고 하겠다. 이것이야말로 인간 삶의 모든 것들을 괴로움으로 만드는 요인이기도 하다. 사랑하는 것은 기쁨이지만, 그 기쁜 사랑이 영원히 지속되지 않는다는 사실 때문에 괴롭다. 기쁨은 잠깐이지만 그것은 필연적으로 괴로움을 부른다. 이처럼 인간 조건을 넘어서지 못하는 한 괴로울 수밖에 없는 존재다. 바로 이 지점에서 종교나 예술이 슬며시 자리를 잡고 들어온다.

| 죽음, 넘을 수 없는 이별의 강 |

아무리 이별을 경험하지 않는 사람이 있다 해도, 종국에는 죽음을 맞이하면서 큰 이별을 한다. 죽음이 인간의 운명이라면, 그에 동반하는 이별 또한 인간의 운명이다. 우리는 알게 모르게 생활 속에서 무수히 많은 이별과 만남을 반복한다. 아침에 헤어졌다 저녁에 만나는 가족도 있고, 학교를 졸업하면서 헤어지는 친구도 있다. 그러나 이들은 언젠가는 만나리라는 희망이 있지만, 죽음 때문에 이별하는 것은 그 희망조차 없다.

죽음으로 인한 이별을 맞이하는 태도도 여러 가지가 있다. 가장 흔히 보는 유형은 그것을 인간의 운명으로 알고 힘들지만 순순히 받아들이는 경우다. 시간의 차이만 있을 뿐 자신도 결국은 죽음과 맞닥뜨리리라는 것을 잘 알고 있기 때문이다. 우리 고대 시가 중에서 「공무도하가公無渡河歌」는 남편의 죽음 앞에서 눈물을 흘리며 받아들이는 작품이라 할 수 있다. 님에게 물을 건너지 말라고 애원했는데도 결국은 물을 건너다가 빠져 죽으니 어찌하겠는가 하는 내용의 가사에서, 우리는 돌이킬 수 없는 이별을 맞는 아내의 눈물과 체념과 한숨을 느낀다. 물 속으로 걸어 들어간 백수광부나 그 아내의 정체를 무엇이라고 추정하든, 분명한 것은 죽음이 만든 이별 앞에서 도저히 어찌 해볼 수 없는 인간의 현실을 눈물 속에 담았다는 사실은 분명하다.

이렇게 인간의 의지나 능력으로는 절대로 벗어날 수 없기에 사람들은 죽음 앞에서 종교에 매달리는 것은 아닐까 싶다. 그런 점에서 죽음에서 오는 이별을 종교적으로 극복하려는 태도가 나타난다. 우리 향가 작품 중에 월명사가 지은 「제망매가祭亡妹歌」가 그런 작품이다. 이 작품에서는 어린 나이에 요절한 누이를 위해서 재齋를 올리며 명복을 빈다. 삶과 죽음의 길이 있으므로 인간은 언제나 머뭇거리는 존재라는 것, 같은 부모에게서 태어났지만 마지막으로 가는 길은 어디인지 아무도 모른다는 것, 그러나 누이는 서방 극락세계로 갔을 것이므로 자기 역시 불도를 열심히 닦아서 극락세계로 갈 것이라는 것을 노래한다. 그것은 죽음 이후의 세계를 상정한 뒤 그곳에서 만날 것을 기약함으로써 현실 속의 이별이 영원한 것이 아니라 잠깐 헤어진다는 점을 강조하려는 의도에서 나온 표현이다.

그러나 죽음은 너무도 구체적인 현실 속의 사건이다. 그 현실이 얼마나 작품 속에 표현되는가가 감동의 근원이 되기도 한다.

우리 형님 얼굴은 누구와 비슷했나	我兄顏髮曾誰似
선친 생각날 때마다 형님을 보았었지.	每憶先君看我兄
이제 형님 생각나면 어디서 뵈올까,	今日思兄何處見
의관을 갖춰 입고 냇물에 비춰봐야겠지.	自將巾袂映溪行

—박지원朴趾源, 「연암에서 돌아가신 형님을 그리워하며燕巖憶先兄」

박지원의 이 작품은, 죽음이 가져온 이별을 담담하면서도 가슴 깊은 울림으로 잘 전해준다. 형님의 죽음이 슬프다거나, 하늘이 무너지는 듯하다거나, 그립다는 등 일상적으로 사용할 수 있는 단어는 거의 이용되지 않았다. 그런데도 이 작품을 읽는 순간 형님에 대한 박지원의 애정과 그리움을 깊이 느낀다.

연암은 23세 때 어머니를 잃었다. 이듬해인 24세에 조부 박필균朴弼均이 돌아가셨고, 31세에는 부친을 여의었다. 어렸을 때부터 박지원을 귀여워해주던 누님은 35세에 돌아가셨으니, 그가 의지할 곳은 형님인 박희원朴熹源이었을 것이다. 비록 세상에 진출할 뜻을 버리고 자유롭게 살아가는 박지원이었지만, 형님은 언제나 마음속에 그를 지탱하는 기둥이었다. 박희원이 작고한 것은 박지원의 나이 51세 때였다. 형님의 죽음으로 인하여 자신은 세상 가운데 홀로 남겨진 천애고아나 다름없는 신세가 되었다. 나이가 많이 들었어도 자신이 의지할 정신적 어른이 없다는 것은 상당한 충격이다.

부친상을 치른 뒤 아버님이 생각날 때마다 형님을 보면서 그리움을 달랬다. 형님의 모습에서 아버지의 모습을 읽은 것이다. 그러나 이제 형님마저 돌아가셨다. 형님이 보고 싶으면, 이제는 의관을 차려입고 개울가로 가서 자신의 모습을 비춰본다. 내 얼굴에서 형님의 모습을 발견하고는 그리운 마음을 달랜다. 죽음으로 인해 이별을 했지만 형님에서 아버지로, 다시 자신의 모습으로 이어지는 시의 흐름은 절묘하면서도 감동적이다.

박지원의 글을 읽어보면 그가 얼마나 자유로운 생활을 했는지 짐작할 수 있다. 어떤 때는 세수도 하지 않고 덥수룩한 모습에 편안한 옷차림으로 방을 뒹굴면서 글을 읽고 썼다. 그가 의관을 제대로 차려입은 모습은 쉽게 상상이 되지 않는다. 그런 모습의 박지원이 굳이 의관을 정제하고 자신을 시냇물에 비춰보는 것은, 형님에 대한 그리움을 조금이나마 덜어보려는 심사다. 이 작품을 읽노라면 인적 드문 시냇가에 도포와 갓을 제대로 차려입은 초로의 사나이가 시냇물을 들여다보고 망연자실 앉아 있는 뒷모습이 떠오른다. 참 쓸쓸하면서도 가슴 아픈 풍경이다.

죽음 앞에 선 인간은 나약하고 보잘 것 없는 존재다. 그 운명에 체념하기도 하지만 종교적 신념으로 당당하게 맞서거나 이겨내기도 한다. 박지원의 작품에서처럼 이별을 담담하게 받아들이면서도 자신의 슬픔을 가슴 깊이 넣었다가 아주 절제된 표현으로 승화해내는 경우도 있다. 이러한 과정을 통해서 인간은 죽음과 이별 앞에서 조금씩 익숙해지는 모양이다.

시대가 만드는 이별들

분단의 아픔을 여전히 가지고 있는 우리로서는, 전쟁이나 충군充軍 등의 이유로 발생하는 이별에 특별한 느낌을 가진다. 내 의지와는 상관없이 일어난 전쟁 때문에 수많은 이산가족들이 수십 년 동안 그리움과 아픔을 가슴에 묻고 살아가는 현실은, 19세기 이전의 옛시를 읽을 때에도 그대로 이어진다.

예나 지금이나 국가를 유지하는 중요한 힘은 군대다. 국가는 국민들에게 병역의 의무를 부과하고, 그 의무를 이행하는 대신 국민들을 보호한다는 것이 기본 논리다. 그 논리가 언제나 공평하게 이행되었는가는 차치하고라도, 권력은 언제나 국민들을 변방으로 보내서 영토를 유지하기 마련이다. 그 과정에서 장삼이사張三李四들의 가슴 아픈 현실이 개재한다.

지금과는 달리 예전에는 군역軍役 때문에 집을 나서면 두어 해 동안 돌아오지 못하는 일이 흔하였다. 더욱이 북쪽 변방으로 배치되었다면, 그의 귀환은 여러 해 동안 이루어지지 못한다. 지금처럼 소식이 원활하게 소통하지 못하던 시대에, 그 몇 년은 가족들에게 씻을 수 없는 상처로 남는 경우가 많다. 게다가 생사조차 알 수 없다면 애타게 기다리는 마음은 형언할 수조차 없다. 정몽주鄭夢周의 시는 바로 그 지점을 잘 포착하였다.

떠나신 지 여러 해, 소식이 없어	一別年多消息稀
변방에서의 생사를 누가 알까요?	寒垣存沒有誰知
오늘 아침 비로소 겨울옷 부치오니	今朝始寄寒衣去
울면서 당신 보낼 때 뱃속에 있던 아이랍니다.	泣送歸時在腹兒

—정몽주, 「정부원征婦怨」, 『포은집圃隱集』 권1

이 글은 '남편을 멀리 군인으로 보낸 아내'인 '정부征婦'의 원망 어린 마음을 담은 작품이다. 남편이 군역 때문에 집을 떠난 지 여러 해가 되었으나 소식이 없다. 죽었는지 살았는지조차 알 도리가 없다. 그 몇 년 동안 아내의 속은 새카맣게 탔을 것이다. 새색시였던 아내는 벌써 장성한 아들을 두고 있는 어머니가 되었다. 남편에 대한 그리움으로 살아가던 그녀는 언제나 가을이 되면 남편을 걱정했을 것이다. 어쩌면 그녀의 남편은 봄이나 여름에 갔을지도 모를 일이다. 가을이 되어 겨울을 코앞에 두면 남편이 춥지나 않을지 근심이 태산이다. 언제나 남편을 위해서 겨울옷을 만들지만 그 옷을 전달할 길이 없다.

아내는 남편을 위해 북쪽 변방으로 옷을 보낸다. 그녀는 아이를 불러서 남편이 간 곳을 알려준 뒤 아들 손에 옷을 들려서 보내는 것이다. 그 아이는 군역을 이행하러 가는 남편과 울면서 헤어질 때 뱃속에 회임하고 있었던 태아다. 뱃속의 아이가 태어나 탈 없이 자란 것도, 이제는 아버지를 위해 겨울옷을 가지고 먼 길을 떠날 정도로 큰 것도, 아내는 기쁘다. 아버지 얼굴 한 번 보지 못한 아이가 이제는 아버지의 옷을 들고 찾아나서는 길이다. 아내의 사무친 원한, 아버지를 모르고 자란 아이의 슬픔, 생사조차 전하지 못한 채 변방에서 떠돌고 있을 아버지 혹은 남편의 괴로움 등 여러 종류의 아픔과 정감들이 아내의 독백 속에 한껏 스며 있다.

까치가 울타리 가 꽃가지에 떠들썩하고 　　　　鵲兒籬際噪花枝
거미가 침상 머리에 줄을 치더니 　　　　　蟢子床頭引網絲
우리 님 돌아오실 날 머지않았다고 　　　　余美歸來應未遠
마음이 일찌감치 알려주시네. 　　　　　　精神早已報人知

—이제현李齊賢, 「거사련居士戀」

까치가 울거나 거미가 방에 줄을 치면 누군가가 찾아온다는 말이 지금도 전한다. 이 노래의 앞부분에서는 민간에서 전하는 속설을 소재로 엮었다. 사람 사는 집에 찾아올 사람이 한둘이겠는가마는, 멀리 부역을 하러 떠난 남편을 기다리는 아내는 남편의 귀가를 고대한다. 이 노래는 『고려사』(권71 악지樂志2)에 수록되어 전한다. 실제로 어떻게 불렀는지 알 수는 없지만, 그 노래 가사를 고려말 문인 이제현이 한시로 번역한 것이 있어서 그 내용을 짐작할 수 있다. 『고려사』의 기록에는 이렇게 되어 있다. 부역을 하러 떠난 사람의 아내가 이 노래를 지었는데, 까치와 거미를 빌려 자기 남편이 돌아오기를 바라고 있다. 이제현이 시를 지어 그 노래를 풀이하였다.

내 마음 베어내어 저 달을 만들고자
구만 리 장천에 번듯이 걸려 있어
고운 님 계신 곳에 가 비추어나 보리라
―정철의 시조

정철의 시조 역시 멀리 떠난 님을 그리워하는 마음을 절절하게 표현하고 있다. 어두운 밤을 밝혀주는 달은 예부터 인간의 소망을 기원하는 대상이었다. 달을 보면서 마음속의 소원을 빌기도 하고, 억울한 속마음을 하소연하기도 했다. 특히 사랑하는 사람을 멀리 떠나보낸 사람 입장에서는, 정인情人과 자신을 합일시키는 고마운 존재가 달이다. 몸은 비록 천리만리 떨어져 있지만, 같은 하늘 아래 같은 달을 보면서 서로를 생각하고 있으리라 떠올리기만 해도 얼마나 가슴이 뛰는 일인가.

이처럼 달을 매개로 해서 멀리 떠난 임과 자신을 견주어보는 문학적 전통은 이미 삼국시대부터 확립되어 있었던 것으로 보인다. 백제의 노래로 알려진 「정읍사井邑詞」가 그 예다. 이 작품은 정읍에 사는 아낙네의 일화와 함께 망부석 설화를 가지고 있는 노래다. 정읍에 사는 어떤 사람이 장사를 하기 위해 고향을 떠나 오랫동안 돌아오지 않았다. 그 아내는 언제나 산 위로 올라가 멀리 바라보곤 하였다. 그녀는 남편이 혹여 밤길을 걷다가 해를 입지나 않을까 걱정을 하면서 이 노래를 불렀다고 한다. 여기서도 장사꾼의 아내는 달에게 남편을 지켜달라고 기원한다. 이렇게 보면 달은 짝사랑이나 그리움, 갈망 등을 호소하는 좋은 상대역이었다.

세상에 이별치고 혼쾌히 하는 것이 얼마나 되랴마는, 외부의 힘에 의해 강제로 이별을 당한다면 그 아픔과 상처는 평생을 갈 것이다. 인간 개인이 시대를 뒤바꿀 수 없지만, 시대는 한 인간을 한없는 슬픔 속으로 넣을 수 있다. 이별은 그렇게 찾아오고, 시대의 불화 때문에 만나는 이별은 인간의 심사를 한층 깊게 만든다.

| 기생의 사랑과 이별 |

19세기 이전 남녀의 사랑은 어떤 모습이었을까? 예나 지금이나 사람 사는 동네에서 남녀 간의 사랑은 중요한 삶의 소재였을 것이다. 그러나 지금의 상황과 비교할 때, 근대 이전에는 남녀의 사랑이 공개적으로 표현되거나 시선을 받는 것은 어려웠다. 지금 시대에 비해 남녀 간의 만남이 적었던 탓에 사랑이 싹틀 여지가 적었기 때문이다. 더욱이 조선시대에는 중매에 의한 결혼이 주종을 이루었으므로, 한 번도 얼굴을 대한 적이 없는 남녀가 만나서 결혼을 하는 것이 일반화되어 있었다. 그러니 남녀 간의 사랑이 싹트는 것은 결혼 이후 얼마 간의 시간이 흘러야 가능한 일이었다.

여성들의 경우 사회적으로 이성과의 사랑을 나눌 기회를 잡기가 어려웠지만, 남성들은 사랑의 형태를 띤 이성과의 교유를 할 수 있는 공간을 가지고 있었다. 기방이 바로 그곳이다. 남성들의 술자리에서 기생들이 시중을 들고, 그런 여성들과의 이성적 감정을 나누는 일은 드문 일이 아니었다. 이전의 시화서詩話書에 등장하는 기생들과의 일화와 그에 얽힌 시 창작의 유래는 대체로 이런 환경에서 나왔다.

고려의 충선왕이 오랫동안 원나라에 머물고 있을 때, 어떤 여인에게 정을 쏟았다. 고려로 돌아오게 되자 그 여인이 쫓아왔다. 왕은 연꽃 한 송이를 꺾어서 이별의 정표로 주었다. 왕은 밤낮으로 그리움을 이기지 못하여, 결국 이제현에게 다시 가서 보고 오도록 하였다. 이제현이 가보니 그 여자는 마침 누각 위에 있었는데, 밥을 먹지 못한 지 여러 날이 되어 말도 제대로 하지 못하는 형편이었다. 그녀는 간신히 붓을 들어 한시를 한 편 썼다.

보내주신 연꽃 한 송이	贈送蓮花片
처음에 왔을 때 붉디붉더니	初來的的紅
가지를 떠난 지 지금 며칠 되었는가	辭枝今幾日
초췌한 모습이 사람과 한가지네.	憔悴與人同

이제현이 돌아와서 아뢰기를, "여자는 술집으로 들어가 젊은 사

람과 술을 마신다는데, 찾아도 찾을 수 없었습니다"라고 하였다. 이 말에 왕은 크게 뉘우치며 땅에 침을 뱉었다. 이듬해 임금의 생일인 경수절慶壽節이 되어 잔치가 열렸다. 이제현이 왕에게 술잔을 올리면서 뜰 아래로 물러나 엎드리고는 죽을죄를 지었노라고 말했다. 왕이 무슨 일이냐고 묻자, 이제현은 그 여인에게서 받았던 시를 올리면서 사실대로 아뢰었다. 왕은 눈물을 흘리면서 이렇게 말했다. "만약 그날 이 시를 보았더라면 죽을힘을 다해서라도 돌아갔을 터인데, 그대가 나를 사랑하여 일부러 말을 바꾸었으니 참으로 충성스럽구려."

조선 전기 문인인 성현成俔이 지은 「용재총화慵齋叢話」에 수록되어 있는 시화다. 충선왕은 원나라에서 어린 시절을 보내다가 후에 고려의 왕으로 등극하였다. 그가 정을 주었던 여인이 기생인지는 확실치 않지만, 이제현이 그녀를 '술집으로 들어가 젊은 남자와 놀더라'고 말을 꾸민 걸 보면 기생일 가능성이 높다.

고려 태자지만 원나라에 볼모로 잡혀서 어린 시절을 그곳에서 보낸 충선왕을 대하는 주변 사람들의 시선이 곱지만은 않았을 터. 그 외롭고 힘든 시절을 보내는 중에 한 여인에게 사랑을 쏟았을 것이다. 비정상적인 환경은 충선왕의 애정이 여인에 대한 집착으로까지 발전시켰다. 그 과정을 지켜본 사람이 바로 이제현이다. 이제현은 원나라에서 충선왕을 보좌하면서 어려운 시절을 건너왔다. 그가 판단하기에, 충선왕은 고려를 잘 다스려야 할 임금이지만 그 여인을 만나는 순간 모든 것이 물거품으로 변하리라는 것을 간파했다.

그는 충선왕에게 거짓 보고를 한다. 여인에게는 참으로 원한 맺힌 보고였을 것이고 충선왕에게는 충신으로서의 거짓말이었으리라. 나라를 위해 만들어낸 거짓말은 한 여인의 사랑을 무참하게 무시했다. 어느 쪽이 옳은가는 알 수 없다. 그러나 적어도 여인의 시에서 자신을 꺾어진 연꽃에 비유한 것은 읽는 사람의 심금을 울린다.

| 이별은 언제나 그리움을 남긴다 |

이별을 한 뒤 그것을 감당하는 건 대체로 남은 사람의 몫이다. 군역으로 어쩔 수 없이 변방 생활을 하는 사내에게도 가족에 대한 그리움이 있고, 귀양이나 사신 활동 때문에 길을 떠난 사람에게도 고향에 대한 그리움이 있다. 그렇지만 대체로 이별을 한 뒤, 그들이 관계를 맺었던 공간에 남은 사람에게 그리움은 싹튼다. 떠난 사람에게는 주변의 것들이 모두 새로운 사물이지만 남은 사람에게는 여전히 이전의 낯익은 사물들이 널려 있다. 낯익은 사물들은 이별 이전의 즐거운 추억을 떠올리게 한다. 아무리 사소한 물건을 보아도, 무심히 오가는 대화 속에서 그/그녀는 떠난 사람을 그리워한다.

옥 같은 정원에 배꽃 피고 두견 우는데　　　　瓊苑梨花杜宇啼
뜰 가득 달그림자 더욱 쓸쓸해.　　　　　　　滿庭蟾影更凄凄
그대 생각에 꿈꾸고 싶어도 잠은 안 오고　　　相思欲夢還無寐
일어나 매화 어린 창에 기대어 새벽 닭소리 듣는다.　起倚梅窓聽五鷄

대숲 정원 봄은 깊고 새벽빛 더딘데   竹院春深曙色遲

인적 없는 작은 뜰에 낙화만 날려.   小庭人寂落花飛

거문고로 강남곡 타고 나니   瑤箏彈罷江南曲

깊은 시름 한 조각 시가 되었네.   萬斛愁懷一片詩

— 매창梅窓, 「규방 안의 원망閨中怨」, 『매창집梅窓集』

조선 중기 기녀인 매창이 같은 제목으로 쓴 두 편의 시다. 부안
의 기생이었던 매창은 촌은村隱 유희경劉希慶과 사랑하는 사이였던
것으로 널리 알려졌으며, 허균의 기록에도 그 이름이 보이는 당대
최고의 여성·시인이다. 그의 문집에 실려 전하는 위 작품은 그리움
의 정서를 아름답게 표현한 절창이다.

떠난 님을 그리워하는 마음이 사무쳐서 매창은 잠을 이루지 못한
다. 긴긴 봄날 밤, 아름다운 꽃과 달빛이 있어도 사람의 마음을 더욱
쓸쓸하게 만들 뿐이다. 어여쁜 풍광도 임이 있어야 아름다운 것이
고, 황홀한 음악도 임이 있어야 즐거운 법이다. 떠난 임을 꿈속에서
라도 만나고 싶지만, 잠이 오지 않는다. 그리워하는 마음 때문에 잠
을 이루지 못하는 것이다. 한밤중에 일어나 앉으니, 매화가지 그림
자 어려 있는 창문이 밝다. 달빛이 온 정원에 가득하다. 정말 선경이
따로 없지만, 임이 없는 현실은 잠을 못 이루게 한다. 그렇게 앉아서
새벽닭이 우는 소리를 듣는 마음, 거기에 그리움이 짙게 배어 있다.

대숲으로 둘러싸인 작은 집에 봄이 깊다. 찾는 사람은 오지 않고
떨어지는 꽃잎만 분분하게 휘날린다. 그 안에서 강남곡을 연주하는

거문고 소리에 임을 향한 그리움이 가득하다. 강남곡은 떠난 임을 그리워하는 노래다. 음악 속에 자신의 그리움을 담아서 연주한 뒤 만 섬이나 되는 시름을 담은 시 한 조각이 가슴을 울린다. 티 없이 아름다운 풍광을 그리면 그릴수록 임을 향한 그리움 때문에 괴로운 매창의 마음은 더욱 배가倍加된다.

일상 속에서 이별을 자주 접하지만, 이별은 익숙해지지 않는다. 어떤 이별이든 그것은 언제나 내 마음을 한바탕 뒤흔들고 사라진다. 세상에 어떤 이별이 가슴 아프지 않으랴. 멀리 수자리를 살러 갔든, 정치적 상황에 의해 생이별을 했든, 혹은 죽음이 이승에서의 인연을 끊어놓았든, 이별은 언제나 개인의 마음에 깊은 흔적을 남긴다. 세월이 흘러서 떠난 사람에 대한 기억이 희미해질 만도 한데, 여전히 그에 대한 그리움은 퇴색될 줄 모른다. 그 마음이 우리 옛시에서 이별과 그리움을 소재로 한 명작들을 만들어내는 근원적인 힘이었다.

책과 사람

문자에만 국한되어 하나의 단편적인 지식에 머무른다면, 그것은 독서의 본의에서 벗어나는 길이다. 반복해서 읽음으로써 마음 깊이 새기는 일이 중요하며, 보아서 무언가를 얻고 마음에 깨달음이 다가오면 그것을 몸으로 체득하여 아는 것이 최종 목표다.

고전문학 속의
책과 독서인의 초상

尚
友

| 독서의 시작 |

동아시아 사회에서 문자는 대체로 결승문자結繩文字에서 시작되었다고 본다. 새끼줄과 같은 것을 꼬아서 매듭을 짓는 방식에 따라 의미를 달리하는 결승문자는, 원시사회의 유용한 의사소통 방식이었다. 그러나 너무 단순하여 많은 의미를 전달하거나 담을 수 없었기 때문에 새로운 방식의 문자가 필요했다. 그림글자는 결승문자보다 전달력이나 표현 방식이 다양하기는 했지만, 여전히 문제점이 많았다. 전설에 의하면 창힐(蒼頡, 중국 고대의 전설적인 제왕인 황제黃帝의 사관史官)이 새 발자국을 보고 만들었다고 하는 한자는 오랜 시간 동안 꾸준히 발전되어서 동아시아 중세의 보편문어로 이용되기까지 했다. 과학적 원리에 의해 만들어진 한글이 탄생하면서 문자의 소유 계층은 급격히 확대되었다. 이와 같은 문자의 이용은 드디어 인간의 경험과 문화를 다음 세대로 전달할 수 있는 중요한 계기로 작동했다.

조상들이 남긴 경험의 총체를 파악하는 것은 당연히 예전부터 남겨진 문자들을 읽고 해독, 해석하는 일에서 시작된다. '독서讀書'라고 칭해지는 이 행위는, 오랜 기간 공을 들인 문자 습득을 전제로 한다. 문자의 광범위한 사용이 항상 장점만을 가진 것은 아니었지만, 우리의 삶은 상당 부분 그것에 의지하여 지탱되고 있다는 사실 역시 분명하다. 독서를 통해서 인간은 이상적인 세계를 꿈꾸고 그것을 실현할 수 있는 계기를 마련하였다.

책은 지식인의 가장 소중한 벗이다. 근대 이전에는 책이 너무 귀했기 때문에, 책을 소장하고 있는 것 자체가 하나의 권력으로 작동하기도 했다. 우리나라의 경우 18세기 이후 출판 사정이 좋아지면서 많은 장서를 구비하는 사람이 등장하기 시작했다. 근대 이후 인쇄술의 비약적인 발전과 함께 지금은 책이 넘쳐나고 있다. 마음만 먹으면 책을 쉽게 구한다. 그러나 책을 읽고 소장하는 것이 생활화된 사람을 찾기는 흔치 않다.

구비문학의 경우는 우리가 연행하는 환경과 발화 현장 자체가 하나의 거대한 책이지만, 이 경우 '책'이라는 단어는 상징어일 뿐이다. 기록문학은 반드시 책을 전제로 하여 큰 흐름을 만든다. 우리 고전문학 작품에서 책을 소재로 창작된 것들이 상당수에 달한다. 그 속에 깃들어 있는 옛 사람들의 생각을 돌아보면서, 지금 우리에게 책은 어떤 의미를 가지는지 생각해보도록 하자.

| 책:생각의 찌꺼기인가, 생각의 정수인가 |

책이 지식인의 삶에서 중요한 부분을 차지하고 있는 것은 분명하지만, 책이라는 사물 자체가 중요한 것은 아니다. 어떤 내용을 담고 있느냐에 따라 책의 중요도나 가치는 천차만별이다. 그런 점에서 보면 책을 보는 태도가 어떠하든 간에 책이 전달하고자 하는 내용이 최종 목적지가 되는 셈이다.

종이가 발명되기 훨씬 전부터 인간은 다양한 재료를 이용하여 책을 만들었다. '册'이라는 한자어가 죽간을 묶어놓은 모습에서 나온 글자인 것처럼, 책은 인류의 지혜를 전달하는 가장 중요한 매체였다. 조상의 유훈이나 국가의 기본 법도를 기록한 것부터 임금의 사소한 명령을 전달하는 공문서에 이르기까지, 모든 것은 문자를 통해서였고 그것들은 다시 책으로 편찬되었다. 문자를 알고 있다는 것이 하나의 사회적, 정치적 권력이라는 주장도 이런 점에 근거한다.

그러나 책에 너무 집착하여 모든 기준을 기록에만 의지한다면 그 또한 문제다. 책은 자신이 담고 있는 문자 이면의 내용을 통하여 그것을 읽는 사람의 삶을 변화시키고자 한다. 그런데 오직 책에 기록된 문자의 표면적 의미에만 집착함으로써 오히려 책의 문화사적 의의를 대폭 축소시키는 일이 흔하다. 그런 사람에게 책이란 껍데기요 찌꺼기다.

책을 옛사람 생각의 찌꺼기라는 이야기는 이미 『장자莊子』「천도天道」편을 통해 널리 알려져 있다.

제환공齊桓公이 책을 읽고 있는데, 마당에서 수레바퀴를 깎던 기술자가 왕에게 물었다.

"감히 묻자오니, 왕께서 읽으시는 것은 무엇입니까?"

"성인의 말씀이다."

"성인은 살아계십니까?"

"이미 죽었다."

"그렇다면 왕께서 읽고 계시는 것은 옛 사람의 찌꺼기로군요."

이 말을 듣고 제환공은 화를 내면서 말했다.

"과인이 책을 읽고 있는데 수레바퀴나 만드는 녀석이 감히 입을 놀리다니! 네가 그 말을 한 합당한 이유가 없다면 너를 사형시키겠다."

그러자 수레바퀴 만드는 기술자가 말했다.

"제가 하는 일을 가지고 말씀을 올리겠습니다. 수레바퀴를 너무 느리게 깎으면 단단하지 못하게 되고 너무 빨리 깎으면 잘 들어가지 않습니다. 느리지도 빠르지도 않게 적당한 속도를 맞추는 것이 중요합니다. 그러나 이 경지는 말이나 글로 전달할 수 없는 것이어서, 제 아들에게도 가르쳐 줄 수가 없습니다. 그래서 일흔 살이 되도록 아직도 이 일을 하고 있는 것입니다. 옛날 성인도 마찬가지로 남에게 전하지 못하고 죽었을 겁니다. 그러니 왕께서 읽고 계시는 것은 옛 사람의 찌꺼기인 셈입니다."

이 일화는 책에 대한 기존의 생각을 비튼다. 이와 같은 생각을 얼개로 해서 쓴 시문은 옛 사람들의 문집에서 쉽게 찾아볼 수 있다.

조선 중기 문인인 이식李植의 작품을 읽어보자.

책이란 찌꺼기라 마음 전한 것 아니니　　　　　　　圖書糟粕匪心傳

여부 땅 시내의 근원을 따라 올라가 볼 길 없어라.　廬阜溪源未可沿 [1]

작은 방에서 참다운 경지 살펴보나니　　　　　　　看取小堂眞景象

하늘엔 밝은 달 가득하고 못엔 온통 연꽃일세.　　滿天明月一池蓮

—이식, 「소렴당에 부침題泝濂堂」, 『택당속집』 권6

　이식은 조선시대 한문사대가漢文四大家에 꼽힐 만큼 뛰어난 문장
가다. 현재 남아 있는 문집의 양으로도 누구에게 뒤지지 않는다. 그
런 그가 책을 찌꺼기로 치부하면서 그 가치를 부차적인 것으로 돌
리고 있다. 그렇지만 그의 본뜻은 두번째 구절에 있다. 책을 읽고
암송하고 쌓아두는 것이 아니라, 인간 본성의 근원을 어떻게 깨달
을 것인가가 더욱 중요하다는 것이다.
　'여부'는 염계 주돈이가 은거하던 곳이다. 주돈이는 북송사자北
宋四子로 꼽히면서 송대 이학理學의 형성에 결정적인 계기를 마련한
철학자다. 여부 땅의 시내 근원을 거슬러 올라간다고 하는 것은, 주
돈이가 천명한 성리性理의 본원을 거슬러 올라가면서 내 마음속 본

1) 송유宋儒인 염계濂溪 주돈이周敦頤의 마음 근원이라는 말이다. 주돈이가 만년에 강서江西의
　여부廬阜 즉 여산廬山 연화봉蓮花峯 아래에 옮겨 와 살면서, 그 아래에 흐르는 냇물의 이름을
　염계라고 하고는 이를 자신의 호로 삼았다. 『宋史』, 卷427, 「周敦頤傳」

성을 체득하려는 공부를 한다는 의미다. 이 작품의 제목에서 언급된 것처럼, 작중 화자가 거처하는 집 이름을 '소렴당沜濂堂'이라고 하여 주렴계周濂溪의 학문을 따라서 그 근원으로 '거슬러 올라가沜' 배우겠다는 뜻을 담았다. 이런 과정을 거쳐서 도달하는 지점을 전구轉句와 결구結句에서 묘사했다. 자신이 처한 곳은 좁고 작은 집 안이지만, 하늘 가득 빛나는 밝은 달빛과 못 가득 피어난 연꽃처럼 자신의 본성 역시 어디에도 거리낌 없이 밝게 빛나고 있으며 속세의 욕망 속에 물들지 않은 채 아름다운 모습으로 피어 있음을 노래한다. 그것을 깨닫는 순간 우리는 천지와 한몸이 된다. 물아일체物我一體요 주객합일主客合一이다.

이렇게 되면 책을 옛사람이 남긴 찌꺼기로 보는 태도나, 책 속에 옛 사람이 남긴 정신의 정수가 담겨 있다고 보는 태도는 표현의 차이에 불과하게 된다. 책 속에 담긴 뜻이 무엇인지, 그 뜻을 어떻게 이해하고 체득할 것인지가 중요하게 부각되면서 찌꺼기냐 정수냐 하는 문제는 단순히 표현의 문제에 머무르게 된다.

책 읽는 건 옛 사람의 마음을 보자는 것   讀書求見古人心

반복해서 마땅히 마음 깊이 새겨야지.   反覆唯應着意深

보고 얻어 마음에 다가오면 체인해야 하나니   見得心來須體認

언어만을 가지고 헛되이 찾으려 들지 마오.   莫將言語費推尋

—기대승, 「글을 읽으며」, 『고봉집』 권1

기대승의 작품은 노골적으로 자신의 뜻을 표현했기 때문에 시적 함축이나 읽는 맛은 떨어진다. 그러나 독서에 대한 자신의 뜻을 명확히 드러낸다. 문자에만 국한되어 하나의 단편적인 지식에 머무른다면, 그것은 독서의 본의에서 벗어나는 길이다. 반복해서 읽음으로써 마음 깊이 새기는 일이 중요하며, 보아서 무언가를 얻고 마음에 깨달음이 다가오면 그것을 몸으로 체득하여 아는 것이 최종 목표다. 단지 '언어'만을 가지고 옛 사람이 남긴 뜻을 찾으려 한다면 이는 헛된 일이라는 점을 분명히 한다.

| 사내라면 모름지기! 남아수독오거서 |

책을 읽는 풍토가 사회의 문화적 수준을 전반적으로 상승시킨다. 이 때문에 책을 읽고 소장하고 선물하는 것은 상당히 우아한 행동으로 비춰진다. 책을 하나의 장식품으로 상업화하는 상점도 있고 보면, 확실히 책의 문화적 의미에 대한 우리의 애정은 충분히 깊다.

독서인을 자처하는 사람이라면 이런 말을 들어본 적이 있을 것이다. "한 번 읽고 버릴 책이 있고, 여러 차례 반복해서 읽을 책이 있다." 어떤 책이든 그것을 쓴 사람 입장에서는 자신의 책이 한 번 읽고 버려질 처지에 놓이는 것을 달가워하지 않을 것이다. 모든 책은 많은 사람들의 벗이 되고 싶어하는 속성을 지닌다. 함께 지낸 시간이 오랠수록 친한 벗이 되듯이, 책 역시 마찬가지다. 주변에 두고 때때로 펼쳐볼 때 그 책과 정이 든다.

내용이 중요하면서도 어려운 책 역시 여러 차례 반복해서 읽기 마련이다. 그 책이나 글을 읽으면서 자신을 수양하는 자료로 삼고 언제나 마음의 경계로 삼는다면, 자주 읽어 마땅한 일이다. 옛 사람들은 기본적으로 경서를 반복해서 읽고 암송하였다. 그렇게 반복적인 독서는 책의 내용을 자기도 모르는 사이에 내면화하면서 삶을 긍정적으로 바꾸는 계기가 되었다.

옛 사람들은 책을 읽고 나면 그 횟수를 표시하기 위해 산가지를 이용한다. 나중에 그 산가지를 헤아려보면 자신이 몇 번이나 그 책을 읽었는지 알 수 있다. '책을 백 번 읽으면 그 뜻이 저절로 드러난다讀書百遍義自現'는 경구는 일상적인 것이었으며, 최소한 몇 번 이상을 읽으리라고 맹세를 한 뒤 열심히 책만 읽은 사례도 흔히 눈에 띈다. 그 극단적인 예로 우리는 조선 중기의 문인 학자인 백곡栢谷 김득신金得臣을 들 수 있다.

한유韓愈의 획린해獲麟解, 사설師說, 송고한상인서送高閑上人序, 남전현 승청벽시藍田縣丞廳壁記, 송궁문送窮文, 연희정기燕喜亭記, 지등주북기상양양우상공서至鄧州北寄上襄陽于相公序, 응과목시여인서應科目時與人書, 송구책서送區冊序, 장군묘갈명張君墓碣銘, 마설馬說, 후자왕승복전朽者王承福傳은 1만3천 번씩 읽었고, 악어문鱷魚文은 1만4천 번, 정상서서鄭尙書序와 송동소남서送董邵南序는 1만3천 번, 십구일부상서十九日復上書도 1만3천 번, 상병부이시랑서上兵部李侍郞序, 송료도사서送廖道士序는 1만2천 번, 용설龍說은 2만 번, 백이전伯夷傳은 1억1만1천 번,

노자전老子傳은 2만 번, 분왕分王은 2만 번, 벽력금霹靂琴 2만 번, 제책齊策은 1만6천 번, 능허대기凌虛臺記는 2만5백 번, 귀신장鬼神章은 1만8천 번, 의금장衣錦章은 2만 번, 보망장補亡章은 2만 번, 목가산기木假山記는 2만 번, 제구양문祭歐陽文은 1만8천 번, 설존의송원수재薛存義送元秀才, 주책周策은 1만5천 번, 중용서中庸序는 2만 번, 백리해장百里奚章은 1만5천 번을 읽었다. 갑술년(1634)부터 경술년(1670)까지 읽은 횟수다. 그러나 그 사이 장자莊子와 사기史記, 대학大學, 중용中庸을 많이 읽지 않은 것은 아니나, 읽은 횟수가 1만 번을 채우지 못했기 때문에 이 글에는 싣지 않는다. 만약 뒤의 자손이 내 『독수기讀數記』를 보게 되면, 내가 독서에 게으르지 않았음을 알 것이다.

경술년 늦여름, 백곡 늙은이가 괴산 취묵당에서 쓰노라.

—김득신, 「고문삼십육수독수기古文三十六首讀數記」

기록을 보기만 해도 입이 딱 벌어진다. 1억 번이 넘게 읽은 책도 있으니, 1~2만 번 정도야 말할 것이 없다. 게다가 읽은 횟수가 1만 번이 안 되면 기록도 하지 않았다고 한다. 물론 여기서 '1억'이라고 하는 것은 지금 계산으로 치면 '10만 번'이다. 그렇다고 해도 이쯤되면 김득신은 독서광의 수준을 넘어서 '독서신'의 경지에 올랐다고 할 만하다. 옛날 선비들의 경우 아침 일찍 일어나면 의관을 정제하고 경서를 읽고 쓰는 일로 하루 일과를 시작하였다. 그러나 종일토록 글만 읽지 않는다면 김득신처럼 엄청난 독서량과 횟수를 확보할 수 없을 것이다.

'사내라면 모름지기 다섯 수레의 책을 읽어야만 한다男兒須讀五車書'는 말이 있다. 이 구절은 당나라 시인 두보의 작품에 나오는 구절이다.

부귀는 반드시 부지런한 노력에서 얻어지는 것,   富貴必從勤苦得
사내라면 모름지기 다섯 수레의 책을 읽어야 하리.   男兒須讀五車書
—두보杜甫, 「백학사의 띠풀집에 부침題栢學士茅屋」

이 시는 두보가 대력大曆 2년(767) 기주夔州에서 지은 작품이다. 그는 백학사가 안사安史의 난을 피해서 벼슬을 버리고 은거하던 집을 방문했다가, 그의 많은 장서와 열심히 공부하는 그의 자제들, 주변 경관의 아름다움 등을 보고 감동을 받아서 썼다. 많은 책을 수장하고 읽는 것은 예나 지금이나 지식인들의 꿈이다. 물론 독서를 통해서 마음을 수양할 뿐 아니라 현실적인 이익으로서 관직 진출이나 명예를 예견하기도 한다. 책 속에는 많은 재물과 봉록(벼슬), 미인 등이 들어 있으니 열심히 공부를 하라는 권학시勸學詩도 있는 걸 보면, 확실히 책은 부귀영화로 가는 지름길이었던 셈이다.

사정이야 어떻든 김득신의 저 기록은 후대에도 지식인들 사이에 화젯거리였다. 다산 정약용도 엄청난 독서와 저술로 이름이 높은 사람이다. 그도 김득신의 글을 읽고 나서 무언가 석연치 않은 점이 있다면서 의문을 표한 적이 있다.

김백곡(金柏谷 백곡은 김득신의 호이다)은 그의 「독서기讀書記」에 자기가 읽었던 여러 책의 읽은 번수番數를 기록하였는데, 『사기史記』「백이전伯夷傳」의 경우는 무려 1억(지금의 10만을 가리킴) 3천 번을 읽었다 하였다. 우리나라 사람들은 편遍을 일러 번番이라고 한다. 그리고 사서四書·삼경三經·『사기史記』·『한서漢書』·『장자莊子』·『한문韓文』 등의 여러 책 중에서도 어떤 것은 6, 7만 번씩이나 읽었으며, 적게 읽은 것도 수천 번씩은 읽었다 하였다. 그러고 보면 서계(書契, 글자)가 있어온 이후로 상하上下 수천 년과 종횡縱橫 3만 리를 통틀어도 독서에 부지런하고 뛰어난 이로는 당연히 백곡을 제일로 삼아야 할 것이다.

비록 그러나 그윽이 생각해 보건대, 독서를 잘하는 선비라면 하루에 「백이전伯夷傳」을 백 번은 읽을 것이다. 그렇다면 1년에 3만6천 번은 읽을 수 있어서 3년을 계산하면 겨우 1억8천 번을 읽을 수 있다 하겠으나, 그 사이에 질병의 우환과 왕래往來의 문답問答이 어찌 없을 수 있겠는가. 더구나 백곡으로 말하면 독실히 실천하는 군자였으니, 그가 어버이를 효도로 섬기되 혼정신성(昏定晨省, 조석으로 부모의 안부를 물어서 살피는 일)과 도규수수(刀圭漱濯, 부모의 질병을 잘 간호하는 일과 맛있는 음식으로 봉양하는 일)의 공양에 있어서도 모두 충분히 날짜를 허비하였을 것이고 보면, 4년이 아니고는 1억1만3천 번을 읽을 수가 없다. 이와 같은 「백이전」만도 이미 4년의 세월이 소요되는데, 어느 겨를에 여러 책들을 저토록 읽었단 말인가.

나는 생각건대, 『독서기』는 백곡이 직접 쓴 것이 아니라, 그가 작고한 뒤에 누가 그를 위하여 그 전해 들은 말을 기록한 것으로 여겨진다. 백곡의 시에 다음과 같은 구절이 있다.

한유 문장 사마천 사기 천 번을 읽고 나서 　　　　韓文馬史千番讀
금년에 겨우 진사과에 합격했네 　　　　　　　　董捷今年進士科

이 시가 그 실상을 말한 것이리라. 그리고 이른바 '한유의 문장韓文·
사마천의 사기馬史'라 한 것도 선집본選集本을 말한 것이지 전질全帙을
말하는 것은 아니리라. 그러나 또한 장하다고 할 만하다.

—정약용, 「김백곡의 독서에 대한 변증」, 『다산시문집』 권12

　정약용은 김득신의 독서 횟수를 나름대로 계산을 해본 뒤, 그의
발언은 과장되었을 것이라고 결론을 내린다. 그것은 정약용 자신이
엄청난 독서광이었기에 가능한 일이었다. 자신의 경험으로는 도저
히 있을 수 없는 횟수가 아니겠는가. 무엇이든지 꼼꼼하게 기록하
고 증명하려는 그의 태도가 잘 드러난다. 그의 발언을 과장된 것으
로 치부하면서도 여전히 김득신의 독서광적인 면모에는 칭찬을 아
끼지 않는다. 기본적으로 많은 책을 읽지 않는다면 위의 발언이 나
오기 힘들 것이라는 생각 때문이다.

| 책에 미친 사람들 |

　책에 빠져 사는 사람을 서광書狂, 서음書淫이라고 표현한다. '광

淫'이나 '음淫'은 적정한 기준을 훌쩍 넘어선 것을 표현하는 말이다. 어느 분야나 자신이 좋아하는 것에 미쳐서 사는 사람들 덕분에 세상은 큰 도움을 받는다. 힘들거나 경제적 이익이 전혀 없어서 아무도 관심을 가지지 않는 것인데도 꾸준히 공부할 뿐 아니라 평생을 걸고 연구하는 사람들이 있어서 새로운 지식의 축적과 지혜가 발현된다. 책 역시 마찬가지다. 책을 좋아하는 사람들 중에는 여러 부류가 있다. 책을 미친 듯이 모으는 사람이 있는가 하면, 책을 미친 듯이 읽는 사람도 있다.

우리나라의 경우 책을 모으는 장서가는 18세기 이후 그 모습을 구체적으로 드러낸다. 그것은 책을 만드는 기술의 발전, 종이 제작 기술의 발전, 책을 만들고 판각하는 기술 등 다방면에서 성과가 축적되어야 장서가가 출현한다. 뿐만 아니라 사회경제적으로도 큰 성장이 있어야 가능한 일이다. 대표적인 장서가로 이하곤李夏坤을 꼽는다. 그는 거리를 지나가다가 누군가 책을 파는 걸 발견하면 자기 옷을 벗어주고라도 구입했다고 한다. 그의 장서는 1만 권 이상이었는데, 진천의 만권루萬卷樓는 바로 그 집안의 장서루였던 것이다. 심상규沈象奎의 속당續堂에 4만 권 가까이 되는 책이 수장되어 있었고, 조병귀趙秉龜 집안에도 3~4만 권에 육박하는 장서가 있었으며, 서유구徐有矩 집안에도 8천 권 이상의 책이 있었다고 한다.

책을 중개하고 이문을 남기는 서쾌書儈도 있었다. 가장 유명한 서쾌로는 '조신선曺神仙'이라 불리는 인물이었다. 정약용, 조수삼, 조희룡 등 당대 최고의 문인들이 그에 관한 기록을 남기고 있다. 나이가 백 살이 넘어도 40세 전후의 모습으로 언제나 책을 가지고 뛰어다녔으며, 그가 모르는 책도 없었고 구하지 못하는 책도 없었으며, 돈을 벌면 몽땅 술을 마셨다는 기록을 통해서 그의 기인적 풍모를 짐작할 수 있다. 더욱이 영조 4년에 일어난 서책 사건 때문에 많은 서쾌들이 잡혀서 고문을 받거나 처벌을 받았는데, 조신선만은 그 사실을 미리 알고 1년 여 동안 피신해 있다가 사건이 진정되자 다시 나타났다는 일화에서 그의 신이한 행적을 볼 수 있다. 당시 『명기집략明紀輯略』이라는 책에 선조宣祖를 모독한 기록이 있었는데, 이것이 알려져서 해당 책을 소장하고 있던 사람들이 피해를 본 일이 있었다. 그런데 이 책을 중개한 서쾌들이 실제로 가장 많은 피해를 입었다. 그 사건을 미리 알고 예견한 일이 바로 조신선을 신이한 존재로 보게 된 중요한 계기였을 것이다. 이처럼 책을 중개하는 사람의 전기도 나올 만큼 책에 대한 사회적 열풍은 대단한 것이었다.

장서가가 많은 책을 수장해야 가능한 것과는 달리, 독서광의 경우는 가진 책이 적어도 가능하다. 다른 사람의 책을 빌려서 읽을 수도 있기 때문이다. 그런 점에서 보면 장서가보다는 훨씬 오래 전에 출현해서 많은 광인을 만든 것은 독서다. 책에 미친 사람의 전형을 우리는 조선 후기 문인 이덕무에게서 발견한다.

목멱산(木覓山, 서울 남산) 아래 어떤 바보가 살았다. 그는 어눌語訥하여 말을 잘 못했다. 성품은 졸렬하고 게을러 세상일을 몰랐으며, 바둑이나 장기는 더더욱 알지 못하였다. 남들이 욕을 해도 변명하지 않았고, 칭찬을 하여도 자랑스러워하지 않았다. 오직 책보는 것으로 즐거움을 여겼을 뿐, 추위나 더위, 배고픔 등을 전혀 몰랐다. 어렸을 때부터 스물한 살이 되기까지 고서古書를 손에서 놓은 적이 하루도 없었다. 그의 방은 매우 작았지만 동창·남창·서창이 있었다. 그는 동쪽에서 서쪽으로 옮겨다니는 해를 따라 움직이며 스며드는 밝은 빛을 받아서 책을 보았다. 보지 못한 책을 보게 되면 문득 기뻐서 웃었다. 그래서 집안 사람들은 그의 웃음소리를 들으면 그가 기이한 책[奇書]을 구한 것을 알았다. 그는 두보의 「오언율시」를 특히 좋아하여, 앓는 사람이 응얼거리듯 그 시를 읊조렸는데, 깊은 뜻을 깨우치기라도 하면 기쁨에 겨워서 일어나 왔다갔다 하였는데, 그 소리가 마치 갈가마귀가 우짖는 듯하였다. 어떤 때는 조용히 아무 소리도 없이 눈을 크게 뜨고 바라보기도 하고, 어떤 경우에는 꿈꾸는 사람처럼 혼자서 중얼거리기도 하였다. 사람들이 그를 '책만 보는 바보[看書痴]'라고 하였는데, 그는 웃으며 그 별명을 받아들였다. 그 전기傳記를 써 주는 사람이 없기에 붓을 들어 그 일을 기록하여 「간서치전看書痴傳」을 쓰지만, 그의 성명은 기록하지 않는다.

—이덕무, 「간서치전」, 『청장관전서』 권4[2]

---

2) 木覓山下, 有痴人, 口訥不善言, 性懶拙, 不識時務, 奕棋尤不知也. 人辱之不辨, 譽之不矜, 惟看書爲樂, 寒暑飢病, 殊不知, 自塗鴉之年, 至二十一歲, 手未嘗一日釋古書. 其室甚小, 然有東牖, 有南牖, 有西牖焉. 隨其日之東西, 受明看書. 見未見書, 輒喜而笑. 家人見其笑, 知其得奇書也. 尤喜子美五言律, 沉吟如痛痾, 得其深奧, 喜甚, 起而周旋, 其音如鴉叫. 或寂然無譽, 瞠然熟視, 或自語如夢寐人, 目之爲 '看書痴', 亦喜而受之. 無人作其傳, 仍奮筆書其事, 爲看書痴傳, 不記其名焉. (李德懋, 「看書痴傳」, 『靑莊館全書』 권4)

이 글에서 이덕무는 마치 자기가 아는 다른 사람의 일생을 쓴 것처럼 묘사하고 있지만, 사실은 자신의 이야기를 쓴 것이다. 일종의 '탁전托傳' 형식을 빌려서 지은 이 작품에서, 이덕무는 책에 미쳐서 살아가는 한 인간의 삶의 단면을 잘 포착하고 있다. 세상일은 물론이고 어떤 잡기도 모르는 이 사람은 오직 책을 구해서 읽는 것만을 자신의 모든 즐거움으로 삼는다. 창을 통해서 스며드는 환한 빛을 따라서 몸을 돌려가며 하루 종일 책만 읽는 그의 모습이 눈에 선하게 떠오른다. 그가 웃을 때는 오직 새로운 책을 구했을 때뿐이다. 이렇게 살아가니 그의 현실 적응력은 거의 제로에 가깝다. 그를 '책만 보는 바보'라는 뜻의 '간서치'라고 부르는 것도 그의 생활방식에서 기인한다.

이렇게 책에 빠져서 살아가는 경지를 넘어서면 어떤 경지가 나타날 것인가? 그것은 아마 책의 표면적 진리 내지는 존재를 뛰어넘는 일일 것이다. 책이 지시하는 내용이 내 몸에 체현되고, 그것을 깨닫는 순간 독서광에서 현자의 모습으로 변한다. 그렇게 되면 책의 객관적 존재는 부정되고, 인위적인 노력 역시 무화로 돌아간다.

만물은 변화하여 일정한 모습 없고	萬物變遷無定態
이 몸은 한적하여 스스로 때를 따른다.	一身閑適自隨時
근래 들어 점점 일을 이끄는 힘 줄어들어	年來漸省經營力
오래도록 청산 마주하고도 시를 짓지 않노라.	長對靑山不賦詩

—이언적李彦迪, 「무위無爲」, 『임거십오영林居十五詠』 중에서 제9수

이언적이 노래한 것처럼 만물의 변화를 깨닫고 그것을 지켜보는 마음의 눈이 열리는 순간 자신은 한적한 몸과 마음 상태를 가진다. 한적하다는 표현은 실제 할 일이 없다는 의미라기보다는 깨달은 사람의 마음을 상징적으로 표현하는 말이다. 천지자연의 순행을 따라 자신의 몸과 마음을 다스리다 보면 자신도 어느새 천지자연과 하나가 된다. 인위적으로 무슨 일을 하지 않아도 저절로 도에 맞는 삶이 된다. 시를 짓는 것이 아무리 마음속 심성을 자연스럽게 표현하는 일이라 해도, 그 역시 인위적인 차원의 문제에 불과하다. 그러니 청산을 마주하고서도 시를 짓지 않게 된다는 것이다.

책의 존재를 넘어서 그 내용이 지시하는 의미 차원으로 들어가는 순간 책은 더이상 특별한 의미를 지니지 못한다. 책은 그야말로 하나의 껍데기에 불과하다.

| 책을 보는 자세 |

조선 후기가 되면 중국에서 많은 물건들이 수입된다. 생필품이라면 별로 문제될 것이 없었겠지만, 사치품들이 다량 섞여 있어서 사회 문제로 대두한다. 정조는 드디어 수입 금지 품목을 정해서 발표한다. 비단이나 사향과 같은 사치품이나 『삼국지연의』, 『수호전』 같은 패관소설 등은 그래도 수긍이 되지만, 중국에서 출판된 유교경전이 포함된 것은 뜻밖이다. 유교 경전을 읽는 게 무슨 문제가 될까 싶지만, 그 내용이 문제가 아니라 그와 관련된 다른 이유가 있었던 것이다.

중국에서 출판된 유교 경전은 대체로 그 크기가 작다. 그러니 책을 휴대하기도 쉽거니와 피곤하면 비스듬히 누워서 책을 보는 일도 가능하다. 우리나라에서 출판된 책은 크기가 커서 누워 보기가 불편하지만, 중국책은 가능하다는 말이다. 정조는 바로 이 점이 불만이었다. 옛 성현의 말씀이 들어 있는 경서를 불경스럽게도 누워서 보다니! 모름지기 책은 의관을 정제하고 단정하게 앉아서 읽어야 마땅한데, 불경스러운 자세로 본다는 것은 제대로 그 책의 의미를 파악하지 못할 뿐 아니라 성현의 가르침을 제대로 실천하지 못하는 태도라고 생각한 것이다.

그러나 누워서 책을 읽을 수 있는 독서대가 기록으로 남아 있는 것을 보면, 누구나 단정하게 앉아서 책을 보았던 것은 아닌 모양이다. 조선 후기 실학자로 이름난 이익李瀷의 『성호사설星湖僿說』에 이런 기록이 있다.

어느 집에 가서 책상에 측면으로 세워진 판자가 있는 것을 보고 그 이유를 물었더니 누워서 글 읽는 책상이라고 하는 것이었다.

나의 생각으로는, 글 읽을 적에 정신을 가다듬고 단정히 앉아도 오히려 잠이 오는 것을 막지 못하는데, 하물며 누운 것이랴? 벌리고 앉거나 비스듬히 기대는 그 자세는 이미 글을 읽는 본의가 아니라고 여겨진다. 우연히 고서古書를 펼쳐 보니, 양형楊炯[3)의 「와독서가부臥讀書架賦」 이런 말이 나온다.

높이 누워 잠잔다면 무엇이 옳겠는가	高眠孰可
변자의 조소를 어찌 끼칠까.	詎遣邊子之嘲
낮잠을 달게 자면 어찌하랴	甘寢則那
책망당한 재여4)가 부끄러우리.	寧恥宰予之責

아! 사람의 어질고 어질지 않은 것은 예나 지금이나 마찬가지구나. 어떤 이는 "조조曹操에게 측면으로 된 책상이 있어 누워서 글을 읽을 수 있었다."5)고 하니, 양형의 부賦는 아마 여기서 비롯된 것이리라. 세속에서 전하기를, '어느 한 부인이 어린애를 재우고자 하여 책으로 얼굴을 덮어주면서, 일찍이 보니, 어떤 장부丈夫가 누워서 책을 얼굴에 대고 보다가 이윽고 바로 잠이 들더라. 때문에 나도 이렇게 한다'라고 했다" 하니, 이 말 역시 사람을 웃길 만하다. 일찍이 왜인倭人이 오수午睡라는 글제로 지은 다음과 같은 시를 보았다.

| 게으른 성품이라 무슨 일이건 원래 소홀하니 | 懶性由來百事踈 |
| 한낮에 책 읽다가 잠에 취했네. | 午窓貪睡讀書餘 |

---

3) 당 나라 사람. 그는 어려서 신동神童으로 천거되어 교서랑校書郎이 되었음. 당시에 왕발王勃 · 노조린盧照隣 · 낙빈왕駱賓王과 함께 사걸四傑로 칭해졌음.

4) 공자의 제자. 『논어』 「공야장公冶長」 편에, "재여가 낮잠 자거늘, 공자가, '썩은 나무는 조각을 할 수 없고 분토糞土로 만든 담장에는 흙손질을 할 수 없다'고 했다宰予晝寢 子曰 朽木不可雕 也 糞土之墻 不可朽也" 하였음.

5) "조조에게…… 누워서 글을 읽을 수 있었다" : 이 말은 『태평어람太平御覽』의 "陸雲與光機書云 按行曹公器物 有奏案五枚 又作敲案以臥視書"라고 보임.

부끄러운 일이라면 당연히 부끄럽게 생각할 일　堪慚愧須處慚愧

옛 현인 중에 재여 있단 말 무슨 필요 있겠는가.　何須先賢有宰予

　　이는 양형의 뜻과는 정히 상반된다. 과연 누가 득이며 누가 실인

지, 누가 문명이며 누가 야만인지 모를 일이다.

—이익, 「와독서가臥讀書架」, 『성호사설』 권29[6]

　　어떤 자세로 읽든 내용을 잘 파악하기만 하면 된다는 우리 생각

으로는, 자세를 엄정히 관리를 하면서 책을 대해야 한다는 선현들

의 말씀을 쉽게 이해하기 힘들다. 논리적으로는 이해를 할 수 있을

지 모르지만, 심정적으로 전폭적인 지지를 보내기는 힘든 것이 사

실이다. 그러나 인간의 마음이 몸으로 표현된다는 기본적인 경로를

생각할 때, 개인의 마음자리를 눈으로 확인할 수 있는 것은 바로 그

의 자세였다. 공부에 집중하지 못하는 학생들의 자세가 흩어지는

것은 예나 지금이나 비슷하다. 마음의 긴장이 풀어지는 것을 몸이

먼저 알고 표현하는 것이다.

　　이익이 남긴 「와독서가」에 대한 기록에서 등장하는 '재여'는 공

자의 제자다. 그는 낮잠을 자다가 공자에게 들켰는데, 공자는 "썩

은 나무는 조각을 할 수 없고 분토로 만든 담장에는 흙손질을 할 수

없다"면서 꾸짖는다. 말하자면 낮잠을 자면서 자신의 몸가짐을 제

---

6) 이 부분은 『성호사설』 해당 조목의 민족문화추진회 번역본을 이용하였다.

대로 하지 못하는 것은 그의 본바탕이 제대로 갖추어지지 않았음을 비판하는 것이다.

이렇게 몸가짐을 통해서 마음의 수양 정도를 파악하는 논리 이면에는 공부의 효과가 반드시 몸의 변화를 동반해야 한다는 점을 전제로 한다. 맹자나 논어를 읽었다면 읽은 만큼 그의 생활과 몸가짐에 변화가 있어야 한다. 그와 같은 변화를 동반하지 않는다면 책을 읽었으되 실질적인 독서는 하지 않은 것이나 다름없다는 것이다.

나날이 쌓이는 지식의 양은 엄청나게 방대하다. 궁금한 것이 있다면 컴퓨터를 켜고 이리저리 잠깐만 검색하면 기본적인 내용을 대부분 확인할 수 있다. 그렇지만 그 지식이 내 영혼의 양식이 되고 사유 지평을 넓혀서 내 삶의 질을 변화시킬 수 있는가를 생각해보면, 다분히 회의적이다. 지식의 형태가 단편적인 데다 그것을 중심으로 광범위한 그물망을 형성할 능력이 없기 때문이다. 하나의 지식이 독립적으로 존재한다면 큰 의미를 가지기 어렵다. 주변의 다른 지식과 환경 속에 어떤 형태로 배치되고 결합하는가가 그 의미의 증폭 내지는 변화를 주는 중요한 요인이다. 따라서 하나의 지식을 중심으로 얼마나 광범위한 시야를 확보하는가가 관건이다. 이러한 지식이야말로 삶을 변화시키고 세상을 바꾸는 것이다.

다시 독서 자세로 돌아가보자. 책상 앞에 반듯하게 앉아서 책을 펴보면, 실제로 책을 대하는 마음가짐이 달라지는 것을 느낄 수 있다. 이 역시 하나의 편견일 가능성도 있지만, 몸의 바른 자세가 마음의 긴장을 가져온다는 말은 수긍할 수 있다. 반듯하게 앉는 자세가 불편하다면, 불편한 자세가 끊임없이 자신을 돌아보게 하는 계기로 작동할 수도 있다. 침대나 소파에 누워서 책을 보는 것이 부도덕한 일은 결코 아니다. 그러나 그 자세에 익숙해진 내 몸을 일으켜 책상 앞에 반듯이 앉아본다면, 독서의 새로운 감흥을 느낄 수 있을 것이라 생각된다.

책과 함께 살아가는 길

어지러운 세상을 살아가는 방법이야 참으로 다양할 터이다. 그렇지만 자신의 욕망을 적당히 줄일 수만 있다면, 책과 함께 한세상을 살아가는 것도 자신의 고아한 품위를 지키는 방도 중의 하나로 보인다. 평생토록 책을 읽었는데 그게 도대체 세상을 살아가는 데 어떤 이득이 있느냐고 물을 수도 있다. 그러나 세상의 모든 일이 어찌 '이득'으로 귀결되는 것이겠는가. 때때로 이득이 있느냐의 여부를 떠나서 사람으로서 품위를 지키고 자신의 드높은 정신세계를 아름답게 만드는 일에 몰두할 수도 있는 것이 아니겠는가. 예나 지금이나 인간은 이득 앞에서 너무도 나약해지는 모습을 보였다. 돈 앞에서, 권력 앞에서도 흔들리지 않는 인간의 고결함을 잊고 사는 건 아닌지 반문해본다.

고려의 몰락을 눈으로 지켜보면서 지식인으로서의 고민을 안고 살아갔던 야은冶隱 길재吉再의 작품이 새롭게 읽히는 것은, 아마도 그 때문이 아닐까 싶다.

시냇가 띠풀집에 홀로 한가롭게 살아가니   臨溪茅屋獨閑居
달 밝고 바람 맑고 흥취 넉넉하여라.   月白風淸興有餘
찾아오는 손님 없고 산새는 지저귀니   外客不來山鳥語
대나무 언덕에 평상 옮겨놓고 누워서 책을 본다.   移床竹塢臥看書

—길재, 「한가로운 삶閑居」

봄노래

봄은 겨울을 넘어 우리 곁으로 왔지만, 그 봄이 언제나 아름답고 풍요로운 것만은 아니었다. 생명과 함께 죽음의 그림자를 함께 가지고 왔다. 어쩌면 생명의 그림자가 죽음일지도 모를 일이다. 그만큼 생명은 죽음과 동반자 관계에 있다. 살아 있는 인간의 숙명이 죽음에 연결되어 있듯이, 봄은 우리에게 삶과 죽음을 동시에 던져준다.

죽음과 삶의
경계에서 봄을 노래한다

春
心

| 그래도 봄은 봄이지 |

계절의 변화는 언제나 사람을 변화시킨다. 자연의 순환이 인간의 순환과 어울려 새로운 관계를 만든다. 어찌 보면 인간의 변화는 바로 인간이 맺는 관계의 변화로 보인다. 봄눈이 난분분한 저녁 무렵, 남산을 내려오다가 문득 그런 생각을 했다. 한겨울처럼 눈발이 휘날려 시야를 가리지만, 마음속 깊은 곳에는 봄이 자리하고 있었다. 뜰 한 켠의 목련은 아직 꽃망울을 터뜨리지도 않았고, 산수유 노란 망울은 이제야 터질락말락한다. 그 위로 쏟아지는 봄눈의 심술은, 정말이지 이유 없는 심술로 보였다.

겨울이면 대지는 모든 것을 자기 내부로 갈무리한다. 천자문 앞부분에 나오는 '추수동장秋收冬藏'이라는 구절이 떠오른다. 가을이면 거두어들이고 겨울이면 갈무리하는 것이 세상 이치다. 황량한 대지 위로 겨울이 그림자를 길게 드리우면, 천하의 뭇 생명들은 한껏 움츠러들면서 모습을 숨긴다. 혹독한 시련의 계절이다. 겨울의 매서움을 이기지 못하고 겨울잠을 자는 동물들도 꽤 있다. 극성맞은 사람들 때문에 먹잇감을 잃은 다람쥐나 청설모는, 자신들이 그렇게 두려워하는 인간들 주변으로 다가와 어슬렁거린다. 그 겨울의 긴 그림자는 언제까지나 계속될 듯이 보인다.

흩날리는 눈발 사이로 희미하게 보이는 도시는 마치 우리 인간들의 현재를 웅변하는 듯하다. 시정거리 제로에 가까운 삶. 마음 붙일 곳 하나 없는 이 시대에, 희망의 싹을 여지없이 무너뜨리는 거대한 괴물, 회색빛 콘크리트로 사람과 사람 사이에 두꺼운 벽을 만들어 종국에는 어떤 관계도 맺지 못하게 하는 기묘한 곳, 도시가 바로 저 아래 눈발 사이로 보였다. 입춘 지나 우수 무렵 그나마 보이던 봄기운마저도 사정없이 앗아가는 눈발 앞에서, 봄은 여전히 요원한 것처럼 보였다.

'춘래불사춘春來不似春'이라는 말이 있다. 봄은 왔지만 봄 같지 않다는 뜻이다. 지금은 이 말을 무심히 쓰고 있지만, 그 뒤에는 가슴 아픈 일화가 있다. 바로 한나라 때의 미인 왕소군王昭君의 이야기다. 흉노의 왕에게 억지로 시집을 간 미인이 왕소군이다. 그녀의 일화를 소재로 당나라 시인 동방규東方虯가 지은 연작 중에 다음과 같은 작품이 있다.

오랑캐 땅에는 꽃과 풀 없어   胡地無花草

봄이 와도 봄 같지 않네요.   春來不似春

절로 옷과 띠가 헐거워지니   自然衣帶緩

허리 위해 그렇게 된 건 아니랍니다.   非是爲腰身

—동방규, 「왕소군의 원망昭君怨」

단순히 날씨를 말할 때 사용되는 구절 속에도 알고 보면 이렇게 가슴 아픈 뒷이야기가 담겨 있다. 강제로 시집을 간 처지, 풀과 꽃도 보이지 않는 변방의 먼 오랑캐 땅, 언제 고향으로 돌아갈지 기약할 수 없다. 고향 쪽을 바라보아도 그저 빈 하늘만 눈에 가득하다. 눈물로 세월을 보낸다. 음식도 입으로 넘어가질 않는다. 수심 가득한 얼굴에 몸은 날로 야위어간다. 허리띠나 옷이 헐거워지는 것은 허리나 몸 때문이 아니라 고향을 그리는 마음 때문이다. 봄이 와도 봄이 온 것 같지 않다는 표현은, 바로 왕소군의 마음을 자연의 순환과 연결시켜 절묘하게 보여준다.

봄눈을 맞으면서, 불현듯 왕소군의 슬픈 얼굴이 떠오른 것은, '춘래불사춘'이라는 시구가 떠오른 것은 무엇 때문이었을까? 어쩌면 겨울이 가고 봄이 와도 희망과 생명만으로는 해명할 수 없는 무언가가 있기 때문은 아니었을까?

어느 나라 문학이나 마찬가지겠지만, 우리 고전문학 작품에서 나타나는 봄 이미지는 생명의 탄생과 약동에 주로 연결되어 있다. 그러나 그 생명이 아무렇지도 않게 주어지는 것은 아니다. 봄 가운데는 우리가 미처 눈을 돌리지 못했던 아픔과 어려움이 공존한다. 옛 문인들은 그 점을 절묘하게 포착하여 작품으로 형상화한다.

봄이 오면 새싹들이 움트고, 겨우내 굶주렸던 이 땅의 민중들에게는 살아날 희망을 준다. 그 푸성귀를 뜯어 먹으면서 허기를 달래고 새로운 삶을 준비하는 것이다. 겨울 들판을 파랗게 수놓던 보리싹을 뜯어먹으며 겨우 연명하던 그들에게, 봄이 마련한 향연은 명줄을 이어주는 양식이다. 가을 추수를 해도 세금을 내고 나면 남는 것이 없다. 겨울 동안 아무리 아껴 먹어도 봄까지 양식을 넉넉하게 가질 수가 없다. 그렇게 푸성귀나 나물을 해서 먹다가 4월이 되면 보릿고개가 시작된다. 이 고개를 넘다가 죽은 사람이 그 얼마던가.

보릿고개 험하기는 태행산 같은데   麥嶺崎嶇似太行

단오 지나야 비로소 보리타작 시작되네.   天中過後始登場

풋보리죽 한 사발 어느 누가 들고 가서   誰將一椀熬靑麨

주사의 대감님 맛보시라고 나눠드릴까.   分與籌司大監嘗

　　—정약용, 「장기농가長鬐農歌」 10장 중 제1장, 『다산시문집』 권4

그가 장기長鬐에서 귀양살이를 할 때 지은 작품 중의 하나다. 정약용은 이 시에 주석을 달면서, "4월이면 민간에 식량이 달려 시속에서는 그때를 일러 보릿고개라고 한다"고 밝혔다. 지금이야 아득한 옛말이 되었지만, 불과 몇십 년 전만 하더라도 시골 마을에서 보릿고개란 그리 낯선 말이 아니었다. 몇십 년 전의 경제 사정이 이 정도니, 19세기 이전에야 더 말할 것이 없으리라.

어려움을 견디는 민중들과는 달리, 벼슬길에 있는 사람들은 그 어려움을 알지 못한다. 어쩌면 알려고도 하지 않는지도 모르겠다. 그나마 없어서 먹지 못하는 풋보리죽도 객관적으로 보면 사람이 먹을 게 못 된다. 4월 무렵 보리 이삭이 패기 시작하면 공교롭게도 먹을 것은 완전히 떨어진다. 들판의 나물도 동이 나버리거나 너무 쇠서 먹을 수가 없게 되고, 야산의 나무뿌리나 껍질도 끝장난다. 바로 그 즈음 파랗게 보리 이삭이 올라온다. 먹을 게 없으니 그것이나마 잘라서 넣고 죽을 끓인다. 그게 풋보리죽이다. 익지 않은 보리 이삭이니 그 맛이야 말할 것도 없다. 그러나 그것이나마 먹을 수 있다면 다행이다. 그 죽 한 사발을 가져다가 권력의 핵심에 서 있는 비변사 대감께 드린다면 자신들의 처지를 돌아보지나 않을까 하는 소망이 담겨 있다.

조선 후기가 되면 이렇게 보릿고개 혹은 춘궁기를 배경으로 많은 이야기가 만들어진다. 부잣집에서는 가난한 사람들의 실정을 모르거나 그것을 이용하여 돈벌이 수단으로 삼는 일이 많았다. 시골에서 헛기침 꽤나 하고 사는 사람의 입장에서야 양식이 바로 사회적 수단이 아니었던가. 조선 후기 화원 출신인 장한종(張漢宗, 1768~?)이 지은 「어수신화禦睡新話」에는 이런 이야기가 전한다.

시골 촌놈인 오막돌은 집이 꽤 부유하고 돈이 많았다. 그는 호랑이 사냥을 해서 높은 벼슬자리를 얻었고, 곡식을 뇌물로 바치고 가선嘉善의 직첩을 구했다. 그것도 양반이랍시고 외출을 할 때면 귀밑에 금관자金貫子 번듯하게 붙이고 행동을 점잖게 하였다. 그의 이웃 마을에는 진짜 양반들이 살았다. 그들은 번듯한 양반이기는 했지만 살림은 보잘 것 없어서, 춘궁기 때가 되면 언제나 오막돌의 집에 와서 양식을 빌려갔다. 그때면 언제나 오막돌을 '오동지吳同知'라고 부르면서 필요한 것을 빌려가곤 했다. 그러다가 가을이 되어 추수를 하면 집안에 양식이 좀 쌓여 있으니, 오막돌에게 아쉬운 소리를 할 필요가 없어진다. 그럴 때면 언제나 '이웃놈 오막돌이'라고 불렀다. 이 때문에 마을의 다른 사람들도 '봄에는 오동지, 가을에는 오막돌이'라는 말을 하게 되었다고 한다.

어찌 보면 형편에 따라 호칭을 바꾸는 이웃 마을 양반들의 행태도 그리 곱지만은 않지만, 춘궁기에 이웃을 향한 배려가 부족한 오막돌에 대한 풍자의 태도가 이야기에서 묻어난다. 어려울수록 작은 것도 나눠먹던 민중들의 삶과는 달리, 부유할수록 남의 어려움을 이용하여 자신의 이익을 챙기는 사람에 대한 원망과 아쉬움이 깊이 스며있는 것 같기도 하다.

봄은 겨울을 넘어 우리 곁으로 왔지만, 그 봄이 언제나 아름답고 풍요로운 것만은 아니었다. 생명과 함께 죽음의 그림자를 함께 가지고 왔다. 어쩌면 생명의 그림자가 죽음일지도 모를 일이다. 그만큼 생명은 죽음과 동반자 관계에 있다. 살아 있는 인간의 숙명이 죽음에 연결되어 있듯이, 봄은 우리에게 삶과 죽음을 동시에 던져준다. 문학은 그 사이에서 살아가는 치열한 인간 군상의 모습을 다채롭게 묘사함으로써 우리에게 분노와 열정과 감동을 준다.

| 이별과 그리움 |

겨울이 길수록 사람들은 봄을 기다린다. 긴 기다림의 끝에서 만난 봄이기에, 그 계절은 반갑고 아름답다. 그것은 마치 그리운 사람을 오래도록 기다리는 이미지와도 닮았다. 기다림의 시간이 길수록 만남이 감동적이듯, 겨울의 끝자락에서 만난 봄은 참으로 감동적이다. 모든 생명이 사라진 것처럼 보였는데, 어느 날 고개를 내미는 들풀의 모습에서 우리는 뜻밖에 생명의 경이로움을 감동적으로 경험한다. 이제는 너무 흔한 말이 되어 그 감동의 밀도가 떨어지기는 했지만, 봄날 아침 우연히 마주친 작은 새싹은 참으로 감동적이다. 그 속에는 우주가 깃들어 있다.

우리 고전문학에서 봄은 이별과 그리움, 만남의 계절로 자주 등장한다. 고등학교 교과서에 실려서 널리 전하는 고려시대 시인 정지상鄭知常의 작품 「님을 보내며送人」는 이별의 아픔을 노래한 대표작품이다.

비 갠 긴 둑에 풀빛 푸른데   雨歇長堤草色多

남포에서 님 보내니 슬픈 노래 울린다.   送君南浦動悲歌

대동강 물이야 언제나 마를까   大同江水何時盡

이별 눈물 해마다 푸른 물결에 더해지는 걸.   別淚年年添綠波

　　─정지상, 「님을 보내며」

　그 작품에서는 봄비가 막 그친 긴 강둑으로 온통 푸른 풀빛으로
가득한 경관을 노래한다. 자연 경관이야 어디서 무엇을 보아도 아
름답지만, 인간의 상황이 어떠냐에 따라 해석의 내용은 전혀 달라
진다. 임과 만나 강둑을 거닌다면 그 푸른 풀들이 희망과 젊음을 노
래하는 것이겠지만, 지금 작중 화자는 님을 보내려고 강둑에 나와
있다. 그 푸른 풀빛은 서럽고 안타까운 마음을 한층 더해준다. 많은
사람들이 이곳에서 이별을 하고, 그들이 뿌리는 이별의 눈물 때문
에 대동강 물이 마를 날 없다고 정지상은 노래한다. 조선 전기 문인
이었던 서거정徐居正은 이 구절이 참으로 유치한 표현이라고 비난한
바 있지만, 사실 이별을 몸소 겪는 사람에게는 가슴 깊이 절절하게
파고드는 표현이었을지도 모르겠다. 그러니 오랜 시간을 지나 우리
에게 전해진 것 아니겠는가.
　우리의 고전 시가 중에서도 봄날의 애상적이고 구슬픈 이미지를
노래한 것은 어렵지 않게 발견된다.
　고려 속요 중의 하나인 「동동動動」은 1월부터 12월까지 차례로
읊은 노래다. 흔히 월령체月令體라고도 하는 유형의 노래다. 그 중

정월을 노래한 대목(정월의 냇물은/아아, 얼고 녹고 하는데/세상 가운데 이 몸은/홀로 살아가네/〈동동〉, 박병채 역)에서 우리는 옛 사람들의 봄 이미지를 엿볼 수 있다. 겨울과 봄의 경계에 서자 천지는 서서히 화색이 돈다. 겨우내 얼었던 얼음은 얼었다 녹았다 하면서 봄기운을 알린다. 그러나 자신은 어떤가. 세상 누구에게도 의지할 곳 없는 외톨이다. 다음 연에서 나오는 표현으로 보아 작중 화자는 자신을 떠난 님을 그리워하며 기나긴 겨울을 보냈을 것이다. 물론 화자의 성별은 여성이다. 그녀는 따뜻하고 조화로운 봄과, 여전히 춥고 외롭고 부조화스러운 자신의 모습을 선명하게 대비시킨다. 그 대비 속에서 우리는 그녀의 그리움이 결코 해결되기 어려우리라는 점을 은밀히 간파할 수 있다.

봄밤이면 자신도 모르게 슬픈 정조에 빠질 때가 있다. 딱히 나를 슬프게 만드는 요소나 계기는 없지만, 몸도 나른하고 사물이 슬픈 느낌으로 감지될 때가 있다. 그것은 아마 주변 환경이 만드는 효과일 수도 있다. 고려 말 이조년李兆年의 시조는 바로 그런 지점을 절묘하게 포착하여 노래한다.

이화梨花에 월백月白하고 은한銀漢이 삼경三更인 제
일지춘심一枝春心을 자규子規야 알랴마는
다정多情도 병인 양하여 잠 못 들어하노라.
　―이조년의 시조

배꽃이 흐드러진 달밤, 삼경이 되도록 잠을 못 이루는 사람이 있다. 멀리서는 밤새도록 피나게 우는 자규 소리가 들려오고, 하늘에는 은하수가 하얗게 빛난다. 맑고 아름다운 봄밤, 그가 잠을 못 이루는 이유는 무엇일까. 이렇게 봄은 사람을 슬픔과 아련한 그리움 속으로 데려가는 힘이 있다.

이러한 정서와 함께 파릇파릇한 이미지는 봄을 이야기할 때 빼놓을 수 없는 색깔이다. 얼음장 밑으로 흐르는 물소리에서 봄을 느끼는 때는 대체로 개울가 버들강아지의 폭신폭신한 싹이 고개를 내밀 무렵이다. 그 무렵이면 바람도 제법 따스한 기운을 품고 있는 느낌도 들면서, 버드나무 휘늘어진 가지 사이로 파르스름한 잎이 밖으로 나올 준비를 마친다. 버드나무의 푸른빛은 약동하는 봄의 생명력을 드러낸다.

'버드나무'는 이러한 봄 이미지의 형성에 큰 역할을 한 소재다. 사실 봄이 되면 가장 먼저 연초록빛으로 사람들의 눈을 사로잡고 탄성을 자아내는 것이 버드나무다. 실처럼 바람에 날리는 파릇한 버들을 보면 정말 봄이 왔다는 사실을 실감한다.

그러나 그 버드나무가 언제나 사람들의 환호성을 받는 것은 아니다. '버드나무 가지'는 이별의 상징으로 등장하기 때문이다. 한시에서 '버드나무 가지를 꺾어서 준다'는 뜻의 '절류折柳'는 님과 이별하는 것을 의미한다. 최경창에게 보낸 홍낭洪娘의 이름난 시조 구절, '묏버들 가려 꺾어 보내노라 님의손대'에서도 버드나무 가지는 이별의 상징이다. 봄에 나뭇가지가 되살아나는 것을 보면서 자신을 언제까지나 잊지 `말라는 홍낭의 호소는 가슴 깊은 곳의 눈물을 자아낸다.

버드나무와 함께 찾아오는 봄, 누군가는 이별을 하고 누군가는 돌아오지 않는 님을 그리워하며 또 누군가는 까닭 모를 아련한 슬픔에 잠긴다. 그 모습 때문에 우리는 봄을 새롭게 마음속 깊이 새기기도 하는 것이다.

죽음을 딛고 선 생명

어떤 사물이든 하나의 이미지로만 받아들여지는 경우는 그리 흔치 않다. 봄 역시 마찬가지다. 여러 가지 이미지로 다양한 의미를 만들어낸다. 봄은 생명의 계절이기도 하고 만남의 계절이기도 하며 그리움과 이별의 계절이기도 하다.

봄은 보릿고개를 떠올리게도 하지만 새로운 농사 현장으로 첫발을 딛는 계절이기도 하다. 봄이 되면 역시 농부들의 손길이 가장 바쁘다. 그들은 이별이나 그리움을 생각할 겨를이 없다. 시기를 놓치면 한 해 농사를 망치기 십상이다. 그들은 부지런히 농사 준비를 한다. 겨우내 움츠리고 있던 삶의 누추함을 떨어내면서 그들은 다시 한 번 일어선다.

봄이 아름다운 것은 깊고 추운 겨울이 있기 때문이다. 천지는 막막한 겨울 속에 자신을 완전히 갈무리하여 지난해의 삶을 스스로 죽임으로써 더욱 아름답고 생명력 넘치는 봄꿈을 펼친다.

우리도 마찬가지가 아닐는지. 삶의 구비마다 자신이 지켜온 기득권이나 생활 방식, 생각의 구도를 버리지 않는다면 결코 새로운 삶을 창조할 수 없다. 자신의 것을 모두 버리고 부정함으로써 누구도 밟은 적 없는 사유의 세계로 나아갈 수 있다. 남을 밟고서야 내가 서는 것이 아니라, 나 스스로를 죽임으로써 새로운 우주를 열어가는 것이야말로 우리가 지향해야 할 모습이 아닌가. 또한 그것이야말로 겨울을 지낸 봄이 우리에게 전해주는 우주의 기밀이 아닐는지. 나아가 이전의 것을 모두 버리는 겨울을 견딘 것들만이 화려하고 아름다운 봄을 만드는 일에 동참할 수 있는 것과 같은 이치가 아닐는지.

봄의 길목에서, 내가 지나온 겨울을 돌아본다. 내가 만들 봄은 과연 어떤 봄인가 생각해보는 것이다.

꽃의 문화사

꽃으로 인해서 봄이 봄답듯이, 꽃 시절로 인해서 우리 인생은 오래도록 빛난다. 꽃이라고 해서 언제나 화려한 것은 아니다. 인간의 시각으로 볼 때, 선뜻 다가서기 힘든 꽃도 있다. 그러나 어떤 식물이든 자신의 생애에서 가장 빛나는 지점에 꽃이 있다.

꽃, 그 존재의 아름다움

齊
放

| 꽃의 다양한 의미 |

사시사철 꽃이 없는 시절이 있겠는가마는, 역시 꽃의 계절은 봄
이다. 종류도 많지만 황량하고 차가운 겨울의 긴 터널을 빠져나온
뒤에 펼쳐지는 꽃잔치는 사람들의 마음을 한껏 들뜨게 한다. 이른
봄의 매화를 시작으로 이름도 기억하지 못하는 꽃들은 '백화제방百
花齊放'이라는 표현 그대로 일제히 피어난다. '이십사번화신풍二十四
番花信風'이라는 말이 있다. 이것은 24절기 중 소한에서 곡우까지 사
이의 시기를 24개로 분할하여, 각각의 시기마다 어떤 꽃이 피는지
보여준다. 소한에 가장 먼저 피는 매화를 필두로 하여 산다화山茶花,
수선화, 난화蘭花, 벚꽃, 살구꽃, 오얏꽃, 복숭아꽃, 장미, 해당화, 배
꽃, 목란화, 오동나무꽃, 버드나무꽃, 목단 등 24개의 꽃이 피는 차

례를 들고 있다. 바람이 설핏 바뀔 때마다 자기 차례를 기다렸다는 듯이 화려하게 피어난다. 이렇게 꽃들의 잔치로 삼춘三春을 다 보내고 나면 어느새 여름이 코앞이다.

청춘 시절에는 청춘 시절의 아름다움이 무엇인지 제대로 알아차리지 못한다. 한 차례 청춘의 광풍이 휩쓸고 지나가면, 마치 회한처럼 혹은 미진한 추억처럼 그렇게 청춘의 아름다움이 다가온다. 힘들고 음울했던 일조차 아름답게 채색하는 것이 인간의 기억이다. 질풍노도의 청춘기는 나이 먹은 사람의 눈으로 볼 때만 아름다운 것인지도 모르겠다. 그러나 많은 사람들이 동의하는 것 중의 하나는 인생의 가장 화려하고 생동감 넘치는 시절이 청춘 시절이라는 점이다.

꽃으로 인해서 봄이 봄답듯이, 꽃시절로 인해서 우리 인생은 오래도록 빛난다. 꽃이라고 해서 언제나 화려한 것은 아니다. 인간의 시각으로 볼 때, 선뜻 다가서기 힘든 꽃도 있다. 그러나 어떤 식물이든 자신의 생애에서 가장 빛나는 지점에 꽃이 있다. 그 꽃을 피우기 위해 모든 영양 상태를 거기에 맞게 조절한다. 겨울의 추위를 땅속에서 견디며 봄을 기다리고, 따뜻한 날씨와 촉촉한 대지의 기운에 힘입어 싹을 틔운다. 뿌리로 거두어들이는 양분을 모아 꽃을 피우기 위해 온힘을 기울인다. 시인 김지하가 읊은 것처럼, '꽃시절이 없었'던 무화과 같은 삶이라 생각되는 경우도 있다. 그렇지만 꽃 피는 시절이 없었던 게 아니라 속으로 자신만을 향해 피웠을 뿐이다. 분명 그에게도 자신의 내면을 향하고 있었을지언정 꽃시절이 있었다. '열매 속에서 속꽃 피는' 시절을 견디며 달콤한 열매를 맺는 것이 세상 이치다. 그 시절이 있었기 때문에 열매를 맺는 오늘이 존재하는 것 아닌가.

지금이야 꽃은 다양한 의미로 우리 곁에서 피고 있지만, 인류 초기에는 어떤 존재였을까? 구체적인 증거를 찾기는 어렵지만, 꽃은 실용적인 차원이나 제의적인 차원으로 자리하고 있었을 것이다. 실용적이라 함은 인간의 생존과 관련하여 꽃이 인간에게 의미를 가졌으리라는 차원을 말한다. 식용이든 약용이든 꽃은 실용적인 차원에서 인지되고 활용되었을 것이다.

그렇지만 꽃에 대한 기록 중에서 비교적 오래된 것은 제의적 측면에서 다루어진 것들이 많다. 수로부인과 철쭉꽃에 얽힌 설화를 예로 들 수 있다.

신라 성덕왕 때 순정공이 강릉 태수로 부임하게 되었다. 남편을 따라 강릉으로 가던 수로부인은, 마침 바위 벼랑 위에 피어 있는 철쭉꽃을 보았다. 너무 예쁜 나머지 저 꽃을 따오라고 했지만, 위험한 곳이었으므로 누구도 가려하지 않았다. 그때 소를 끌고 가던 노인(견우노옹牽牛老翁)이 꽃을 꺾어 바치며 부른 노래가 「헌화가獻花歌」다.

견우노옹의 정체가 무엇이냐 하는 점은 연구자들 사이에서 아직도 의견이 분분하다. 선승禪僧이거나 신선神仙에서부터 무속인, 그 지역의 평범한 노인이라는 의견에 이르기까지, 다양한 의견이 제출되어 있다. 소를 끌고 가던 노인이 어떤 상징성을 가지는가에 관계없이, 그는 위험을 무릅쓰고 바위 벼랑으로 기어 올라가서 철쭉꽃을 따왔고, 아름다운 수로부인에게 바쳤다. 그 순간 철쭉꽃은 단순한 사물에서 노인의 진정성을 표현하는 상징물이 된다.

이보다 더 분명하게 제의적 차원에서 다루어진 경우도 많다. 신라 향가인 「제망매가」를 지은 것으로 알려진 월명사月明師는 「도솔가」의 작자이기도 하다. 「도솔가」는 흔히 4구체 향가로 불리는 아주 짧은 노래다. 신라 경덕왕 때 두 개의 해가 뜨는 변괴가 발생한다. 열흘 동안이나 지속되자 왕은 스님을 모셔서 제의를 올리게 되는데, 거기서 불린 노래가 바로 「도솔가」다. 「산화공덕가散花功德歌」로도 불리는 이 작품은 부처님 앞에 꽃을 뿌림으로써 미륵불에게 예를 올리는 내용으로 구성되었다.

이처럼 꽃은 신성한 존재와의 매개 역할을 하거나 혹은 제의의 과정에서 기원을 하는 사람의 마음을 표하는 대상물로 등장했다. 이러한 풍습은 지금도 일부 지역의 무속에서 전해진다. 꽃맞이굿이 그 예다. 이 굿은 꽃이 필 무렵 무당이 자신의 몸주신에게 올리는 일종의 축신제祝神祭다.

그러나 뭐니뭐니해도 꽃은 언제나 젊고 아름다운 여성의 상징이다. 사람의 성격이나 모습, 옷차림 등에 따라 장미, 복숭아꽃, 진달래 등 다양한 꽃에 비유하는 경우가 많다. 예전에도 마찬가지였다. 우리 고전소설에 등장하는 여주인공의 모습은 흔히 '반쯤 피어난 모란꽃'과 같다거나 '앵두 같은 붉은 입술'이라거나 '이슬을 머금은 난초꽃' 같다는 식으로 묘사된다.

조선 후기 성천成川 지역의 기생 부용芙蓉은 문학적 재능 덕분에 많은 사람들의 사랑을 받았다. 그녀는 성천부사로 왔던 김이양金履陽의 소실이 되어 오랫동안 문학적 교유를 하였다. 나이 차이가 많았음에도 불구하고 15년 동안을 함께 살면서 시를 주고받았다. 부용은 김이양이 타계한 뒤에는 그를 위하여 절의를 지킨 것으로 이름이 나기도 했다. 그녀가 지은 시 중에 재미있는 작품이 있다.

부용화 피어서 연못 가득 붉으니	芙蓉花發滿池紅
사람들은 부용꽃이 저보다 낫다네요.	人道芙蓉勝妾容
아침마다 제가 강둑 위를 지날 때면	朝日妾從堤上過
어째서 사람들은 부용꽃을 안 보는 걸까요?	如何人不看芙蓉

자신의 기명妓名인 부용을 이용해서 연못 가득 피어난 붉은 연꽃을 노래한다. 사람들은 꽃이 자기보다 예쁘다고 말하지만, 정작 자신이 아침 햇살을 받으면서 강둑 위로 걸어가면 너나없이 꽃은 보지 않고 자기만을 쳐다본다는 것이다. 자기 모습을 흥미롭고도 재치 있게 표현했다.

┃꽃 속에 담은 이념┃

꽃이 우의적 차원에서 이용되는 것보다 한층 더 깊은 문화적 의미를 가지게 되면 상징의 차원으로 나아간다. 예컨대 모란이 부귀의 상징이 된 것은 대체로 당나라 황제들이 궁궐에 심어두고 즐겼던 사실에서 비롯되었을 것이다. 그 이후 송나라 유학자 주돈이가 「애련설愛蓮說」에서 모란이 부귀의 상징이라고 언급한 이래 사람들은 그 꽃에서 부귀의 의미를 읽곤 하였다.

우리는 이와 같은 사례를 주변에서 더러 본다. 무궁화를 나라꽃으로 여긴다든지, 지방자치 단체마다 자기 고장의 꽃을 선정해서 상징으로 내세우는 것도 넓은 범주에서 보면 비슷한 논리다. 웬만한 꽃들은 모두 문학 작품에 등장하면서 특정한 의미나 이념을 함축하고 있다. 정병욱 교수의 연구에 의하면, 우리나라 고시조 작품에 가장 많이 등장하는 꽃은 복숭아꽃이라고 한다. 주변에서 쉽게 만날 수 있기도 하려니와, 봄을 가장 화사하게 장식하는 첫 꽃이기 때문일 것이다. 복숭아꽃을 바싹 뒤쫓으면서 2위를 차지한 꽃은 매화다. 그 뒤를 국화, 배꽃 등이 따른다. 복숭아꽃이 그 화사함으로 사랑을 받았다면, 매화는 그것이 함축하고 있는 이념적 차원 때문에 사랑을 받았던 것으로 보인다. 이 글에서는 매화에 초점을 맞추어 꽃 속에 담긴 이념이 어떻게 표현되는지를 살펴보기로 하자.

매화는 겨울의 끝자락에서 꽃을 피우기 때문에 봄의 전령사로 첫손 꼽힌다. 곁에 있을 때는 알아차리기 힘들지만 밖에서 들어오면 코끝을 스치는 은은한 향기가 일품이다. 게다가 뒤늦게 눈이라도 내린 날이면 눈 속에서 감상하는 매화는 꽃을 좋아하는 사람에게는 최고의 호사거리를 제공한다. 차가운 눈을 무릅쓰고 아름다운 꽃을 피울 뿐만 아니라 은은한 향기를 멀리까지 보내는 매화의 속성 때문에, 옛 선비들은 자신들의 꼿꼿한 절개를 매화에 의탁하곤

하였다. 군자의 모습을 닮아 있기 때문이었다. 19세기 이전 선비들의 문집에는 매화와 관련된 한시 작품이 한두 편 이상은 꼭 들어 있는 것도 이런 사정에서 연유한다.

옛 선비들 중에서 매화를 특별히 사랑한 것으로 유명한 사람이 여러 명 있다. 그 중에서도 특히 퇴계退溪 이황李滉의 매화 사랑은 널리 알려져 있다. 『매화시첩』을 따로 엮어서 자신의 매화시를 모았을 뿐 아니라 벼슬 때문에 서울 생활을 할 때에도 고향집 매화를 생각하며 시를 짓기도 하였다.

산창에 홀로 기대니 밤빛은 차가운데　　　獨倚山窓夜色寒

매화 가지에 걸린 달 진정 둥두렷해.　　　梅梢月上正團團

산들바람 다시 불러 오지 않아도　　　　　不須更喚微風至

맑은 향기 온 집에 저절로 가득.　　　　　自有淸香滿院間

—이황, 「도산 달밤에 매화를 노래함陶山月夜詠梅」 중 1수, 『퇴계집』 권5

산창山窓은 은자의 집을 연상시킨다. 밤의 싸늘한 기운은 사람의 정신을 일깨우며, 매화 가지에 걸린 둥근 달은 맑고 밝은 이미지를 보인다. 전반부는 청결하고 고고한 분위기를 자아내면서, 선비의 기품 있는 정신세계를 작품 안에 담고 있다. 뒷부분에서는 집안 가득 흐르는 매화 향기를 언급한다. 바람이 일렁이지 않아도 절로 번지는 향기는 매화 향기의 객관적 모습이기도 하지만, 군자의 풍모를 연상시킨다. 군자의 덕은 스스로 자랑하지 않아도 널리 퍼져서 많은 사람들을 감화시키는 법이다. 그런 점에서 매화의 은은한 향기는 군자의 덕과 절의를 그대로 빼닮은 것으로 여겼다.

선비들의 매화 사랑과 함께 매화를 노래하는 작품을 많이 탄생시킨 데에는 중국 송나라 때의 이름난 문인이자 은자였던 임포林逋의 영향을 무시할 수 없다. 그는 중국 항주 서호西湖 주변 고산孤山에 은거하였다. 매화를 아내로 삼고 학을 아들로 삼았다는 '매처학자梅妻鶴子' 고사의 주인공이 바로 임포다. 매처학자의 삶을 살았던 만큼 그의 작품에는 매화를 소재로 한 것이 상당히 많다. 그 중에도 우리나라 선비들에게 영향을 준 작품은 아마도 「산원소매山園小梅」일 것이다. 특히 절창으로 꼽히는 구절은 바로 이것이다.

성긴 그림자 비스듬히 비끼고 물은 맑고 잔잔한데   疎影橫斜水淸淺
그윽한 향기 떠다니는 달빛 비치는 황혼녘.   暗香浮動月黃昏

―임포, 「산원의 작은 매화山園小梅」 중에서

매화 그림을 보면 언제나 등장하는 것은 뒤틀어진 고목 등걸 옆으로 몇 개의 성긴 가지가 뻗어 있고, 그 가지 위로 달이 둥글게 떠 있다. 하나의 전형이라 해도 과언이 아닐 만큼 그런 그림이 많다. 그런데 이 그림은 바로 여기서 인용한 임포의 작품 중에서 함련頷聯을 그림으로 표현한 것이다. 맑고 얕은 물 위로 매화의 성긴 그림자가 비스듬히 그림자를 만들고 있고, 달이 뜨는 황혼녘에는 매화의 그윽한 향기가 살포시 떠다닌다. 이 장면을 그림으로 표현한 것이

'매월도梅月圖'다.

앞서 예로 들었던 이황의 시도 임포의 작품에서 빌려온 이미지가 분명히 들어 있다. 노골적으로 빌려온 것은 아니지만 시의詩意 속에는 분명 성긴 매화 가지와 달, 그윽하게 번지는 향기가 시 전체를 감싸면서 작품을 구성한다. 물론 임포의 시에 비하면 이황의 시에서 나타난 매화는 군자로서의 풍모를 훨씬 강하게 보인다.

이런 점에서 임포의 시는 우리 고전문학에 상당한 영향을 끼친다. 그것은 고시조에서도 예외가 아니었다. 널리 알려진 안민영의 「매화사梅花詞」도 그 영향권 안에 들어 있는 작품이다. 그 중에서 한 편을 보도록 한다.

> 어리고 성근 매화 너를 믿지 않았더니
> 눈 기약 능히 지켜 두세 송이 피었구나
> 촉燭 잡고 가까이 사랑할 제 암향부동暗香浮動하더라.
>
> ─안민영, 「매화사」, 제2수, 『금옥총부』

매화 가지가 너무 어리고 성긴 데다 추운 겨울 때문에 설마 꽃을 피우랴 하는 마음으로 지켜보던 안민영은, 두세 송이 매화가 피자 그 사실을 너무도 감동적으로 노래한다. 눈 기약을 지켰다는 것은 설중매雪中梅라는 사실을 의미한다. 여러 가지 상황으로 보아 분매盆梅임에 분명한 이 매화는, 눈이 내리는 시절에 그윽한 향기를 풍기면서 꽃을 피웠다. '암향暗香'은 쉽게 눈치 채지 못할 정도로 약하지만 그윽한 향기를 의미하는 단어다. 임포의 시에서 사용한 구절을 그대로 적출하여 이용하였다.

한밤중 매화의 은근한 향기에 일어나서 촛불을 켠다. 아련한 불빛 아래서 암향과 함께 감상하는 두세 송이 꽃은 안민영의 삶에 새로운 힘을 준다. 그는 뜻밖에 피어난 매화를 통해서 욕망으로 물들었던 자신의 마음을 깨끗하게 정화하고 있는 것이다.

옛 선현들은 이처럼 꽃 하나에도 깊은 의미를 담았다. 흥미롭게도 사설시조 중에 꽃의 의미를 나열한 작품이 있다. 그 작품을 읽으면서 우리는 옛 사람들이 꽃에 어떤 의미를 부여했었는지 짐작할 수 있다.

> 모란牧丹은 화중왕花中王이요 향일화向日花는 충효忠孝로다
> 매화梅花는 은일사隱逸士요 행화杏花는 소인小人이요 연화蓮花는 부녀婦女요 국화菊花는 군자君子요 동백화冬栢花는 한사寒士요 박꽃은 노인이요 석죽화石竹花는 소년이요 해당화는 갓나희로다
> 이 중에 이화梨花는 시객詩客이요 홍도벽도삼색도紅桃碧桃三色桃는 풍류랑風流郎인가 하노라.
>
> —작자 미상의 사설시조

꽃을 향한 탐미의 눈길들

조선 후기로 접어들면 지식인들 사이에서 정원을 경영하는 경향

이 나타난다. 근래 여러 연구자들에 의하면, 18세기 이후 지식인들이 화훼에 깊은 관심을 가지면서 전문가적인 수준에 근접하는 사람이 나타났다고 한다. 그 선구자적인 자리를 차지하고 있는 사람은 아마도 허균이 아닐까 싶다.

당대의 명나라 문학에 대한 해박한 지식과 독서를 자랑하던 허균은 특히 원굉도의 글을 매우 좋아해서, 그의 척독을 비롯한 소품문小品文을 열심히 읽었던 흔적을 문집에 남긴 바 있다. 그가 편찬한 책 중에 『한정록閒情錄』이 있다. 이 책은 허균 자신이 책을 읽으면서 흥미로운 구절들을 메모해두었다가 내용별로 분류하여 편찬한 일종의 독서 메모다. 그런데 이 책에는 원굉도의 『병화사甁花史』가 수록되어 있는데, 부분적으로 절록節錄되어 있는 다른 책과는 달리 전문이 거의 수록되어 있다. 『병화사』는 꽃에 대한 다양한 생각을 짧고 아름다운 문장 속에 담아놓은 책이다. 허균이 이 책을 수록하였다는 것은, 적어도 그 자신 역시 화훼에 깊은 관심을 가지고 있다는 의미일 것이다. 그는 이정에게 보낸 편지에서 자기가 구성하고 싶은 정원의 모습을 묘사한 바 있다.

큰 비단 한 다발에 금빛 푸른빛 등 각양각색의 물감을 모두 우리 집 하인에게 맡겨서 서경으로 보냈네. 모름지기 이렇게 그려주시기 바라네.

산을 등지고 시냇물을 마주한 집에 온갖 꽃과 늘씬한 대나무 천 그루를 심으시게. 가운데로는 남쪽 대청을 열고, 앞마당은 넓게 하여 석죽화石竹花와 금선초金線草를 심고 괴석과 오래된 화분을 벌여 놓으시게. 동쪽 깊숙한 방에는 휘장을 걸었는데, 천 권의 책을 진열하고, 구리로 만든 병에는 공작의 꼬리를 꽂으며, 비자나무로 만든 책상엔 박산향로博山香爐를 놓아주시게나. 서쪽으로는 창문을 열었는데 우리 소랑小娘이 나물로 죽과 국을 끓이며 손수 우유술을 걸러서 신선로에 붓고 있고, 나는 집 안에서 방석에 기대어 누워서 책을 보고 있으며, 그대는 여러 벗과 내 주변에서 담소를 나누고 있는 걸 그려주시게. 모두 두건에 비단신을 신고 있으며, 도사의 옷에 허리띠는 매지 않았네. 한 가닥 향 연기가 주렴 밖에서 피어오르는데, 한 쌍의 학은 바위의 이끼를 쪼고 있고 어린 아이는 빗자루를 들고 떨어진 꽃을 쓸고 있는 걸 그려주시게.

이 정도면 인간의 사업이 끝나는 것일세. 그림이 다 그려지면 태징공台徵公(이수준李壽俊의 자)이 돌아오는 편에 부쳐주시게나. 간절히 바라고 바라네.[1]

허균은 멀리 있는 벗에게 자신이 상상하는 가장 아름다운 거처

---

[1] 大絹一簇, 各樣金靑等彩, 竝付家奚, 致之西京, 須繪作背山臨溪舍, 植以雜花, 脩竹千竿, 中開南軒, 廣其前除, 種石竹金線, 列怪石古盆. 東偏奧室卷幔, 陳圖書千卷, 銅甁揷雀尾, 博山尊彝于棐几. 西偏拓囱, 家小娘糝蔬菜, 手漉潼醴, 注于仙爐. 吾則隱囊於堂中, 臥看書, 而汝與○○在左右詼笑, 俱巾絲履着, 道服不帶, 一縷香烟, 颺於箔外, 仍以雙鶴啄石苔, 山童擁箒掃花, 則人生事畢矣. 工訖, 付於台徵公之回, 切望切望. (許筠,「與李懶翁 丁未正月」,『惺所覆瓿藁』권21) (* ○부분은 원문 결락부분임)

의 모습을 묘사해서 보내고, 그것을 그림으로 그려달라고 부탁한다. 앞마당에 석죽화와 금선초를 심고 괴석과 오래된 화분을 놓으라고 한 것으로 보아, 화훼에 대한 허균의 애정을 짐작할 수 있다. 이처럼 자신이 사는 공간에 화훼를 장식하고 꽃을 보는 것으로 소일거리를 삼는 풍조가 이미 허균 시대부터 나타난다. 물론 그 이전에도 화원花園을 경영하는 사람들이 없었던 것은 아니다. 강희안의 『양화소록養花小錄』이 나와서 이전의 성과를 정리하였으며, 조선 전기에 가산假山을 만들어 감상하는 풍조를 반영하는 기록도 간간이 보인다. 그렇지만 허균처럼 중국의 관련 도서를 필사하여 편찬하는 정도로 애정을 기울였던 사람은 이전에는 거의 없었다.

18세기 이후가 되면 많은 사람들이 화훼에 전문가적 관심을 기록으로 남겼다. 그들은 직접 꽃과 나무를 기르면서 자기 생활 속에 깊이 끌어들였고, 그 경험을 기록으로 남기거나 그것을 소재로 하여 다양한 글을 지었다. 최근 연구자들에 의해 언급된 저작들을 보면, 유박柳璞의 『화암수록花庵隨錄』, 이옥李鈺의 『백운필白雲筆』, 『화삼국사花三國史』, 김덕형金德亨의 『백화보百花譜』, 이서구李書九의 『소완정 금충초목권素玩亭禽蟲艸木卷』 등 상당히 많다.[2]

이들에게 꽃은 어떤 이념의 상징이거나 수양의 일환이라기보다는 아름다움의 대상으로 나타난다. 그에 관한 글에서는 당연히 이

---

2) 정민, 「18, 19세기 문인 지식인층의 원예 취미」(『18세기 조선 지식인의 발견』, 휴머니스트, 2007) 참조.

넘과 수양의 그림자를 완전히 걷어내지는 못했다. 그것은 조선의 시대적 그림자이기도 할 것이다. 그런 점을 감안하고 살펴본다면, 이들의 화훼 감상은 대단히 탐미적이라고 할 수 있다.

특히 유박의 기록은 매우 흥미롭다. 그는 황해도 백천(白川, 배천)에 백화암百花庵을 지어놓고 세상의 수많은 꽃들 중에서 백 가지를 선택해서 길렀다. 전국 어디든 희귀한 꽃이 있으면 백방으로 수소문하여 구했고, 중국을 드나드는 배를 통해서 외국의 품종도 다량 구해서 길렀다고 한다. 백화암을 위하여 이용휴李用休, 정범조丁範祖, 이헌경李獻慶, 유득공柳得恭, 채제공蔡濟恭, 목만중睦萬中 등 당대 최고의 문인들이 글을 지어주었다. 그는 꽃마다 4~8자로 이루어진 평어를 붙였다. 예를 들면 매화는 "강산의 정신이요 태고의 면목[江山精神, 太古面目]"이라 하였고, 연꽃은 "혼연한 원기에 무한한 조화[渾然元氣, 無限造化]", 패랭이꽃은 "칭얼대지 않는 아이[不哭孩兒]", 옥잠화는 "영리한 사미승[伶俐沙彌]"이라고 하였다.[3] 그는 시조 작품도 여러 편 남겼는데, 그 중의 하나를 보자.

꼬아 자란 층석류層石榴요 틀어 지은 고사매古楂梅라
삼봉괴석三峰怪石에 달린 솔이 늙었으니
아마도 화암풍경이 너뿐인가 하노라

---

3) 유박의 「화암수록」은 아직 널리 공개된 문헌은 아니다. 이 자료는 정민 교수의 위의 책(「18세기 원예문화와 유박의 화암수록」 부분)에 소개한 것을 인용하였다.

「화암구곡가花庵九曲歌」로 알려진 작품 중의 하나다. 이 작품은 이전에 송타宋佗의 작품으로 잘못 알려진 것이었는데, 「백화수록」의 발견과 작자 고증에 의하여 유박이 지은 것으로 확인되었다. 이 작품은 아마도 분재용 화분을 감상하면서 읊은 것으로 보인다. 이리저리 얽어서 꼬아 만든 여러 층의 석류 화분과 고사매古海梅, 세 개의 봉우리 모양의 괴석으로 장식한 곳에 심은 소나무 등은 이미 이념의 상징보다는 심미적 감상의 대상으로 묘사되었다.

조선 말기로 내려올수록 꽃은 그 이념의 그림자를 걷고 서서히 아름다움의 대상으로 나타난다. 물론 꽃의 이념적 차원을 강하게 견지하는 일군의 유학자들이 널리 존재하기는 했지만, 이미 탐미적 대상으로서의 꽃은 대중들의 사랑을 받으며 그 아름다움을 뽐내는 시대가 된 것이다.

| 봄날, 꽃그늘 아래에 누워 |

유난히 개나리가 밝고 무성하게 피는 동네에서 살고 있는 터라, 나는 언제나 개나리의 노란빛과 함께 봄을 지내곤 한다. 꽃이 떨어지고 개나리의 연녹색 이파리가 속을 펼쳐 보이기 시작하면 비로소 시절이 봄의 절정으로 치닫는다는 걸 알아챈다. 꽃은 그저 세월의 흐름과 자연의 순환을 따라 피었다 떨어질 뿐이지만, 그것에 속절없이 의미를 부여하는 것은 인간이 아닐까 싶다. 매화의 은근한 향기와 모란의 화려한 자태에 마음을 두고, 온산을 붉게 물들이는 진달래 꽃밭

속에서 술 한잔 기울이며 하루를 보내는 것은 인간의 일상사다.

　햇살이 따스하게 비치는 봄날 오후, 이따금 개나리 꽃 무성한 그늘에 누워서 꽃 사이로 스며드는 하늘을 본다. 순간 나는 난마처럼 얽힌 인연의 고리를 모두 끊어버리고 은자의 마음이 된다. 무심한 마음으로 바라보는 눈길 속에서 어여쁘지 않은 꽃이 어디 있으랴.

질병과 몸

뜻하지 않게 찾아오긴 했지만, 병 역시 내 몸을 찾아온 진귀한 손님이
다. 손님을 푸대접하는 것은 도리가 아니다. 그를 맞아 잘 대접하다 보
면 병은 어느새 친밀한 벗으로 변한다. 그 벗이 나를 죽음으로 데려갈
수도 있지만, 내 삶의 차원을 전혀 다른 곳으로 안내할 수도 있다.

질병, 인생길을
함께 걷는 소중한 벗

病
誦

| 몸의 쇠락을 바라보는 마음 |

멀쩡하던 몸이 어느 날 이상 신호를 보내면 긴장된다. 사람의 몸은 참 묘한 것이어서, 아무리 하찮은 것이라도 제 기능을 상실하는 순간 몸 전체를 불편하게 만든다. 손톱 밑에 작은 가시가 하나 박혀도 그때부터 내 마음은 온통 거기에 집중된다. 아무렇지 않게 자주 먹던 음식이 내 몸 속에서 반란을 일으켰을 때도 그런 생각이 든다. 즐거운 식사가 끝나고 집에 돌아와 누웠을 때부터 서서히 나타나는 신호를 느끼면서, 몸 속의 반란이 즐거운 식사에서 비롯되었다는 것을 느낄 때의 기분은 착잡하다. 몸과 마음, 즐거운 식사와 부담되는 음식물, 평소의 식습관과 그것을 거부하는 몸의 새로운 변화 등이 주는 괴리감을 섬세하게 느끼면서 다시 한번 내 몸을 돌아본다.

빨리 스무 살이 되고 싶었고, 서른이 되고 싶었고, 마흔이 되고 싶었던 시절이 있었다. 나이를 먹어가는 것이 진심으로 기분 좋았던 때였다. 물론 지금의 내 나이도 참 마음에 든다. 뭔가 세월과 함께 내가 원숙해지는 느낌(그것이 단지 '느낌'에 불과한 나의 착각이라 하더라도!)이 좋았고, 그것과 함께 왠지 모를 따뜻한 시선이 내 안에서 움트는 걸 느끼는 게 좋았다. 어쩌면 현재의 남루한 일생을 미래의 어느 날엔가에는 벗어나리라는 막연한 기대감이 있었기 때문일지도 모르겠다. 정확한 이유를 적시할 수는 없지만, 나는 나이를 먹는 게 좋았다.

세월의 흐름을 지켜보는 즐거움과는 별도로, 이제는 내 몸의 통증을 지켜볼 수밖에 없는 기회가 이전보다 더 많아졌다. 견고한 성채 같았던 몸이 어느새 허물어지고 있었다. 일상의 틈새에서 만나는 사소한 질병 내지는 알 수 없는 통증은 허물어져가던 성채가 내는 일종의 신음소리였다. 한밤중에도 마음 깊은 곳에서 커다란 울림으로 느껴지던 그 소리는 바로 내 몸의 신음소리였다. 그 소리를 듣는 날이면 슬며시 일어나 거실로 나온다. 불도 켜지 않은 채 창밖 저편의 어둠 속을 응시한다. 어둠 저편에는 또 다른 내가 있어서, 이편에 있는 내게 인사를 건네는 것이다. 그리고 이제는 마음과 몸의 거리를 잘 가늠하라고 충고한다.

몸이 허물어지는 것은 서서히, 점진적으로 이루어지지 않는다. 한동안 일정한 상태를 유지하다가 어느 순간 한 단계 허물어진다. 또 그 단계가 지속되다가 어느 순간 또 한 단계 허물어진다. 그 변화의 순간을 자각해야 하는데, 그게 말처럼 쉽지 않다. 내 몸을 찬

찬히, 오래도록 살펴온 내공이 없다면 자각하기 어렵다. 대체로 큰 병을 앓고 나면 몸의 상태를 살피게 되는데, 그때는 이미 늦었거나 늙은 상태이기 십상이다. 내 몸에 깊이 실망한 나머지 우울해지는 때도 아마 이 무렵일 듯싶다.

몸이 예전 같지 않다는 생각에 빠지면 외부로 향하던 시선이 자신의 내면을 향하는 경우가 많다. 마음은 세계와 함께 활발히 움직이며 세상을 이끌 힘이 있지만, 몸이 따라주지 않으니 어떤 일에도 선뜻 마음을 내기가 쉽지 않다. 범상하게 보아 넘기던 이의 흔들림도 다르게 보이고, 머리를 말리다가 발견하는 흰 머리카락 한 올도 새삼스럽다. 참 오래 인생길을 함께 걸어왔구나, 하면서 거울 속 자신을 향해 중얼거리는 때도 있다. 무망한 표정으로 한참 서서 바라보면 저편에 서있는 낯선 사람 하나가 보인다.

이쯤 되면 우리는 살아온 삶을 돌아보기도 하고 살아가야 할 길을 멀리 바라보기도 한다. 전에 없이 생각이 많아지고, 무언가 글로 표현하고 싶어질 때가 잦아진다. 병에 걸려서도 글 짓는 일을 그치지 못했던 이전의 수많은 문인들 역시 이런 마음이었으리라. 이와 꼭 같지는 않을지라도, 이 범주에서 크게 벗어나지는 않았으리라. 그런 점에서 병은 내 몸을 허물어뜨리기도 하지만 내게 주어진 시간을 탕진하지 않도록 주의를 환기시켜주는 고마운 친구이기도 하다.

고적함에 이르는 병

붓다는 인생의 네 가지 근본적인 고통을 생로병사라고 했다. 이 몸도 언젠가는 쇠락해서 사라질 운명이라면, 그 쇠락의 조짐을 가장 분명히 드러내는 것이 바로 병이다. 태어나면서 병에 걸리는 것도 어찌 보면 조금 빨리 쇠락을 맞을 뿐, 당연히 와야 할 운명이 그에게 닥친 것이다. 우리 눈에 보이지는 않지만, 자신의 몸은 한시도 같은 모습을 머물러 있었던 적이 없다. 이 몸이 덧없듯이 우리 삶도 덧없다. 평소에는 덧없음을 알아차리지 못하다가, 작은 병이라도 들어서 몸이 불편하면 그제야 생의 덧없음을 깨닫곤 한다.

몸이 아프면 마음도 가라앉는다. 밖으로만 향하던 마음이 자신의 내부를 향한다. 평소에는 보이지 않던 마음이, 이상하게도 눈앞에 오롯이 솟아오른다. 자신과 이렇게 오래도록 이야기를 나누어 본 것이 언제던가. 삶의 고비마다 만나는 어려움을 주변 사람들과 상의해보았어도, 정작 자기 내부의 목소리를 제대로 들으려 했던 적이 있었던가. 이런저런 상념으로 밤을 새기도 한다. 병석에 누워서 온몸으로 통증을 느끼노라면 이 몸의 나약함을 절실하게 느끼기도 한다. 한차례 병을 앓고 나면 이상하게도 내 스스로 더욱 깊어진 듯한 생각이 든다.

'괴로움[고苦]'은 그 자체로 하나의 진리라고 한다. 불교에서 말하는 사성제四聖諦 중에 첫번째가 바로 '고성제苦聖諦'다. '괴로움이라고 하는 성스러운 진리'라는 의미다. 우리의 인생길에서 괴로움을 겪지 않는다면 누구도 진리의 길을 찾으려 하지 않을 것이다. 내가 사는 이 생이 즐겁고 아름다운데, 이 삶의 너머에 무엇이 있는지 누가 관심을 가지겠는가. 당장은 즐거울지 몰라도 언젠가는 사라질 존재들, 눈앞의 쾌락 때문에 덧없음에 대한 자각을 가지기는 매우 어렵다. 매일이 즐거웠는데, 어느 날 몸이 신호를 보낸다. 몸의 균형에 문제가 생기고, 아픔이 느껴진다. 그 순간 아무리 즐거운 자리라도 즐겁다는 생각을 하지 못한다. 이 몸이 아프면서 세상의 즐거움은 사라진다. 어떤 것도 변하지 않는 것은 없다는 생각이 고개를 드는 순간, 내 눈 앞의 삶을 넘어서 존재할 그 무엇에 대한 쪽으로 시선이 옮겨진다. '그 무엇'을 진리라고 부르든 도道라고 부르든, 그때까지 지속되던 내 삶에 중대한 변화를 가져오는 계기로 작동한다. 진리를 향해 첫걸음을 내딛는 순간이다. 그런 점에서 보면 괴로움이야말로 내 삶을 진리로 나아가게 하는 벗인 셈이다.

이미 띠풀로 집을 만들었나니   旣以茅爲屋
흙으로 섬돌 만든들 무슨 문제랴.   何妨土作堦
이 몸 쇠락해서 툭하면 병들지만   身衰動成病
마음은 안정되어 문득 심재心齋에 든 듯.   心定輒如齋

—이색, 「홀로 읊조리다獨吟」 3수 중 제2수, 『목은시고牧隱詩藁』 권29

　　고려의 쇠락을 경험하고 조선의 관직 생활을 거부했던 이색은 작품 속에 방랑과 질병을 자주 등장시켰다. 유마거사維摩居士의 병이 중생들로 인해 생겨난 탓에 중생들의 병이 나아야 유마의 병도 낫는 것처럼, 이색의 병은 시대적 의미를 함축한다. 몸의 쇠락을 동반하는 병이 그 자체로 의미를 가지는 것이기도 하지만, 동시에 하나의 은유로서 기능할 경우도 있다. 이 작품에서는 물론 은유로서의 질병 문제를 발견하기란 쉽지 않다. 다만 그가 시대와 좋은 관계를 유지하지 못한 채 병으로 물러나와 산재山齋에 머물면서 지은 시라는 점을 감안할 필요는 있다.

띠풀로 지붕을 잇고 흙으로 섬돌을 만든다는 것은 중국의 성군 요堯 임금이 만들었던 태평성대를 떠올리게 한다. 자신의 시대는 태평성대이므로 벼슬을 그만두고 물러나 산에서 은자처럼 지내는 자신의 처지가 용인된다. 표현이야 그렇게 해도 이색이 처한 시대가 어찌 태평한 때였겠는가. 병 때문에 물러나 편안한 마음으로 지낸다고 하는 표현은 그야말로 수사에 지나지 않는 것일 수도 있다.

나이가 들수록 몸에는 병이 자주 찾아든다. '툭하면[動]' 병이 든다는 말은 육신의 쇠락과 함께 병과 만나는 횟수가 잦다는 의미를 도드라지게 한다.

몸은 병으로 나날이 쇠약해지지만 마음은 오히려 고요한 경계를 체득한다. '심재'란 마음속의 모든 잡념을 제거하여 텅 비고 순일純一한 경지에 든 상태를 말한다. 사람의 욕망이란 끝이 없는 것이어서 어떤 형태로든 제어하기 어렵다. 인간의 선악과 행위가 마음의 움직임과 함께 오는 것이라면, 마음의 움직임 자체를 제거하여 허정虛靜하고 순일純一한 상태로 돌아가게 하는 것 또한 중요한 공부다. 이색은 이 작품에서, 쉽지만은 않은 마음공부가, 병이라고 하는 외부적 조건에 의해 저절로 된 것이다.

그러고 보니 병에 드는 것이 꼭 불행을 만난 것만은 아니다. 병으로 인해 우리의 생은 한층 깊어지고, 욕망의 움직임을 곰곰이 관찰해볼 기회를 얻는다. 다시 세상으로 나아가면 번우한 일들에 휘둘리고 욕망의 무한한 힘에 무릎 꿇을지라도, 덧없는 삶에 대한 잠깐 동안의 경험은 삶의 깊이를 만들어줄 재료로는 더없이 좋은 기회다.

| 노안老眼, 흐릿한 경계 사이를 깨닫다 |

아파본 경험이 없다면 그 통증을 이해하지 못한다. 치통을 겪어보지 않았다면 이가 아픈 고통을 이해하지 못한다. 아무리 가까운 사람이라도 그가 아파하는 것을 보면 그 통증을 짐작하고 동정할수는 있어도 절대 이해하지 못한다. 내가 느끼는 고통은 나만의 특별한 경험이기 때문이다.

근래 들어 안경을 벗는 일이 잦아졌다. 오랫동안 써오던 안경인데 어느 날부턴가 벗고 보는 게 편하다. 노안이 온 것이다. 마흔 살이 넘으면 노안이 오는 것이 자연의 이치라고는 하지만, 노안을 맞는 심정이 조금은 당혹스러웠던 것이 사실이다. 몸의 균형이 여기저기서 무너지자 내 몸을 다시 돌아보기 시작했다. 그렇지만 눈이 나빠지는 것은 어찌 할 도리가 없다. 어디서나 책을 읽는 것이 즐거웠고 그것이 내 직업이었으니, 눈을 혹사시킨 세월을 생각하면 이런 정도까지 버텨준 눈이 고마웠다.

옛 선비들도 나이 들어 눈이 나빠지면 곤혹스러운 감정을 드러내곤 했다. 지금처럼 안경도 없던 시절에, 시력의 쇠퇴와 함께 책을 읽고 글을 쓰는 일이 불편해지는 것은 당연한 이치다. 세필로 가지런하게 쓰던 글자도 이젠 못하게 되고, 작은 글씨의 협주夾註도 읽을 일이 막막하다.

내 눈이 잘 보이지 않는 것도 답답하지만, 나보다 먼저 자식의 눈이 나빠지는 걸 보는 것도 가슴 아픈 일이다. 박지원의 편지에 그런 내용이 보인다.

> 밤사이 안질眼疾은 어떻느냐? 북제北齊의 조정祖珽이라는 이가 청맹青盲이 되자 쑥에다 말똥을 태워 그 연기를 쐬었다는 말을 못 들었니? 누가 너로 하여금 이런 참혹한 일을 겪게 하는 건지, 나도 모르게 마음이 섬뜩하여 밤새 한숨도 못 잤다. 네 외삼촌은 들어왔니? 팥배나무 한 바리를 어렵게 구해 들여보내니 잘 심도록 하고, 또 잘 단속하여 남들이 뽑아가지 못하도록 해라. 정원의 나무들이 그 사이 많이 없어졌다고 하니 참으로 통탄할 일이다.[1]

안질 때문에 아들의 눈이 잘못될까 봐 노심초사하는 아버지의 마음이 잘 드러나 있다. 나이 든 아비의 눈보다 젊은 아들의 눈이 더

---

1) 박지원, 「큰아이에게」, 『고추장 작은 단지를 보내니』(박희병 옮김, 돌베개, 2005), 50쪽.

걱정이 된다. 쑥에 말똥을 태워 그 연기를 쐬어보라는 말도 그렇지만, 마음이 섬뜩하여 한숨도 못 잤다는 말에서 박지원의 애잔한 마음이 진하게 스며 있어서 이 편지글을 읽는 사람의 마음을 짠하게 한다. 아직은 눈을 치료할 수 있는 수준의 의료 시설이나 기술이 없던 시절에 이런 일을 당하면 속수무책으로 당할 도리밖에 없었다.

그렇지만 옛 사람들의 시에 나오는 눈병은 대부분 노쇠한 몸에 대한 일종의 비유처럼 사용된다. 눈이 침침해져서 사물을 자세히 볼 수 없는 것이 실제 상황일 수도 있지만, 나이가 들면 눈이 나빠지는 건 당연지사라는 점을 염두에 둔 표현으로 보인다.

앞마을 연기로 어둑한 곳 까마귀 감추었고	前村煙暝已藏鴉
객사는 침침하여 밤에도 시끄럽지 않다.	客舍沈沈夜不譁
깊은 숲 달 밝은데 두견새 울고	深樹月明啼杜宇
넓은 뜰 봄 끝나서 배꽃이 진다.	曠庭春盡落梨花
쇠락한 얼굴로 거울 마주하니 해마다 바뀌고	衰容對鏡年年換
병든 눈으로 책을 보니 글자마다 비스듬하다.	病眼看書字字斜
꿈속의 시내와 산, 밝은 달 아래 가나니	夢裏溪山明月去
문 앞으로 물 흐르는 곳, 여기가 내 집.	門前流水是吾家

—홍귀달洪貴達, 「예천동헌醴泉東軒」, 『허백정집虛白亭集』 권1

이 작품은 홍귀달이 강원감사江原監司로 근무하다가 임기를 마치고 고향으로 돌아가던 중 경상도 예천 동헌에서 지은 작품이다.[2]

봄이 끝나는 시절, 달 밝은 밤 두견새 슬피 울고 배꽃이 진다. 어둑한 동헌 구석에서 침침한 눈으로 인생의 노년을 바라보는 시인의 마음이 스산하다.

젊은 시절, 선명한 눈빛으로 세상을 보았다. 붉은 꽃과 푸른 잎의 빛깔은 언제나 분명했고, 사람살이 역시 명확한 시선으로 분별했다. 그러나 세월이 흘러 나이가 들자 이것과 저것의 경계는 모호해지고 내가 살아온 삶의 궤적뿐만 아니라 걸어가야 할 길의 자취도 희미하다. 눈이 흐려진 탓인가, 아무리 눈을 비벼도 젊은 시절의 선명함은 더이상 돌아오지 않는다.

고향으로 돌아가는 발길은 그렇게 병든 눈과 함께 간다. 이 길을 다시 밟아서 세상으로 나올 일이 있을지도 의문이다. 그런 생각을 하면서 바라보는 늦봄의 달 밝은 밤, 홍귀달의 마음 역시 모든 경계를 허물고 고향집을 가슴 가득 품는다.

| 질병을 견디는 힘 |

병든 세상, 병든 사람들, 병든 내 몸. 천하가 병으로 가득한데 혼

---

2) 이 작품의 배경에 대해서 홍귀달의 문집에서는 어떤 정보도 주지 않는다. 그러나 권별權鼈이 지은 『해동잡록海東雜錄』에 의하면 그가 강원감사를 마치고 돌아가는 길에 지은 작품이라고 기록해 놓았다. 또한 미련尾聯에서 '명월明月'을 권별은 '명일明日'로 기록하였다. 권별처럼 원문을 기록하면 그 구절의 번역은 '꿈 속의 시내와 산, 내일이면 가리니'로 하여야 한다. 그러나 홍귀달의 문집 기록을 중요시한다는 점, 특별히 이 글의 취지가 달라지지 않는다는 점 등을 고려하여 문집에 수록된 글자대로 작품을 인용하였다.

자 건강하다고 생각하는 건 아닌지, 자신을 다시 돌아본다. 태어나면서부터 인간은 온갖 병에 걸린다. 어쩌면 병으로 살아온 생이면서도 자신은 한 번도 병에 걸려본 적이 없다고 착각하기까지 한다.

'병病'이라는 글자를 보면서 문득 그런 생각이 들었다. '疒' 부분은 사람이 침상에 기대거나 누워 있는 모습을 본떠서 만든 글자라고 한다(疒은 '병들어 누울 녁'이라는 글자다!). 건강한 사람일수록 몸을 움직여 무엇인가를 끊임없이 한다. 가만히 누워 있는 사람은, 특별한 이유가 없는 한 병에 걸렸을 가능성이 농후하다. 사람뿐만이 아니다. 길짐승이나 물고기, 날짐승들도 마찬가지라고 한다. 가만히 제자리에 앉아 있거나 누워 있으면 어디엔가 문제가 있는 녀석이라는 것이다.

혼자 병을 이겨내는 것은 쉽지 않다. 병이 들어 나들이를 못하게 되면 어딘지 모를 우울과 처량이 생겨난다. 그럴 때 지인들과의 담소는 큰 약이다.

병환 중이라 기쁜 마음 줄어들어	病裡歡情減
시름 속에 올 한해도 끝나갑니다.	愁邊歲律窮
백 년 인생에 이런 모임은 어려운 것,	百年難此會
어디에 그대 같은 분들 있겠습니까.	何處得諸公
술은 이웃집에서 보내주길 기다려도	酒待隣家送
시는 오히려 우리들이 잘 짓지요.	詩還我輩工
어떻게 견딜까요, 그대들 흩어져 떠난 뒤	那堪客散後

붉은 등불 하나만 마주한 밤을.   獨對一燈紅

─장유張維, 『계곡집谿谷集』 권28

이 작품의 제목을 보면 시 창작의 분위기를 짐작할 수 있다. "지난밤의 모임은 정말 병환 속에서 아름다운 자리였다. 손님들이 흩어지고 나 홀로 외로이 앉아 작은 시편을 읊조리며 지어서 기암(畸菴, 정홍명鄭弘溟의 호)과 백주(白洲, 이명한李明漢의 호)에게 받들어 올린[前宵一會 大是病裡佳境 客散孤坐 吟成小詩 奉呈畸菴及白洲雙璧]" 작품이다. 병 중에 있는 장유를 위해 주변의 지인들이 병문안 삼아 저녁에 모여 시를 짓는 모임을 가진 모양이다. 이웃에서 가져온 술도 있고, 시를 즐겨 짓는 반가운 사람들도 있으니 얼마나 기쁜 일인가. 병환 중이라 웃을 일도 없는 때에, 지인들과의 모임은 즐겁고 맞춤한 일이 아닐 수 없다.

그러나 그들이 돌아가고 나면 오롯이 타오르는 붉은 등불 하나는 작자의 외로움을 배가시킨다. 견디기 힘든 밤, 병과 함께 시름에 겨운 겨울밤이 깊어간다.

병이라고 해서 모든 병이 몸의 쇠락과 함께 하는 것은 아니다. 병을 핑계로 시대를 아파하는 것도 병이요, 병을 칭탁하고 번우한 속세를 벗어나 유유자적하자는 것도 병이다. 그런 점에서 보면 우리는 모두 병자거나 잠재적 병자다. 다만 우리가 스스로를 병자로 인정하기 싫어할 뿐이다.

살아온 날을 돌아보면서 자신의 삶이 얼마나 갈피없이 헤매며 혼란 속에서 방황했던가를 깨달으면, 눈앞의 사물과 세계가 다시 보인다. 내가 하는 일의 의미를 잃어버리면 그 자리에서 좌절하여 쓰러지든지, 아니면 새로운 무언가를 찾아 다시 길을 떠나야 한다. 그 사이의 간극이 작을 리는 없다. 그 간극을 극복하는 과정이 바로 앓아눕는 시기다.

세상 사는 이 내 몸 갈수록 갈피 잡지 못하여	此身於世轉支離
병으로 강호에 누운 채 봄이 다시 돌아왔다.	臥病江湖春復歸
베갯머리에서 몇 번이나 천 리 꿈꾸었던가	枕上幾成千里夢
책 속에서 한가롭게 몇 년 동안의 시를 기록한다.	卷中閑記數年詩
눈의 뜻 머금은 매화는 꽃봉오리 터뜨리고	梅含雪意花猶拆
바람 기운 띤 버들은 솜털 아직 날리지 않는다.	柳帶風威絮不飛
날이 따뜻해지길 기다려 들판 노닐며	欲待日溫遊野外
술 한 병으로 깊숙한 마음 쏟아내련다.	一壺元自瀉幽期

—기대승, 「우거에서寓居」, 『고봉집』 권1

사람마다 고향의 의미는 다르다. 근본적인 차원에서 말하자면, 고향이란 본래의 마음자리를 지칭한다. 선승들의 글에서 자주 보이는 용법이지만, 사대부들의 글에서도 심심찮게 발견되는 용법이다. 그런 점에서 기대승의 '우거'라는 시 제목은 새삼스럽게 느껴진다.

갈피를 잡지 못하고 세상을 살아가는 기대승은 병을 핑계로 자연 속에 들어와 누웠고, 그런 상태로 봄을 다시 맞는다. 속세에서 자연 속으로 들어왔다면 일반적인 용법으로는 관직 생활로 대표되는 번잡한 삶에서 다시 처사處士로서의 한적한 삶으로 전환되었다는 말이다. 현재 작중 화자의 위치는 '강호江湖'다. 그런데 시의 제목을 '우거'라고 했다. 우거란 잠시 몸을 의탁하고 살아가는 거처를 지칭한다. 내가 뿌리를 박고 평생 살아갈 곳은 아니라는 의미다. 그렇다면 그의 삶은 다시 세상으로 나아갈 준비를 하고 있다는 의미일까.

자신이 꿈꾸던 강호로 돌아와 봄을 맞는 그의 마음을 노래하는 글 뒤편에는, 세상과의 단절을 의미하는 쓸쓸함 같은 것은 느껴지지 않는다. 앞서 언급했던 홍귀달의 작품과는 분위기가 다르다. 기대승은 막 봉우리를 터뜨리려는 매화, 아직 솜털도 날리지 않지만 봄바람 기운을 띠고 있는 파릇한 버드나무의 움을 통해서 자신의 병도 조만간 나을 것이고 세상은 여전히 희망이 있다는 의도를 드러낸다. 날이 따뜻해지면 들판으로 놀러 나갈 마음에 어딘지 모를 들뜸 같은 것도 느껴진다.

병을 마주하는 태도를 보면 그의 정신적 건강도를 짐작할 수 있다. 불치병에 걸렸어도 언제나 당당하게 자신의 속마음을 투철한 시선으로 바라보는 사람이라면 그의 정신적 건강도는 매우 높다. 기대승의 작품을 읽으면서, 병든 몸으로 바라보는 자연, 그리고 언젠가는 다시 마주할 세상에 대한 희망을 느낀다.

| 병을 다시 본다 |

몸의 쇠락을 느끼면서 내 몸의 병을 바라보면 세상을 새롭게 인식하는 계기를 만날 수 있다. 그런 점에서 질병은 진리를 향해 함께 걸어가는 벗이라고 했다. 그런 점에서 '도반道伴'이라는 표현을 써도 그리 과한 것은 아니리라.

뜻하지 않게 찾아오긴 했지만, 병 역시 내 몸을 찾아온 진귀한 손님이다. 손님을 푸대접하는 것은 도리가 아니다. 그를 맞아 잘 대접하다 보면 병은 어느새 친밀한 벗으로 변한다. 그 벗이 나를 죽음으로 데려갈 수도 있지만, 내 삶의 차원을 전혀 다른 곳으로 안내할 수도 있다. 인간은 누구나 질병 없이 살아가기를 꿈꾼다. 그것은 곧 영원불멸의 생에 대한 염원이다. 옛날에 비해 의료시설이 발달한 지금, 인간의 평균 수명은 비약적으로 늘어났다. 그러나 우리는 행복한가. 더 오래 살게 된 것이 아름다운 우리 삶을 만드는 데 큰 기여를 하고 있는가. 아무리 오래 살 수 있다 한들 언젠가는 병들어 죽을 몸, 세상에 영원한 것이 어디 있단 말인가.

아름다움은 영원함에서 비롯하는 것이라기보다는 순간의 변화에서 오는 경우가 많다. 우리 같은 중생의 삶에서는 더욱 그러하다. 위를 향해 달리기만 했던 사람들이 아래를 바라보는 것은 인생길의 문턱에서 만나는 행운이다. 그 문턱은 매우 중요한 지점이지만 그 순간을 맞이한 사람은 정작 그것이 새로운 생으로 넘어가는 문턱이라는 것을 알아채지 못한다. 지내놓고 보니 큰 문턱이었던 것이다.

우리 생에서 몇 번의 문턱을 넘겠는가.

문턱이 아닐지라도 아래를 바라볼 수 있는 기회를 얻는 때가 있다. 바로 병에 걸렸을 때다. 병을 탓하지 않고 도반으로 대할 수 있는 자세를 가진 사람이 좋다. 우리 몸이 병으로 가득한 처지를 충분히 인정하면서 그들과 함께 진리의 길을 걷는 여행자가 된다면 이 또한 즐거운 일이 아니겠는가.

변방의 노래

문명의 중심에서 새로운 문명이 태동한 적이 있었던가. 새로운 문명의 빛은 언제나 변방에서 시작하여 세상을 뒤덮곤 했다. 자신의 문명에 심취하여 그것을 누리기만 하는 사람들에게는 결코 새로운 세상은 열리지 않는다. 자신의 세계에 틈을 만들고 그 틈새 사이의 새로운 길을 찾아서 모험을 떠나 방랑하는 사람들이야말로 새로운 문명을 건설할 자격이 있다.

변방을 헤매던 이들의 꿈

豪氣

| 거친 변방의 들판에서 |

거친 북풍이 불어온다. 가슴을 열고 거센 바람을 맞으면 돌연 서늘한 느낌과 함께 긴 함성이 터져 나온다. 그 함성은 어디서 오는 것인가. 어쩌면 태고적 시원始原의 땅에서 솟아나는 긴 숨결일지도 모르겠다. 오랜 방랑으로 옷은 온통 해졌지만 그 순간의 눈동자만큼은 시퍼렇게 살아 있다. 무엇이 이렇게 몸을 혹사시킨 것일까. 발은 몇 번이나 짓물러 터졌는지, 밥을 얻어먹은 것보다 굶은 나날들이 훨씬 많았던 탓에 뱃가죽이 등에 붙은 적은 얼마나 많았던지. 봇짐이라고 할 것도 없는 단출하기 그지없는 짐은 내 가벼운 몸만큼이나 가볍게 일렁인다. 그렇게 오랜 세월을 떠돈 끝에 도달한 황량한 변경이다. 삶의 피폐함을 벗어나 새로운 길을 모색해왔건만, 눈앞에 펼쳐진 땅은 무심한 표정으로 자신의 황폐함을 드러내고 있다.

무언가 알 수 없는 이끌림 때문에 이 황원荒原을 찾아온 것인가. 혹은 세상의 모욕과 무례함에 밀려서 이곳까지 온 것인가. 온갖 야만과 힘의 논리가 지배하는 곳, 인간의 발걸음은 한낱 바람이 이는 먼지만도 못한 대접을 받는 곳, 그 황폐한 광야의 들머리에서 느닷없이 터져 나온 함성은 무엇이었던가. 삶을 포기한 곳에서 새롭게 시작되는 또 다른 삶에 대한 의문. 이제까지 경험한 적 없는 기묘한 감정은 무엇인가. 문명이 배제해왔던 저 야만의 땅을 보면서 우리는 새삼 변방의 의미를 다시 생각하게 된다.

기회의 땅

전쟁이 끝나면 장수의 역할 역시 끝난다. 고려나 조선은 모두 문신의 나라였으므로 무신에 대한 호의적인 시선이 사회적으로 형성되어 있지 않았다. 무신 역시 나라를 지탱하는 큰 축이었음에도 불구하고 그들은 암묵적으로나 노골적으로 냉대를 받았다. 마음속에 늘 그 점이 불만이었겠지만 개인의 힘으로 사회의 관습이나 관념을 바꾸기는 어려웠다. 전쟁이나 반란이 일어나 자신의 힘을 발휘할 기회가 생겨도 군대를 통솔하는 최종 책임자는 언제나 문신이었다.

그렇다 해도 무신들은 언제나 문신들의 유약함을 비웃곤 했다. 사내대장부로 세상에 태어났다면 허리에 인끈을 차고 북쪽 오랑캐를 평정하고 남쪽 왜구를 굴복시켜야 마땅하다. 책상머리에 앉아

붓이나 놀리면서 입으로만 천하를 논하는 것은 그야말로 책상물림들의 허황된 입담에 불과한 일이다. 그들은 한 번도 변방을 체험한 적이 없다. 그저 자신의 관념 속에서, 오직 자신의 삶을 지켜줄 방어선으로만 존재하는 것이 변방이다. 그러니 책상물림 선비들의 입에서 나오는 변방에 대한 생각은 자신의 상상 속에서 만들어낸 '상상의 공간'이다. 그러나 무신들의 경우는 다르다. 그들은 명령이 떨어지면 언제든지 부임해야 할 임지任地였고, 목숨을 걸고 지켜야 할 생명선이었으며, 청춘 시절부터 머리 희끗해지는 노년에 이르기까지 종횡으로 몸을 움직이던 삶의 공간이었다. 그러니 어찌 선비들의 변방과 같은 반열에 놓고 이야기할 수 있으랴.

전쟁의 순간에 가장 빛나는 존재인 무신들의 경우 변방은 자신의 꿈을 실현하는 터전이다. 언젠가는 크게 공을 세워서 만천하에 이름을 드날리고 가문을 빛내는 것이야말로 이들이 꿈꾸던 미래다. 고려시대 무신들은 상당히 많은 경우 전쟁에서의 뛰어난 활약 덕에 발탁되었기 때문에 글도 모르는 장군들이 허다했다. 그러나 조선시대에 들어오면 무과를 통과하기 위해 그들은 기본적인 유교 경전 외에도 '무경칠서武經七書'로 통칭되는 무서武書를 익히 읽어야만 했다. 지식인으로서 교양, 예컨대 경서를 통한 사회적 도덕의 합의를 숙지하고 있다든지 한시를 지어 자신의 문화적 학식을 드러내는 능력을 누구나 지니고 있었다. 나라의 어지러움에 군대가 동원될 때 비록 문신의 지휘를 받기는 했지만, 조선의 무신들은 분명 그들 나름의 문화적 토대를 지니고 있었다.

이런 사정 때문에 무신들이 바라보는 변방은 문화적 기호를 통해서 표현될 수 있는 기회를 상당히 확보하고 있었다. 그러한 것 중에서 가장 자주 보이는 생각은 역시 공을 세워서 역사에 이름을 날리는 것이었다.

한밤중 군문에 정찰병 돌아오더니	半夜轅門探馬廻
선우가 아침에 백룡퇴 지난다 하네.	單于朝過白龍堆
장군은 남몰래 공신될 것 자축하며	將軍暗賀凌煙畫
포도주 한 잔 웃으며 따라 마신다.	笑取葡萄飮一杯

—임제林悌, 「변방의 노래塞下曲」, 『백호집白湖集』 권1

임제(1549~1587)는 호방한 기질을 가진 사람으로 널리 알려져 있다. 그의 작품에는 유독 변방을 노래한 작품이 상당수 포함되어 있다. 그가 제목으로 삼은 '새하곡'은 정형성을 가지고 있는 작품이다. 중국의 악부에서 이 제목으로 많은 시가 지어졌는데, 조선의 시인들은 그 전통을 이어서 작품을 지었다.

'새하곡'은 말 그대로 '변방의 노래'다. 이 계열의 작품들은 전쟁 중이거나 잠재적 전쟁 상태를 배경으로 지어진다. 따라서 사용되는 단어나 인용되는 고사는 대부분 중국의 것들이다. 임제의 작품에서도 흉노족 추장을 일컫는 선우單于가 나오고, 백룡퇴白龍堆라는 지명과 함께 한나라 공신들의 초상을 걸어두었다고 하는 능연각凌煙閣이 나오며, 포도주가 소재로 사용되었다. 이는 당나라 시인들이 즐겨 사용했던 한나라의 역사적 배경을 충분히 연상시킨다.

그의 작품 속 장군은 작가의 분신으로 보인다. 장군은 정찰병을 파견해서 흉노의 동선을 파악하도록 했을 것이고, 정찰병은 돌아와서 그가 내일 아침나절에는 백룡퇴 부근을 지날 것이라는 점을 보고한다. 그 순간 장군의 머릿속에는 금세 그림이 그려진다. 자신의 병사들을 미리 백룡퇴에 매복시켜 두었다가 적군을 섬멸하고 큰 공을 세운 뒤 당당하게 황제의 궁정으로 돌아가는 것이다. 큰 공훈을 세운 것으로 인해 자신의 초상은 능연각에 걸려서 천추에 이름을 전하게 될 것이다. 생각만 해도 가슴이 부풀어 오른다. 임제의 작품은 바로 장군의 부푼 희망의 한 단면을 포착한다. 포도주 한 잔을 통해 장군은 자신의 장밋빛 미래에 대한 확신과 함께 득의의 마음을 내비친다(요즘이야 포도주가 흔한 시절이 되었지만, 임제의 시대에 포도주는 상당히 이국적인 느낌을 주는 귀한 술이었을 것이다). 비록 이 작품의 형식이 예전부터 전해오던 전형적인 것이라 해도, 그 형식을 빌려서 쓴 임제의 의도는 그것을 통해 자신의 마음을 드러내고 싶었던 것이다.

| 관습과 체험 사이에서의 호방함 |

변방을 노래하는 작품이 일차적으로 드러내고자 하는 작가의 감정은 어떤 것일까. 그것은 당연히 호방함일 것이다. 문약의 시대, 선비의 관념이 시대를 끌고 나가던 시대, 대장부로서의 호방함은 당시의 문화적 지형도 속에 위치시키는 일이 어려웠다. 검을 잡고

있는 거칠고 울퉁불퉁한 팔뚝을 어찌 감히 붓을 든 고귀한 손과 비교할 수 있을 것인가.

그렇지만 문학사에서 호방함을 추구하는 전통은 꾸준히 나타났다. 흥미롭게도 호방한 시풍은 붓을 들고 있는 희고 가는 책상물림의 손으로 창작된 것들이었다.

> 도위가 새벽녘에 나오더니　　　　都尉平明出
> 손수 만월 같은 활을 당긴다.　　　手控滿月弓
> 몸 뒤집어 쇠 살촉을 울리니　　　翻身鳴鐵鏑
> 기러기 한 마리 변방 바람에 떨어진다.　　一雁落邊風
>
> ─이덕무, 「변방의 노래塞下曲」, 『청장관전서』 권2

도위(군사 업무를 총괄하는 관직)가 새벽부터 활을 들고 나와서 만월 같은 활을 당기는 모습은 독자에게 팽팽한 긴장감을 던져준다. 화살이 나아가는 순간 바람을 가르는 묘한 소리와 함께 변방 하늘의 기러기 한 마리가 바람 속으로 떨어진다. 여기서 화살을 의미하는 '철적鐵鏑'은 쇠로 만든 화살인데 날아가면서 바람과 공명하여 소리를 내도록 만들어진 것이다. 흔히 '명전鳴箭'으로 불리는 이 화살은 전쟁에서 신호를 보내기 위해 사용하는 경우가 많았다. 어떻든 여기서 화살 울리는 소리와 함께 떨어지는 기러기를 통해서 작가의 득의에 찬 심정을 표현하고 있다. 더욱이 앞의 두 줄은 주로 시각적 이미지를 통해서, 뒤의 두 줄은 청각적 이미지를 통해서 변방에서의 호방하면서도 당당한 기상을 표현한다.

그 호방함은 반드시 행동과 연결되는 것은 아니다. 활을 쏘거나 말을 타고 질주하거나 검을 휘두르며 자신의 힘을 뽐내는 행위에서 호방함이 나오는 것은 아니라는 것이다. 그것은 세계를 바라보는 작가의 시선에 얼마나 강한 힘이 스미는가에 따라 나오기도 한다.

정주에서의 중양절 높은 곳에 오르니	定州重九登高處
예년 같은 국화는 눈에 비춰 밝아라.	依舊黃花照眼明
포구는 남쪽으로 선덕진과 이어졌고	浦潊南連宣德鎭
봉우리는 북쪽으로 여진성에 기대 있다.	峰巒北依女眞城
백년 전쟁 중인 나라의 흥망사,	百年戰國興亡事
만 리 밖 떠나온 병사의 강개한 마음.	萬里征夫慷慨情
술자리 끝나자 장군 부축해서 말에 오르니	酒罷元戎扶上馬
낮은 산 비끼는 해가 군막 깃발에 비친다.	淺山斜日照行旌

　　　—정몽주, 「중양절 정주에서 한상의 명을 받아 짓다定州重九韓相命賦」, 『포은집』 권2

기록에 의하면 정몽주(1337~1392)는 스물일곱 살 되던 해에 한방신(韓方信, 생몰연대 미상)의 종사관 자격으로 여진을 정벌하기 위해 북방에 파견되었던 적이 있었다. 이 작품은 그 당시에 한방신의 명을 받아 지어졌다(작품 제목에 나오는 '한상'이란 단어는 한방신을 높여서 부르는 표현이다). 27세의 젊은 관료가 바라보는 변방의 모습과 거기서 촉발되는 감흥은 상당히 인상적이다.

중양절은 9월 9일을 일컫는 것으로, 이날이 되면 사람들은 국화주와 같은 술을 가지고 높은 곳으로 올라가서 국화를 감상하거나 달을 감상하며 즐긴다. 중양절이 지나면 아마도 겨울이 다가올 것이다. 더욱이 북쪽 변방 지역의 겨울은 훨씬 빠르다. 남쪽은 선덕진과 이어진 포구고, 북쪽은 여진족들의 성과 이어져 있다. 그 풍경을 바라보는 정몽주의 마음에는 경계와 경계 사이에서 벌어졌던 수많은 전쟁들을 떠올린다. 경계는 언제나 수많은 전쟁을 동반하면서 만들어지는 법, 그것을 기록한 것이 바로 역사가 아니던가. 고금의 흥망사를 돌이켜보는 젊은 관리의 마음에 문득 강개함이 솟구친다.

저 경계를 지키기 위해 자신은 가족과 이별하고 멀리까지 떨어져 나온 군사의 몸이 되었다. 타향에서 맞이하는 중양절과 변방의 스산한 풍경, 역사를 돌이켜 회고하는 사이에 솟구치는 강개한 마음, 이런 것들이 술자리를 마치고 돌아가기 위해 일어서는 저물녘 햇살에 스미면서 휘날리는 군기軍旗와 어우러진다. 햇살 비끼는 무렵 변방의 바람에 휘날리는 깃발은 장부의 마음을 일으키는 하나의 촉매제가 된다. 조선 중기의 뛰어난 시인이자 비평가인 허균(許筠, 1569~1618)이 이 작품에 대하여 '음절이 질탕하여 성당 시기의 풍격이 있다(音節跌宕, 有盛唐風格; 『성수시화惺叟詩話』)'고 극찬했던 것도 아마 이러한 측면 때문이었을 것이다.

호방한 풍격이 변방만을 소재로 해서 나타나는 것은 아니다. 다만 변방에서의 삶이 호방한 풍격을 드러내기에 훨씬 좋은 환경을 제공할 뿐이다. 호방함이란 마음속에 쌓인 기운을 거침없이 드러내는 과정에서 생기는 풍격이다. 달리 말하면 오랜 세월 동안 쌓인 공부의 결과 세계를 대하는 주체적 태도가 만들어지고, 그렇게 형성된 내면의 기운이 거침없이 토해질 때 우리는 호방함을 느낄 수 있다. 그런 점에서 보면 호방함이란 전쟁과 관련이 없는 것일 수도 있다.

전쟁이란 내 것을 지키기 위해 목숨을 걸고 자신의 역량을 최고로 발휘해야 한다. 그 과정에서 평소에 쌓아놓았던 능력을 거침없이 발휘하기 때문에 자연히 전쟁이나 변방의 풍물을 배경으로 창작을 할 때 호방함이 드러나게 된다. 그러나 호방함이 반드시 무신들만의 전유물은 아니다. 학문적 수양을 통해서 천지의 기운을 내면에 축적한 성리학자들이나 불교의 고승들 역시 그 호방함을 자기만의 방식으로 드러낼 수 있다. 심지어 호방함을 스타일의 모방으로 드러낼 수도 있다. 그 경우 역시 작가가 최소한의 자기 생각을 담고 있음은 물론이다.

┃그리운 변방, 그리운 고향┃

어떤 이유에서든 변방을 배회한다는 것은 고향을 떠난 것을 전제로 한다. 애초에 변방이 고향이었던 경우를 제외하면, 변방이 주는 이미지는 언제나 타향을 떠도는 나그네의 심사와 늘 결합되어 있다. 차가운 맞바람을 받거나 눈보라 속에서 험한 길을 재촉할 때, 그들에게 변방이란 늘 고향의 안온함 저편 극단적인 지점에 놓여 있다. 그러므로 고향에 대한 그리움은 나그네의 가슴 한켠에 언제

나 숨겨둔 소중한 꿈이다. 변방을 소재로 한 작품에서 향수가 자주
등장하는 것도 그 때문이다.

추운 변방에 봄도 없어 매화 볼 수 없는데　　　　　寒塞無春不見梅

변방인들 피리 부는 소리 들려오누나.　　　　　　　邊人吹入笛聲來

밤 깊어 고향 꿈에 놀라 일어나니　　　　　　　　　夜深驚起思鄕夢

어둑한 산 백 척의 누대에 달빛만 가득.　　　　　　月滿陰山百尺臺

—허난설헌許蘭雪軒,「새하곡塞下曲」5수 중 제4수

　허난설헌(1563~1589)의 연작을 통해서 우리는 「새하곡」이 한시의
역사에 유구한 전통을 지닌 하나의 관습적 형태라는 것을 확인할
수 있다. 집 밖을 제대로 나가보지 못한 여인의 손에서도 이러한 작
품이 나올 수 있다는 것은, 그녀의 변방 체험이 독서 활동을 통해서
이루어졌음을 짐작케 한다. 간접 경험이 중요하지 않은 것은 아니
지만, 적어도 그와 같은 한시 체재에 마음이 끌렸으므로 이 계열의
작품을 널리 읽고 심지어 창작에 이르렀다는 점은 분명해 보인다.
　여인이 도대체 왜 이 같은 변방의 노래를 지었을까. 중국이나 한
국의 한시에서 변방과 관련하여 여성의 목소리로 노래하는 것은 주
로 전쟁이나 변방으로 떠난 남편을 그리워하는 내용이 주를 이루어
왔다. 그러나 허난설헌의 이 작품은 수자리(국경을 지키는 일)를 살러
간 남성의 목소리로 변방에서의 감정을 노래하고 있다.
　봄도 오지 않을 듯한 변방의 추위라든지 곳곳에서 들리는 변방

인들의 피리 소리와 같은 이미지는 「새하곡」 계열의 한시에서는 널리 발견되는 것들이다. 그럼에도 불구하고 이 작품은 상당히 유려하면서도 아름다운 느낌을 준다. 작품 속에 보이는 서정적 자아는 변방에서 수자리를 살고 있는 한 남성이다. 매화도 볼 수 없는 매서운 추위 속에서 겨우 잠을 청했는데, 문득 귓가에 들리는 피리 소리에 놀라 잠을 깼다. 그 피리 소리가 오랑캐들의 것이었는지 혹은 동료들의 것이었는지는 불분명하다. 아련한 소리에 잠을 깬 그의 눈에 들어오는 것은 천지를 가득 메운 달빛이다.

변방을 떠도는 사내는 아니지만, 적어도 그의 마음은 변방에 깃들지 못한 채 여전히 고향을 서성이고 있다. 어둑한 산 백 척이나 되는 누대는 사내가 있는 현실이고, 고향 꿈은 그가 도달하고 싶어 애태우는 곳이다. 현실적으로도 심리적으로도 너무 멀리 떨어진 그 거리를 느끼는 순간 천지를 가득 메운 달빛은 그의 고향 꿈을 아름답게 포장하는 것이기도 하면서 그의 절망감 같은 것을 도드라지게 만들어주는 하나의 장치다. 고향의 가족들도 함께 바라볼 저 달빛은 아무 말 없이 밝은 빛만 던지고 있다. 정말 가슴이 메어지지 않는가.

사내의 목소리로 먼 고향을 그리워하는 노래를 하고 있지만, 정작 그 사내는 허난설헌의 분신이었을 것이다. 재기 넘치는 한 여인이 살아가기에는 너무도 힘들고 각박한 조선의 현실 속에서, 그녀는 어쩌면 변방의 삶을 떠올렸을지도 모를 일이다. 규중심처에서 살아가면서도 자신의 심리적 위치를 머나먼 변방으로 생각하고 있

는 여인의 마음이, 일견 너무도 관습적이어서 새로울 것이 없을 듯
한「새하곡」을 통해서 토로되고 있는 것이다.

절망의 공간에서 꿈을 꾸는 사람들

남성이라고 해서 그저 무뚝뚝하고 과묵한 모습만을 보이는 것은
아니다. 옛 지식인들의 작품을 읽노라면 뜻밖의 시점에서 섬세한
감성을 발견하는 경우가 허다하다. 감성의 섬세함은 남녀의 문제가
아니라 개인의 문제일 것이다.

개인적으로든 공적으로든 변방을 돌아다닌다는 것은 결코 평범
한 삶은 아니다. 더욱이 공적인 일로 다니는 사람들이야 마음 한구
석에는 무언가 모를 공적에 대한 일말의 기대를 가지고 있다. 이번
일로 공을 세워 자신의 이름을 날려보겠다든지 아니면 적어도 자기
능력을 사람들에게 각인시키는 정도의 생각은 하고 다닐 것이다.
혹은 귀양을 간 신분(이 역시 엄밀히 말하면 공적인 일이다!)이라면 언젠가는
자신의 과오가 용서되거나 결백이 증명되어 현재의 험악한 상황에
서 벗어나리라는 희망을 안고 살아간다.

문제는 개인적으로 다니는 사람들이다. 그들에게 변방을 떠돈다
는 것은 어떤 세속적 공명과도 관련이 없는 것은 물론 개인적인 곡
절 또한 켜켜이 간직되어 있다. 그런 사정은 자신의 작품 속에 어떤
형태로든 나타나기 마련이다.

집을 떠나는 일이 흔치 않았던 중세에, 어떤 연유로 저 강토의 끝

자락까지 밀려와서 서성거리게 되는 것일까. 단순히 방랑벽으로 치부할 수도 있지만, 새로운 길을 찾으려는 의지거나 절망의 나락을 어쩌지 못하고 자신을 극한까지 밀어붙인 결과일 것이다. 그렇지만 어떤 경우든 자신의 근원인 고향에 대한 그리움과 자기가 당면하고 있는 현실적 어려움에서 오는 감성적 측면을 숨기지는 못했다.

변방 고을 일마다 걸핏하면 마음 상하니	邊城事事動傷神
바닷가 미친 노래는 은거 무리와는 다른 것.	海上狂歌異隱倫
봄에도 꽃 보이지 않고 오히려 눈만 보이니	春不見花猶見雪
땅에는 기러기 오지 않으니 하물며 사람이 오랴.	地無來雁況來人
옅은 그늘 아득한데 비는 새벽까지 이어지고	輕陰漠漠雨連曉
가는 풀 무성한데 바람은 나루에 가득하다.	細草萋萋風滿津
꽃다운 시절 오래도록 나그네 된 것 슬프나니	惆悵芳時長作客
흐르는 눈물이 수건 더욱 적시는 걸 어이 견디랴.[1]	可堪垂淚更添巾

─ 정희량鄭希良, 「압록강의 봄鴨江春望」, 『허암유집虛庵遺集』 권2

변방을 떠도는 작가는 어떤 일이든 마음에 상처를 입는다. 세상은 언제나 상심으로 가득하니 자연히 그의 노래는 '미친 듯한 노래[狂歌]'일 수밖에 없다. 속마음을 토로하는 노래를 불러도 사람들은 그

---

1) 이 작품은 『속동문선續東文選』 권8에도 수록되어 있는데 정희량의 문집인 『허암유집』과는 글자의 차이가 있다. 여기서는 그의 문집을 따른다.

의 노래를 이해하지 못한다. 그저 궁벽한 변방 마을에 은거하고 있
는 사내의 그저 그런 노래쯤으로 여기는 것이다. 그러나 정작 작가
자신은 은거하는 사람들과 차이를 분명히 내세운다. 자신의 노래는
결코 은거자의 노래가 아니라 세상을 향한 적극적인 행동의 한 표현
이다. 세상에 대한 울분과 실망으로 여러 차례 유배되었으나 결국
모친상을 치르고 시묘살이를 하던 중 행방불명된 정희량(1469~?)의
삶을 돌아보면 그의 미친 노래는 의미가 남다르게 느껴진다.

봄에는 꽃이 보이는 것이 아니라 오히려 눈이 보이고, 너무나 궁
벽지고 황폐한 땅에는 기러기도 날아오지 않는다. 꽃다운 시절을
즐기지 못하고 이렇게 먼 북쪽을 떠도는 신세가 된 자신의 삶을 돌
아보며 눈물 흘리는 그의 심사는 참으로 애절하기 그지없다. 비 오
는 새벽, 바람 가득한 나루에서 그는 무엇 때문에 눈물에 수건을 적
시는 것인가.

작품의 전후 맥락을 정확히 알지 못하기 때문에 단언하기는 어
렵지만, 돌아갈 수 없는 그 무엇을 향한 조상弔喪의 눈물은 아닐까.
무엇 하나 마음에 맞는 일 없는 변방 고을을 미친 듯 노래하며 떠도
는 그의 마음은 자신이 꿈꾸어 왔던 순수하고 아름다운 삶과 그런
삶을 나눌 수 있는 사람들의 세상을 향하고 있다. 그러나 그 마음의
지향은 머물 곳을 찾지 못하고 이렇게 변방까지 밀려왔다. 비 오는
첫새벽 바람 부는 나루에서 정희량은 꿈조차 무망해진 그곳을 향해
진심으로 눈물을 흘린다. 그 눈물은 자기 자신에 대한 위로며 세상
에 대한 조문이다.

순수한 아름다움과 선한 사람들이 살고 있는 곳은 흔히 고향으로 치환되기도 한다.

옛 변방엔 인가 드물고	古塞人煙少
차가운 산엔 햇빛 희미하다.	寒山日色微
처음 왔을 땐 막 섣달 눈 내렸는데	到來初臘雪
머물러 있는 사이 어느새 봄옷.	留滯已春衣
우주에 이 몸 어디로 갈까	宇宙身奚適
세상일은 쉽게 그릇되는 걸.	風塵事易非
뉘 알랴, 문 닫고 잠만 자는 게	誰知閉門睡
다만 고향 꿈꾸기 위한 것임을.	只爲夢郊扉

—권필權韠, 「객관에서 회포를 쓰다客館書懷」 2수 중 제2수, 『석주집石洲集』 별집別集 권1

변새邊塞를 다룬 많은 시가 그렇듯이, 권필(1569~1612)의 작품 역시 황량한 변방의 풍경과 자신의 내면 풍경을 병치시킨다. 요동 땅을 저편에 마주한 변방 고을로 왔을 때는 섣달의 눈이 쏟아지는 한겨울이었지만, 이 시를 쓰고 있는 지금은 봄옷으로 갈아입은 춘절이다. 봄은 왔지만 인가도 거의 없는 고을에 희미한 햇살이 듬성듬성 흩뿌리는 차가운 산의 풍경은 을씨년스럽다. 계절의 변화는 작가 자신의 삶과 동화되지 않은 채 그는 여전히 서성거리고 있다. 넓디넓은 세상에 자기 몸 하나 들일 데 없다는 생각은 바로 어긋나기만 하는 세상과 자신의 불화에서 비롯한다. 그것은 앞서 언급한 것처럼 자연의 변화에 순응하지 못하는 자신의 신세와도 통한다.

현실적 삶과 자신이 꿈꾸는 진실 사이의 괴리가 크면 클수록 개인의 절망은 깊이를 더해간다. 해가 바뀌어도 달라지지 않는 현실은 변방의 황량함만큼이나 각박한 인간 현실을 슬며시 드러낸다. 시인의 힘으로는 도저히 움치고 뛸 수 없는 현실의 무게는 결국 그를 방안으로 밀어넣는다. 그가 매일 문을 닫고 잠만 자는 것은 그의 한가함이나 세상에 대한 무심함으로 해석하면 안 된다는 점을 그는 분명히 보여준다. 그의 잠은 고향집을 꿈에서나마 만나고 싶은 간절한 희망 때문이다. 그럴 때 그가 말하는 고향은 도대체 무엇일까. 표면적으로야 당연히 어린 시절의 꿈과 희망을 키우던 지리적 공간으로서의 고향일 것이다. 그렇지만 한 걸음 더 나아가 생각해보면, 현실에서는 도저히 실현할 수 없는 꿈과 희망을 간직하고 있는 순수의 절대공간이 아니겠는가. 돌아갈 수 없는 고향이니 꿈에서나마 가보려는 그 절박한 마음이 행간에 스민 슬픔의 근원으로 보인다.

새로운 문명을 기다리며

변방의 떠돌이들이 서성거리던 모습은 여행과 방랑의 모습을 동시에 가지고 있다. 여행과 방랑의 차이를 명확하게 할 수는 없다. 범박하게 구분한다면 여행은 돌아갈 기약을 가지고 떠나는 것인 반면 방랑은 돌아갈 기약 없이 떠도는 것이리라. 그런 점에서 장수들의 변방은 언젠가 조정으로 돌아가 자신의 이름을 우뚝 세울 꿈을 꾸는 곳이지만, 나그네들의 변방은 세상과의 불화를 극명하게 느끼고 그것을 체현해내는 공간이다. 장수들의 향수가 조만간 해소될 수 있는 그리움이라면 나그네들의 향수는 해소될 가능성이 희박한 그리움이다. 게다가 장수들은 야만의 땅에서 문명의 세상을 향해 차신의 눈길을 던지고 있지만, 나그네들은 문명의 공간을 떠나서 야만의 땅을 온몸으로 견디며 새로운 희망을 찾아서 헤매는 탐색의 눈길을 가진다.

문명의 중심에서 새로운 문명이 태동한 적이 있었던가. 새로운 문명의 빛은 언제나 변방에서 시작하여 세상을 뒤덮곤 했다. 자신의 문명에 심취하여 그것을 누리기만 하는 사람들에게는 결코 새로운 세상은 열리지 않는다. 자신의 세계에 틈을 만들고 그 틈새 사이의 새로운 길을 찾아서 모험을 떠나 방랑하는 사람들이야말로 새로운 문명을 건설할 자격이 있다. 물론 그렇게 방랑을 하는 모든 사람들이 용감하게 새로운 길을 찾겠다는 모험심을 가졌던 것은 아니다. 많은 방랑자들은 기존의 세계에 실망하거나 배제당하여 어쩔 수 없이 변방으로 가는 길을 택할 수밖에 없었을 것이다. 그들의 분노와 절망, 고향에 대한 그리움과 아련한 슬픔, 그런 감정들이 복합적으로 뒤섞여 새로운 문명의 새벽을 틔우는 힘이 되었다.

고려의 문인 진화(陳澕, 생몰연대 미상)는 금나라에 사신으로 파견된 적이 있었다. 그는 송나라의 몰락, 원나라의 야만성, 금나라의 굴기 등으로 인해 어지러운 국제 정세를 보면서 다음과 같이 읊은 바 있다. 그의 시야말로 새로운 문명의 탄생을 기다리는 한 지식인의 고뇌와 희망이 뒤섞인 탐색의 시선을 잘 보여준다. 그가 기다리는 문명은 과연 어디에서 싹트고 있었을까. 우리 시대의 문명은 어디서 새로운 힘을 얻고 있는 것일까. 우리는 지금 새로운 문명의 새벽을 기다리며 탐색의 눈길을 빛내고 있는가.

서쪽 송나라는 이미 스산해졌고   西華已蕭素

북쪽 변방은 여전히 어둑하여라.   北塞尙昏蒙

앉아서 문명의 아침 기다리노라니   坐待文明旦

하늘 동쪽에서 해가 붉어지는 듯.   天東日欲紅

—진화, 「사신으로 금나라에 들어가며 奉使入金」, 『매호유고 梅湖遺稿』

장마의 계절

품위 있는 삶을 살아간다는 것은 저절로 주어지는 것이 아니라, 언제나 내게 주어진 현실을 넘어서 새로운 길을 찾으려는 열정과 용기에서 비롯한다. 맑은 날보다는 장마와 같이 현실적 불편함이 우리 삶을 에워싸고 있어서 온갖 꽃향기가 사라졌을 때 비로소 인간의 향기가 빛을 발하는 법이다.

낭만과 고독의 노래

射
韻

| 장마철이면 생각나는 것들 |

장마가 시작되면 바깥출입이 현저히 줄어든다. 아무리 세상이
좋아지고 생활이 편리해졌다 해도 장마철의 외출은 불편하기 그지
없다. 물방울이 옷에 묻는 것조차 싫어해서, 온몸을 우비로 감쌀 뿐
만 아니라 우리의 행동반경을 고려해서 되도록 비를 맞지 않는 방
식으로 건물을 설계한다. 산성비를 맞으면 해롭다는 생각이 우리
머릿속에 자리잡은 지 꽤 오래다. 시간이 흐를수록 자연은 우리 곁
을 떠난다. 우리가 자연을 등 떠밀어 보낸다는 표현이 맞을 듯싶기
도 하다. 어느 쪽이든 간에 비가 주는 불편함은 그의 이로움을 덮어
버리기 일쑤다. 물의 이용이 늘어나면서 비가 조금이라도 오지 않
으면 제한단수를 실시하는 지역이 하나 둘씩 늘어나는 이즈음, 비

가 오는 걸 불편해하는 우리 태도는 이중적이기까지 하다.

비를 좋아하는 게 낭만적 태도를 드러내는 하나의 징표였던 시절이 있었다. 비를 맞으며 고개를 숙이고 걸어가는 사람을 보면 어쩐지 깊은 사연을 간직했을 법하다. 우산도 없이 비를 맞으며 거니는 사람에게서 인간 존재의 절대고독을 느낀다는 둥 무언가 실연의 아픔을 달래는 것 같은 느낌이 있다는 둥 하면서 그 이미지를 신비스럽게 만드는 건 아무래도 비가 일상적이지 않은 시간을 만드는 것 때문이 아닐까 싶다. 건기와 우기가 따로 없는 우리로서는 맑은 날과 비오는 날이 섞여서 한 해를 만들어나가기 마련이다. 그렇지만 맑은 날이 더 많은 양을 차지하기 때문에, 비가 오는 건 일상의 리듬에 변주를 주는 여러 계기 중의 하나로 작동한다. 게다가 비가 오면 사물들의 경계가 모호해지면서 전혀 다른 미적 감흥을 만들어낸다. 그러니 빗속의 인물에 대한 색다른 흥취를 느끼는 게 아니겠는가.

어린 시절을 시골에서 보냈던 나로서는 장마가 주는 낭만적 감흥은 학습에 의한 것이었다. 교과서에 수록되었던 작품이 우선 그와 같은 학습을 시켜준 첫 텍스트였다. 황순원의 「소나기」에서 소녀와 주인공 소년 사이의 미묘한 감정이나 유주현의 「탈고 안 될 전설」에서 빗속 원두막에서 만났던 젊은 여승의 이미지가 비의 묘한 낭만성을 만들어 주기에 충분했을 터이다. 거기에 더해서 동서양의 문학 작품을 읽으면서 비 때문에 엮이는 다양한 인간군상의 모습에서 내 나름대로의 낭만성을 형성했으리라.

사실 시골에서 자란 내게 장마철이란 언제나 무료한 나날이었음에 틀림없다. 연일 비가 내리면 소를 먹이러 나갈 일도 없고, 밖에서 뛰놀 일도 없다. 온전히 방안에서 시간을 보내야 한다. 장마가 계속되는 여름날이면 방문을 활짝 열어놓고 쏟아지는 장대비를 구경하는 것도 소일거리의 하나였고, 지루해서 밀쳐두었던 소설책을 꺼내서 슬금슬금 읽어보는 것도 그런대로 할 만 했다. 비가 그치면 어른들을 따라서 물구경을 나갔다. 어른들과 함께 제방 둑으로 나가보면 불어난 황톳물에 커다란 통나무가 떠내려 오기도 하고 드물게는 돼지가 꽥꽥거리면서 떠내려가는 걸 보기도 했다. 그렇게 큰물이 흘러가는 걸 보노라면 눈이 어질어질해지면서 무섭기까지 하다. 큰물이 한 고비 잦아들면 동네 어른들은 족대를 들고 물고기를 잡아 매운탕거리를 마련한다. 그렇게 며칠 지나서 위험요소가 거의 사라질 정도로 황토색이 빠지면 이번에는 어린 축들이 족대를 들고 고기잡이에 나선다. 그런 놀이가 끝날 무렵이면 장마가 완전히 그 힘을 잃고 본격적인 무더위가 천지에 가득한 시절이 되는 것이었다.

| 장마의 정치적 우의 |

장마가 지면 우선 불편한 것이 질척해진 길이다. 평소에 아무렇지도 않게 다니던 길이 고인 물과 진흙으로 엉망이 된다. 우산을 써도 허리 아래쪽으로는 들이치는 빗방울을 막아낼 길이 없다. 바짓가랑이는 축축하고 길은 질척거리니, 출입을 하기가 불편하다. 지금이야 우산도 비교적 흔한 편이고 우비도 개량되어 비가 온다한들 걱정될 건 별로 없다. 그러나 변변한 우산 하나 없는 가난한 동네에서 자란 이 땅의 학생들에게 비가 오는 건 걱정거리였다. 장마철이면 언제나 찢어진 우산으로 책가방과 윗도리만 겨우 가린 채 바지는 걷어 부치고 신발은 벗어서 손에 든 모습으로 등교를 해야 하는 학생들이 아니었던가. 강물도 불어서 도저히 건너지 못할 상황이면 속으로 쾌재를 부르며 집에서 하루 쉬기도 하지만, 그렇게 쉬는 것도 하루 이틀이지 여러 날 쉬게 되면 그것도 힘든 노릇이다. 친구들과 어울려서 하루를 보내던 처지가 하루아침에 방안에서만 지내려니 좀이 쑤신다.

장마가 그쳐도 불편함은 여전히 남는다. 바로 질척거리는 길 때문이다. 진창길을 지나노라면 아무리 주의를 기울여도 진흙이 묻는 것은 어쩔 도리가 없다. 이런 기억 때문인지 장마로 인한 진흙탕은 때때로 정치적 우의寓意로 이용되기도 한다. 백제의 노래로 널리 알려진 「정읍사井邑詞」에서는 진흙탕에 발을 디딜까 걱정하는 아내의 목소리가 스며 있을 정도로 그 이미지의 형성은 오래된 일이다.

문수사 길 걸어본 지 십년이라 기억도 흐릿한데	文殊路已十年迷
꿈속에선 여전히 북곽의 서쪽 찾는다.	有夢猶尋北郭西
지팡이에 의지하니 수많은 골짜기로 구름 오가고	萬壑倚筇雲遠近
문을 여니 천 봉우리 위로 달은 떴다 지는구나.	千峯開戶月高低
풍경소리 스러질 때 돌구멍엔 새벽 샘물 떨어지는 소리	
	磬殘石竇晨泉滴

등불 심지 자를 때 솔바람엔 밤 사슴의 울음소리.   燈剪松風夜鹿啼

스님과 함께 언제나 다시 지낼 수 있을꼬,   此況共僧那再得

벼슬살이 길은 칠월이라 진흙탕으로 어려운 걸.   官街七月困泥蹄

—최립崔岦, 「문수사 스님의 시권에 차운하다次韻文殊僧卷」, 『간이집簡易集』 권6

   십여 년 전에 가본 문수사의 스님이 찾아와 최립(1539~1612)에게 시권詩卷을 내밀며 시를 한 수 부탁한 모양이다. 시의 대부분은 문수사에 대한 기억과 그리움을 토로하는 내용이다. 기억조차 희미한 길이지만 여전히 꿈속에서는 문수사를 찾는다는 말에서 십여 년 전의 방문이 마음속 깊이 각인되어 있음을 짐작하게 한다. 그 기억은 스님과 밤새 담소를 나누던 풍경과 연결되어 있다.

   우리가 가진 그리움은 인간에 대한 기억에서 비롯되는 것이 아닐까. 아무리 아름다운 경치를 만난다 해도 그 기억이 평생의 그리움으로 내 가슴에 자리잡기는 힘들다. 물론 풍광이 좋은 곳이라면 금상첨화겠지만, 중요한 것은 그때 그 장소에 누구와 함께 있었는가가 중요할 것이다. 만학천봉萬壑千峰으로 구름이 오가고 달이 떴다 지는 사이에 풍경소리 사이로, 새벽녘 돌 틈 사이로 물방울 떨어지는 소리 들리고 밤새 솔숲으로 부는 바람 속으로 사슴의 울음소리 스며 있는 곳이라면 문수사야말로 환상적인 공간이다. 그 안에서 등불 심지 잘라가며 이야기를 나누었던 스님을 십년 만에 만난 것이다.

   십년 사이에 최립은 자신의 삶이 얼마나 달라졌는지를 절실히 깨닫는다. 아름답고 그리운 공간과는 달리 '관가官街'로 표현되는 관직 생활은 7월의 진흙탕 길이다. 장마가 계속되는 질척한 길 위에서의 삶은 앞서 표현하는 문수사의 공간과 대비되면서 최립 자신의 현실을 극명하게 드러낸다. 그렇지만 관직의 굴레 속을 벗어나기란 쉽지 않다. 꿈속에서 문수사 가는 길목을 여전히 찾지만 깨어나면 여전히 진흙탕 속으로 들어가야만 한다.

그렇게 장마철은 하나의 정치적 우의로 표현되면서 복잡하고 정신없이 빠르기만 한 우리의 일상을 돌아보게 한다.

｜비 오는 날의 시 짓기｜

장마가 시작되면 인적이 끊긴다. 우중雨中에 누가 찾아올 것인가. 눅눅한 습기가 방안에 가득하기 때문에 누워서 지내기도 불편하다. 습기를 없애려고 아궁이에 불을 지피기라도 하면 찌는 듯한 더위는 거의 불한증막에 가깝다. 아침저녁으로 밥을 짓거나 소에게 먹일 여물을 끓이기 위해 아궁이에 지피는 불 때문에 습기는 잠시 사라지지만, 장마철이라 그런지 이내 눅눅한 기운이 주변을 감싼다. 집 안이 이러니 심심하다고 누구를 찾아갈 처지도 안 된다. 내 사정이 그렇다면 다른 사람 역시 마찬가지다. 자연히 인적은 끊어지고 천지에 오직 빗소리만이 가득하다.

아무리 세상일에 관심을 끊고 산다 해도 우리 일상의 굴레는 세상을 벗어나지 못한다. 세상이 도는 속도만큼은 아니더라도 어느 정도의 속도는 유지한 채 내 삶을 영위한다. 내가 쉬고 싶다고 언제나 쉴 수 있는 경우는 흔치 않다. 원하든 원치 않든 누군가는 내 삶의 자장 안으로 들어오고, 나는 거기에 어쩔 수 없이 대응한다. 사람살이라는 게 관계 속에서 만들어지는 것인지라 그렇게 관계가 형성되면 자연히 인세人世가 구성된다. 그렇게 보면 우리네 살림살이라는 것이 어떤 실체가 있다기보다는 여러 가지 인연 조건이 만나서 우리가 보는 모습으로 구성되는 것일 터이다. 빠르게 돌아가는 세상의 수레바퀴 속으로 한 번 들어가면 쉽게 빠져나오기 힘들 뿐 아니라 시간이 갈수록 가속도가 붙어서, 죽음에 이르기 전까지는 결코 그 사이클에서 벗어나기 어려운 것은 중생들의 숙명으로 보인다. 그 바퀴의 속도를 한 걸음만이라도 비껴 서게 되면 그 순간 자신이 얼마나 빠른 속도로 세상일에 관여하고 있었는지를 깨닫는다. 과거의 선현들이 느림을 강조하면서 우리를 경책한 것도 이 점을 지적한 게 아닐까.

아무리 선현들의 경책이 있다 한들 느린 삶을 살려는 마음의 자세가 갖추어져 있지 않다면 허사다. 세상의 굴레를 벗어나기 위해서는 외부로부터 자극이 필요하다. 어떤 형태로든 내 삶을 돌아볼 계기를 마련해주는 자극이 있어야 일상의 관성에서 벗어날 수 있는 자리를 만든다. 그 계기는 순간적인 것이어서, 내가 미처 깨닫기 전에 사라질 가능성도 있다. 그러나 찰나에 벌어지는 일일지라도 그 흔적을 마음속에 새기면 언제든 외부 조건과 만나서 새로운 깨달음의 계기를 만든다.

그 계기를 만드는 외부 조건은 무엇이 있을까. 개인차가 있겠지만, 장마도 그 중의 하나가 될 수 있을 것이다. 비가 오면 내가 만나는 사람이나 사물들이 현저히 줄어든다. 공기는 무겁게 가라앉아 평소의 들떴던 마음을 차분하게 만든다. 바깥나들이 역시 웬만하면 하지 않게 되니 생활공간은 좁은 방안으로 줄어든다.

정약용은 여름철 무더위를 없애는 여덟 가지 방법을 각각 시로 읊은 적이 있다. 송단호시(松壇弧矢, 송단에서 활쏘기), 괴음추천(槐陰鞦遷, 홰나무 그늘에서 그네뛰기), 허각투호(虛閣投壺, 텅 빈 누각에서 투호놀이), 청점혁기(淸簟奕棋, 맑은 댓자리에서 바둑 두기), 서지상하(西池賞荷, 서쪽 못에서 연꽃 감상), 동림청선(東林聽蟬, 동쪽 숲에서 매미 소리 듣기), 월야탁족(月夜濯足, 달밤에 탁족하기) 등 일곱 가지와 함께 든 것이 바로 우일사운(雨日射韻, 비오는 날 시 짓기)이다.

구수의 우스개로 장마와 무더위 지내니　　　　　　　　賽藪詼諧[1]度潦炎

미인의 얼굴빛이 두꺼운 주렴으로 막혀 있다.　　　　　美人顏色隔重簾

어려운 운자로 시 짓는 일 온전히 율격에 의지한 것 누가 알랴

　　　　　　　　　　　　　　　　　　　　　　　唯知競病全依律

---

1) 구수회해賽藪詼諧 : 한漢나라 때 동방삭東方朔은 우스갯소리를 잘하는 사람으로 이름이 높았다. 한번은 곽사인郭舍人이 그를 시험하기 위하여, 나무에 붙어 있는 기생寄生(붙어서 살아가는 존재)을 보이지 않게 가리고서 이를 동방삭에게 알아맞히라고 하자, 동방삭이 이를 '구수' 라고 대답하였다. 구수는 물동이를 머리에 일 때 받치는 똬리를 말한다. 곽사인이 그에게 알아맞히지 못했다고 말하자, 동방삭이, "나무에 붙어 있으면 기생이지만, 물동이 밑에 받치면 똬리다"라고 말했다. 기생이란 곧 나무에 붙어 있는 버섯으로, 그 모양이 똬리처럼 동그랗게 생겼다고 한다. 이 시에서는 여름의 더위와 장마를 우스갯소리로 견딘다는 의미로 사용하였다.

홀연 글자 획의 끝부분을 반쯤 드러내는 것 놀라워라.

忽訝戈波²⁾半露尖

생각의 길에서는 천 리의 눈을 다해 바라보고　　　思路望窮千里目

의심의 산에서는 몇 가닥 수염 꼬아 끊는다.　　　疑山撚斷數莖髥

내 스스로 천 수 시 짓느니만 못하니　　　　　　不如自作詩千首

어려운 글자 손 가는 대로 집어내 본다.　　　　難字還宜信手拈

—정약용, 「더위를 없애는 여덟 가지 일(소서팔사消暑八事)」 중 제7수, 『다산시문집』 권6

　장마철이 되어 할 일이 없으니 방안에 들어앉아 시를 짓는 것을
소재로 지은 작품이다. 어려운 전고가 구절마다 들어 있어서 해독
이 쉽지는 않지만, 전체적인 뜻은 손에 잡히는 대로 아무 글자나 끄
집어내서 한시를 지으면서 소일한다는 것이다. 특히 함련(頷聯, 3~4
구)은 의미를 알아차리기가 어렵다.

　'경병競病'은 모두 운자를 맞추기 어려운 글자다. 중국 남북조 시
대 양梁의 조경종曹景宗이 전쟁에 나갔다가 승리를 거두고 돌아왔을
때, 양무제梁武帝가 잔치를 베풀면서 사람들의 시 짓는 능력을 가늠
해본 적이 있었다. 다른 사람들이 모두 시를 지은 뒤 조경종이 짓게
되었는데, 마침 운자를 맞추기 어려운 글자인 '경競'과 '병病'만 남
아 있었다. 그러나 그는 쉽게 시를 지어 사람들의 감탄을 자아냈다

---

2) 과파戈波 : 글씨를 쓰는 것을 말함. 서법書法의 과법(戈法 : '戈'에서 오른쪽 아래로 끌어내린 획
　을 위쪽으로 삐쳐 올리는 것과 같은 수법을 말함)과 파법(波法 : ㇏)을 가리킨다.

고 한다. 그래서 '경병'은 어려운 글자를 운자로 삼아 시를 짓는 것을 지칭하게 되었다.

어려운 운자, 즉 험운險韻으로 시를 짓는 것이 어렵다면, 서예에서는 과법戈法이 쓰기 어렵다고 한다. 이익의『성호사설』에 보면 이와 관련된 전고가 수록되어 있다. 당 태종이 글씨를 잘 썼는데, 과법을 제일 어려워했다고 한다. 그래서 하루는 진戩 자를 쓰면서, 그 글자의 끝부분(이것을 '낙落'이라고 한다)을 비워놓고 명필인 우세남虞世南에게 그 부분을 채워 넣도록 하였다. 당태종은 그것이 마치 자기 글씨인 것처럼 하면서 또 다른 명필인 위징魏徵에게 보였더니, 위징이 "오직 과법戈法만이 핍진逼眞하다"고 하여 한바탕 웃었다는 것이다.

구절 사이에 스민 전고를 읽으면 그제야 이 구절의 뜻이 머리에 들어온다. 그 전고도 널리 알려진 것이라기보다는 여기저기 찾아봐야 발견할 수 있는 정도의 것이다. 읽는 사람도 복잡하고 힘든데, 짓는 사람이야 말할 것도 없다. 게다가 운자도 흔히 쓰는 쉬운 글자가 아니라 험운이다. 어려운 과정을 거쳐 쓴다 한들 내게 딱히 도움이 될 게 없다. 이렇게 굳이 어려운 글자와 전거를 넣어서 시를 짓는 것은 장마의 지루하고 긴 시간을 보내기 위한 일종의 자신에 대한 배려다. 장마철, 사람도 오지 않고 찾아갈 사람도 없는 무료한 시간, 문인들이 할 수 있는 일이란 정해진 것이다. 책을 읽거나 쓸 뿐이다.

고려 말의 이제현은『역옹패설櫟翁稗說』을 쓴 뒤 그 서문에서 이렇게 말한 바 있다. "지정至正 임오년(壬午年, 1342) 여름, 비가 연이어

달포나 내렸다. 문을 닫고 있으니 찾아오는 손님도 없어서 답답한 마음에 견딜 수가 없었다. 벼루를 들고 처마에 떨어지는 낙숫물을 받아서 친구들 사이에서 주고받은 편지 조각들을 이어 붙이고 생각나는 대로 이어붙인 종이조각들 뒤에 쓰고 나서 『역옹패설』이라고 제목을 붙였다."

지루한 장마 덕에 우리는 이제현의 뛰어난 글을 만날 수 있으니, 장마야말로 우리 문화사에 큰 기여를 한 셈이다.

| 가난과 장마 |

장마가 시작되면 양식이 끊기는 사람도 있다. 보릿고개 때문에 굶는 사람은 이 땅에도 넘쳐났지만, 장마가 시작되면 어쩔 수 없이 굶는 사람도 있었다. 가난의 바닥에 이르러, 더이상 먹고 살 일이 막막하면 굶는 도리밖에 없다. 여름철은 온갖 동식물들이 왕성하게 활동을 하기 때문에 밖으로 돌아다녀 보면 최소한의 풀칠은 할 가능성이 높다. 그러나 장마가 시작되면 짐승들 역시 둥지 속으로 돌아가 몸을 누인다. 게다가 밖으로 다니면서 나물을 뜯는 일도 수월치 않다. 여름이면 대부분의 나물이 쇠어서 먹을 수가 없기도 하지만, 장마 속에서 뜯어온 나물은 질병을 일으키기 십상이다. 그렇다고 모두 먹고 살기 어려운 형편에 장맛비를 뚫고 남의 집에 가서 양식을 빌리는 일도 어렵다. 그러니 꼼짝없이 굶을 수밖에 없다.

가난에 대한 우리의 인식이 어떻게 형성되었는지 살펴보기는 어럽지만, 적어도 가난을 무작정 비난했던 것만은 아니었다. 천하에 도리가 행해지는데도 가난한 것은 부끄러운 일이고, 천하에 도리가 행해지지 않는데 부유한 것 역시 부끄러운 일이라는 취지의 말을 공자도 한 일이 있다. 상식적인 사회에서 부유하게 살아가는 것은 지극히 상식이라는 뜻이라면, 이는 부자에 대한 일방적 공격은 아닐 것이고 가난에 대한 일방적 옹호도 아닐 것이다. 그렇지만 천하에 도道가 행해졌던 때가 얼마나 될까. 어쩌면 공자의 그 말은 이상적인 사회를 표현한 것은 아닐까 싶다.

권필은 알아주는 명문가의 자제였지만 가난한 삶을 살았다. 허균과 막역한 사이였으며, 그의 뛰어난 시재詩才는 누구나 인정하는 바였다. 그렇지만 권력의 중심에서 스스로 떨어져 나와 가난한 생활을 선택한 것이다. 그의 시 중에 다음과 같은 작품이 있다.

사람들은 송곳 꽂을 땅도 없다지만	人無置錐地
나는 본래 꽂을 송곳조차 없다네.	而我本無錐
재물의 양에는 정해진 분수가 있으니	物量有定分
훔쳐서 얻은 재물은 내 바라는 바 아니로다.	盜誇非所期
쑥대 우거진 원헌의 집	蓬蒿原憲宅
장맛비 내릴 때 읊는 자상의 시	霖雨子桑詩
떠나간 분 비록 오래되었지만	去者雖已遠
맑은 풍모는 오히려 따를 만하네.	清風猶可追

—권필, 「가난貧」, 『석주집』 권1

정약용의 한시처럼, 권필의 이 작품도 전거를 알아야 독해가 가능하다. 경련頸聯에 나오는 원헌原憲과 자상子桑은 고사다. 모두 『장자』에 나오는 일화를 바탕으로 하였다.

원헌은 공자의 제자다. 그가 노魯나라에 살 때, 너무 가난해서 집 마당에는 풀이 무성했고 방문은 쑥대를 꺾어서 만들었으며 벽에는 항아리로 구멍을 내서 창문을 삼았다. 이렇게 허술했으니 지붕 사이로는 비가 샜고 방바닥에서는 습기가 올라왔다. 그러나 그 와중에서도 거문고를 연주하면서 태연하게 자신의 삶을 수행의 경지로 끌어올렸다고 한다.

자상은 『장자』의 우언寓言 속에 나오는 인물이다. 장마가 열흘이나 계속되자 그의 벗인 자여子輿가 걱정이 되어 밥을 싸들고 찾아갔다. 혹시 병이 들거나 굶어 죽지 않았을까 해서였다. 그런데 자상은 거문고를 연주하면서, "아버지인가, 어머니인가, 하늘인가, 사람인가!" 하면서 노래를 부르고 있었다. 자여가 무슨 뜻의 노래냐고 묻자, 자상은 이렇게 말한다. "나는 나를 이렇게 가난하고 어려운 지경에 빠지게 한 존재가 누구인가 생각하는데 도저히 알 수가 없네. 부모가 나를 가난하게 했을 리 없고, 하늘과 땅 역시 사심이 없는 존재이니 나를 가난하게 할 리가 없지. 아무도 나를 가난하게 한 존재가 없다면, 이것은 결국 운명이겠지."

이같은 일화를 미리 안다면 권필의 작품을 흥미롭게 읽을 수 있다. 꽂을 송곳조차 없는 자신의 절대가난은 그 근거를 알 수가 없다. 그러나 부유하게 살아가는 사람들을 보면 대부분 정당하게 얻은 것이라기보다는 남의 재물을 도둑질해서 자신의 부유함을 유지하는 부류다. 양심을 가진 인간으로서 자신은 그렇게 살아갈 수 없다. 결국 자신의 가난은 누구의 탓도 아닌 운명일 뿐이라는 것이다. 운명을 운명으로 알고 살아가는 권필의 가난은 일종의 자발적 가난이다. 오죽하면 그의 벗인 허균은 입에 풀칠이라도 할 수 있게 말단 관직을 알아봐주기까지 했겠는가.

옛 사람의 맑은 풍모를 따르는 일은 언제나 현실적 어려움과 고통을 수반한다. 품위 있는 삶을 살아간다는 것은 저절로 주어지는 것이 아니라, 언제나 내게 주어진 현실을 넘어서 새로운 길을 찾으려는 열정과 용기에서 비롯한다. 맑은 날보다는 장마와 같이 현실적 불편함이 우리 삶을 에워싸고 있어서 온갖 꽃향기가 사라졌을 때 비로소 인간의 향기가 빛을 발하는 법이다.

| 수행으로 만나는 장마 |

여름과 겨울이면 스님들은 안거安居에 들어간다. 인도에서는 우기雨期가 되면 스님들은 탁발을 비롯하여 일상생활을 할 수 없게 된다. 그럴 때를 이용하여 1년에 두 차례 안거를 지낸다. 한 번 안거에 세 달을 보내니, 1년에 여섯 달은 집중적으로 수행에 몰두하는 것이다. 그 풍습이 우리나라에도 일찍이 들어와서, 지금도 스님들은 여름과 겨울이면 안거에 들어간다.

맑은 날보다 비가 오는 날이면 마음이 차분해진다. 무거운 공기와 함께 마음도 무거워져서 그런 것일까. 쏟아지는 비를 바라보거나, 한밤중 처마에서 떨어지는 낙숫물 소리를 들으면 운치가 있다. 장마가 주는 우울함도 있지만, 그 이상으로 장마는 우리 삶을 돌아보게 하는 묘한 매력이 있다. 그것은 아마도 비 때문에 주변 사물이나 사람들과의 관계가 일시적으로 중단된 탓이리라. 그렇게 보면 장마야말로 내 삶을 돌아보며 속도를 조절할 수 있도록 자신을 경책하는 시간을 제공해준다.

장마의 습기와 질척함을 불편해하는 것은 그에 따른 행동제약 때문이다. 그러나 그 제약이 다시 내게 돌아와 수행의 계기로 작동하기만 한다면 그처럼 좋은 게 또 어디 있으랴. 장마를 무료하고 무익한 시간으로 만들 것인가, 글 읽고 쓰는 시간으로 만들 것인가, 아니면 수행의 시간으로 만들 것인가 하는 것은 전적으로 내 마음에 달려 있다. 긴 장마가 끝나면 맑고 환하게 부서지는 가을 햇살이 기다리고 있듯이, 마음속 장마가 끝나면 빛나는 우리의 정신 경계가 드러나지 않을까.

비 온 뒤의 산을 오르며

세상의 굴레를 벗어나 자유로운 세계를 맛보고 싶은 사람은 그냥 그렇게 하면 된다. 나는 어떤가. 그냥 그렇게 할 힘은 없으니, 이렇게 말로라도 계속 이야기를 하는 것이다. 그 말의 힘으로 언젠가 나도 실천할 수 있지 않을까. 말 속에서 희망을 찾아보는 일, 그게 지금 내가 할 수 있는 가장 큰 실천일 수도 있겠다.

은거를 꿈꾸다

市
隱

| 비 온 뒤의 숲길 |

비가 온 뒤의 숲은 진중한 느낌이 든다. 깊은 사색에 잠겨 고요
히 침묵하면서 천고의 정적을 온몸으로 보여준다. 물기를 잔뜩 머
금은 탓인지, 녹음 짙은 여름 숲인데도 검푸른 빛으로 치장을 한다.
어쩌다 숲 위쪽으로 바람이라도 지날라치면, 기다렸다는 듯이 몸속
에 머금고 있던 빗물을 한꺼번에 쏟아낸다. 후득이는 소리가 태고
의 정적을 치면서 지나가면, 숲은 돌연 여름의 때깔을 슬쩍 드러냈
다가 다시 고요 속으로 침잠한다. 서늘하면서도 상쾌한 빗기운이
온 숲을 감싸고 있다. 그 사이로 난 작은 숲길을 따라 걷는 맛은 무
엇과도 비교할 수 없다.

조금은 이른 아침, 무성한 숲 사이를 거닐다 보면 햇살이 스미는

모습을 본다. 나무와 나무 사이, 잎과 잎 사이로 스미는 아침 햇살은 빗기운 가득한 바닥까지 이어져서 윤기가 흐르는 듯하다. 촉촉하면서도 폭신한 숲길에 기분이 더욱 편안해진다. 신선한 공기와 숲 냄새, 서늘한 감촉과 아름다운 햇살, 그리고 햇살에 비쳐서 영롱하게 빛나는 푸르디푸른 나뭇잎을 보면서, 살아 있는 즐거움을 새삼 확인한다. 빗물이 흐르면서 파인 작은 홈을 따라 개미들이 하루 일과를 시작했다. 바삐 움직이면서 어디론가 줄지어 가는 모습이 괜히 활기차다.

천천히 산을 오르지만 어느새 이마에는 땀방울이 송골거린다. 잠시 숨을 돌리며 돌아보면 회색빛 도시가 눈 아래 펼쳐져 있다. 김소월의 꽃이 '저만치' 피어 있었던 것처럼, 나의 일상이 '저만치' 펼쳐져 있다. 숲속으로 몇 걸음만 들어와도 이렇게 사람 마음이 깔끔해진다. 사람 마음이란 참으로 요상해서, 눈에 보이지 않으면 번잡한 세상과는 이렇게 천리만리 떨어진 듯 맑고 고요해진다. 이따금씩 떨어지는 물방울을 맞으며, 산허리에 서서 내가 살아가는 저 도시를 우두망찰한다.

몇 걸음 사이에 속세와 산중이 나뉘듯, 마음 한 번 돌리는 사이에 번뇌와 깨달음이 나뉜다. 어쩌면 번뇌와 깨달음은 동시적인 존재일지도 모르겠다. 틈 없는 간격 사이에서 우리 인생이 저물어간다. 끝없는 윤회의 굴레 속에서, 한 번도 내 마음을 굴레 밖에 놓지 못하는 사이에, 나는 이런 몸으로 누추한 한 생을 산다.

자유로움을 구가하는 방법, 은거隱居

생각해보면 은거하는 마음으로 살아가는 것이 어려운 일이지, 거처를 산 속으로 옮기는 것이 어려운 게 아니다. 세상에서 한 걸음 떨어져서, 찾아오는 사람 별로 없는 외딴 곳에 살면서 은자로서의 모습을 보이는 사람도 있다. 그렇지만 그의 마음속이 속세의 부귀 명예로 가득 차 있다면, 그게 무슨 은거겠는가. 진정한 은거는 거처하는 곳이 어디냐가 중요한 게 아니라, 그 마음이 중요한 법이다. 그래서 '시은市隱'이라는 말이 있다. 저잣거리 속에 은거한다는 뜻이다. 시은을 논할 정도는 되어야 진정한 은거를 실천하는 은자라 할 만하다.

절기로는 삼복인데	節序當三伏
장마는 사십 일이나 쏟아집니다.	滛霖浹四旬
밥을 싸오는 손님[1] 없으니,	客無裹飯者
이 몸은 초현인[2] 같군요.	吾似草玄人
안석에 기대니 정신 더욱 고요해지고	憑几神逾靜
산을 바라보니 뜻은 더욱 친밀해집니다.	看山意轉親

---

1) 밥을 싸오는 사람은 『장자』 「대종사大宗師」편에 나오는 일화를 이용한 표현이다. 열흘이나 장마가 계속되자 자여는 자신의 가난한 벗 자상이 힘든 형편일 것이라고 예상하고는 밥을 싸서 그를 방문하였다고 한다.

원래 저잣거리에 은거하는 것,   從來城市隱

반드시 홍진과 멀어야 하는 건 아니라오.   不必遠紅塵

—조태억趙泰億, 「비오는 가운데 우연히 읊어서 큰형님께 올리다雨中偶吟錄呈伯氏」,

『겸재집謙齋集』 권2

장마로 이어지는 여름, 눅눅하고 더운 기운이 가시지 않는다. 그렇지 않아도 찾아오는 사람이 없는 터수에, 밤낮 장맛비가 끊이질 않으니 자신이 사는 곳은 적막하기 그지없다. 집이 멀리 외딴 곳에 있는 것도 아닌데 찾는 사람이 없다는 것은 교유하는 범위가 그다지 넓지 않다는 의미이기도 하고, 스스로 다른 사람과 교유를 끊고 지내는 것을 의미하기도 한다. 가난한 선비의 살림살이, 누구도 어려움을 헤아려 찾아주지 않는다. 일상의 간고함이 글자마다 스며 있다.

이어지는 장마와 어려운 살림살이가 시의 앞부분을 메우면서 자칫 궁색한 느낌을 줄 수도 있는데, 후반부는 일상의 간난艱難이 문제되지 않는다는 것을 드러낸다. 세상 명리에서 벗어나 자유로운 정신을 구가한다는 건 예나 지금이나 많은 사람들이 하는 얘기다. 그렇게 생각하는 사람은 많지만, 그 경지를 자신의 삶으로 드러내는

---

2) 초현인草玄人: '초현'은 한나라 양웅揚雄이 지은 『태현太玄』을 지칭하는 말이다. 『한서漢書』 「양웅전揚雄傳」에 의하면, 애제哀帝 때 양웅이 『태현』을 지으면서 스스로를 지키면서 담박하게 지냈다는 내용이 들어 있다. 이 말에서 유래하여, '태현'은 세상 이익에서 벗어나 담박하게 지내면서 마음을 쏟아 저술에 몰두하는 것을 의미하게 되었다. '태현인'은 그렇게 살아가는 사람을 말한다.

사람은 흔치 않다. 조태억은 그런 마음가짐만 있다면 어디에 은거하든지 상관이 없다는 말을 하려는 것이다. 안석에 기대어 고요한 정신을 유지하고, 멀리 산을 바라보면서 친밀한 뜻을 펼친다. 이것이야말로 은거하는 사람의 마음가짐이다.

안석에 기대어 산을 바라보는 마음은 또 어떤가. 빗소리 속에 마음을 놓으면 무수히 부유浮游하는 번뇌자락들이 소리 없이 사라진다. 그 순간이야말로 가장 자유롭고 편안한 마음을 구가하는 것이 아니겠는가. 친구처럼 편안하면서도 듬직한 산에게 더욱 정겨운 느낌이 드는 것이 아니겠는가. 붉은 먼지 가득한 세속의 삶을 벗어나 외진 곳으로 숨어들 필요가 없다. 은거란 자유로운 마음을 구가하는 순간 언제 어디서나 실현되는 것이기 때문이다.

| 은거의 그림자 |

산길은 계곡을 따라 내려가는 듯싶더니, 어느샌가 다시 오르막으로 바뀌었다. 걸음이 무거워지는 걸 느낀다. 발치 어름으로는 숲 사이로 스민 아침 햇살 조각들이 어른거린다. 정말 눈부시다. 햇살 조각들을 따라 걷는 마음이 절로 상쾌하고 가벼워진다. 길이 휘어지는 모퉁이, 작은 바위 위에 잠시 앉는다. 눅눅한 빗기운이 옷을 뚫고 들어오긴 하지만, 더운 몸을 식히기에 적당하다. 오늘은 무슨 일을 해야 하나, 하고 생각해본다. 딱히 할 일도 없지만, 무얼 하고 싶은 마음도 없다. 먹고 사는 일이 참 힘들다면서도, 누구나 가지고 있는

편견 중의 하나는 일을 해야만 한다는 게 아닐지도 모르겠다. 한때 내 꿈은 놀고 먹는 것이었다. 생각해보면, 신선놀음이란 게 바로 놀고 먹는 것이 아닌가. 예부터 노동하는 신선의 이미지는 어디에도 없었다. 그들이 주로 하는 일은 술과 음식 앞에서 시를 지으며 노닐거나, 책을 읽거나, 산책을 하는 것이었다. 저편 아래로 펼쳐진, 내가 악다구니를 하며 살아가는 도시가 웬일인지 슬프게 보인다.

'무사한도인無事閑道人'이라는 말이 있다. 일 없이 한가한 도인이라는 의미다. 주로 선객禪客들이 깨달은 사람을 지칭할 때 사용한다. 중생으로서 해야 할 수행 끝에 깨달음의 경지에 도달했으니, 더이상 할 일이 없다는 뜻이리라. 내 삶도 언제쯤 그런 경계에 이를 수 있을까.

인적 없는 산속에서 마주하는 무성한 여름 숲은 다른 때보다도 훨씬 고적하다. 숲길을 즐겨 걸어본 적이 있다면 혹시 숲의 소리를 들어보았을지도 모르겠다. 숲에 들어서면 온갖 소리들과 만난다. 바람 소리, 나뭇잎 소리, 시냇물 소리, 새소리, 잎 떨어지는 소리, 다람쥐 달리는 소리, 작은 돌이 제 홀로 구르는 소리. 그 많은 소리들도 아침이면 잘 들리지 않는다. 그런 소리들은 저녁이 될수록 자주 들린다. 어쩌다 저물녘 숲길을 산책하노라면, 수많은 소리들의 향연이 시작된다는 걸 느낄 때가 있다. 이름 모를 새들의 울음소리도 이때쯤 살아난다. 바람 소리도 한층 자극적으로 바뀌며, 나뭇잎 소리도 예사롭지 않은 내공을 드러낸다. 땅거미가 산을 덮으면서 그런 소리들이 생기 있게 되살아나는 걸 목격하면, 더럭 무섬증이 생기거나 혹은 매혹을 느낀다.

아침 햇살과 함께 숲길을 산책하는 것은 많은 소리들이 사라진 숲에서 태곳적 고요를 즐기기 위한 것이기도 하다. 예전에는 숲을 산책할 때 작은 책을 한 권 손에 들고 다녔다. 그렇지만 고요한 숲을 거니는 재미에, 가지고 갔던 책은 펴보지도 않은 채 돌아온 적이 대부분이었다. 그러니 점점 책을 들고 가는 일이 줄어들었고, 이제는 아예 책 생각은 하지도 않는다. 아무 일도 없이 그저 숲을 어슬렁거리는 것은 참 재미있는 놀이다.

그렇지만 아무 일도 없이 지내는 삶의 즐거움을 상찬하는 뒤편에는 세상살이의 괴로움에 지친 표정이 숨어 있다. 온갖 욕망과 음모가 횡행하는 세상을 살아가는 것은, 지뢰밭을 지나는 것이나 다름없다. 내 발 밑에서 언제 지뢰가 터질지 조금도 예측할 수 없는 상황이다. 어떤 사람은 그런 상황을 긴장감 넘친다면서 즐기는가 하면, 어떤 사람은 세상이란 원래 그런 것이라고 아예 저항의지를 일찌감치 접기도 한다. 어떤 경우라도 그러한 삶은 빠른 속도로 내 삶을 갉아먹어서, 종국에는 죽음에 이르도록 만든다. 그것을 간파하는 순간 우리는 세상살이의 괴로움에 넌덜머리를 내면서, 벗어나고 싶어하는 마음을 가진다. 일없이 살아가는 한가로운 도인으로서의 삶은 요원하기만 한데, 내가 딛고 선 현실은 지겹고 괴롭다. 그렇다면 노래 속에서나마 이상적인 삶의 모습을 그려내면서 한때의 즐거움으로 삼을 수도 있다. 세상살이의 괴로움이 극에 달하면 할수록 작품 속에서 서정적 자아는 너무도 한가롭게 유유자적하는 것은 아닐까.

사실 나는 김창협金昌協의 시를 읽다가 이런 생각을 해본 적이 있었다. 그가 살았던 시대는 당쟁의 폐해가 극에 달했던 시대이기도 하지만, 김창협 개인으로 보아도 당쟁 때문에 여러 가족들이 죽음을 당하거나 심각한 피해를 입기도 했다. 개인사가 너무도 기구했기에 그의 작품이 사람들에게 강한 울림으로 남는 것도 있기는 할 것이다. 거친 당쟁의 소용돌이 속에서 개인의 힘이란 얼마나 미약한 것인가. 형제의 죽음을 목도하면서 그가 원했던 이상적인 삶은 아마도 가문의 영달을 위한 벼슬길이 아니라 깊은 산중에서 유유자적 노니는 것이었을 터이다.

일 없이 하루해는 길기도 해서　　　　無事苦日長

책 있어도 도리어 읽기 게을러.　　　有書還懶讀

산 기운 저물녘에 어떠하던가　　　　山氣晚如何

석양이 푸른 숲을 밝게 비춘다.　　　夕陽明衆綠

—김창협, 「위응물의 시구 '녹음생주적 고화표춘여'를 운자로 삼아 열 편의 절구를 짓는다用韋應物

綠陰生畫寂 孤花表春餘爲韻 賦十絕」, 『농암집農巖集』 권4

아무 일도 없이 산중에서 지내는 김창협에게, 하루는 정말 길다. 깨달음의 경지를 맛본 도인에게는 하루가 아니라 일 년이라도 아무런 문제가 되지 않는다. 시간이나 공간의 제약이 도인을 옥죄는 일은 없기 때문이다. '무사한도인無事閑道人'과 김창협이 다른 지점은 바로 거기에 있다. 그는 너무 길어서 괴로운 하루를 보낸다. 일이 없기 때문에 하루해가 길어서 괴롭다고는 하지만, 그 말의 이면에는 일이 있으면 하루가 길지 않다는 것을 내포하고 있다. 일이 없는 처지를 짐짓 아름답게 그리고는 있지만, 그것이 어딘지 모르게 어색한 느낌으로 다가왔다.

책이 있어도 읽기를 게을리 한다는 것은 무엇인가. 선비들의 하루 일과는 책을 읽는 것에서 시작해서 책을 덮는 것으로 마무리된다. 책은 지식의 정수이기도 하지만, 선비의 상징이기도 하다. 긴긴 하루해를 보내면서 책읽기도 게을리 한다는 것은 선비의 기본적인 삶에서도 벗어나 있음을 은근히 드러낸다. 물론 그것은 말의 표면만을 해석한 것이라고 할 수도 있다. 그렇지만 나는 왠지 모르게 한가로움을 표현하는 그의 시구 속에서 김창협이 느꼈음직한 세상살이에 대한 염증 같은 것이 느껴졌다.

그렇다고 해서 김창협이 정말 세상에 대한 그리움을 숨긴 채 한가한 은거자로서의 삶을 가식적으로 표현했다고는 생각하지 않는다. 자신은 진정으로 은거자의 삶을 희구했고 그렇게 살아가고 있다고 굳게 믿고 있었을 수도 있다. 이 작품을 읽을 당시 내 마음 상태가 오히려 그런 입장에 서있었을 가능성이 농후하다. 사정이야 어떻든 이 작품은 세상에 대한 김창협의 시선을 절묘하게 표현하고 있다는 점은 분명한 것으로 보인다.

이 작품을 천천히, 반복해서 읽다 보면 시상의 전개가 정말 정교하게 이어지고 있다는 것을 알 수 있다. 후반부에서 김창협은 저녁 산기운을 언급한다. 보는 사람에 따라 다르겠지만, 나는 이 대목에서 도연명의 시구를 떠올렸다. 「잡시雜詩」라는 도연명의 작품을 보면 이런 구절이 있다. "산기운은 저녁이 되자 아름다워지고, 날아다니던 새들은 서로 함께 돌아온다[山氣日夕佳, 飛鳥相與還]."

김창협의 작품에 등장하는 산기운은 바로 도연명의 느낌으로 사용되었다. 결구結句에서 '석양夕陽'이라는 단어가 등장하는 것을 봐도 창작의 시간적 배경은 저녁이다. 남들은 다 집으로 돌아가는데, 자신은 어디로 돌아가야 할지 모른 채 산속을 어슬렁거리며 산책을 하는 중이다. 그런 생각을 할 때, 마주하는 석양빛에 온 숲이 환하고 밝게 빛나는 것을 보았다. 정말 감동적이지 않은가. 하루 종일 해가 지지 않는다며, 날이 길다며 지루해하던 김창협이 아니었던가. 일이 없어 지루하고 긴 하루를 보내다가, 마지막 순간에 만나는 저물녘의 햇빛은 참으로 감동적이었을 것 같다. 이 시에서 깨달음의 계기를 보여주는 부분이 있다면 아마도 마지막 결구일 것이다. 하루가 길고 지루하면 할수록 저녁빛의 장엄함은 그 깊이를 더했을 것임에 틀림없다.

| 산에서 바라보는 세상 |

이제 조금만 더 올라가면 정상이다. 고개 들어 위쪽을 보면 산길 저편으로 꼭대기인 듯한 곳이 보인다. 발걸음을 내디딜 때마다 땀방울이 떨어진다. 몸이 힘들수록 마음은 편안해진다. 몸은 번뇌로 뭉친 것이라는 말이 허언은 아닌 성싶다. 땀방울에 번뇌가 녹아 흐

르는 만큼 마음이 편안해지는 것이 아닐까.

　많은 사람들이 어지러운 속세를 벗어나 산속에서 살아가기를 꿈꾼다. 그렇지만 막상 그 삶을 실천하기란 대단히 어렵다. 나도 모르는 사이에 세상의 속도에 내 삶이 맞추어져 있어서, 그 관성을 이겨내는 것이 힘들다. 그게 힘들다는 사실을 알기 때문에, 누구나 은거를 꿈꾸지만 쉽게 결행하지 못한다.

높은 고갯마루에 감히 오르지 않는 것은	高嶺不敢上
기어오르는 것을 꺼리는 것이 아닙니다.	不是憚躋攀
산사람의 눈으로	恐將山中眼
잠시나마 다시 인간 세상 보는 게 두려운 것이지요.	乍復望人寰

—이규보, 「북산잡제北山雜題」, 『동국이상국집』

　이규보 역시 어려운 시절을 살아갔던 사람이다. 내세울 것 별로 없는 집안에서 자라나 과거에 급제했지만 변변한 벼슬을 얻지 못하고 실의의 나날을 보냈다. 20대에 이미 천마산으로 은거한 경험이 있을 만큼 그의 삶은 그리 순탄치 못했다. 물론 생애 후반은 최고의 관직에 올라 권력의 핵심에서 살아갔지만, 계속되는 내우외환으로 언제나 출사와 은거 사이를 고민했다. 그러니 은거자로서의 삶이 얼마나 어려운가를 잘 알고 있었을 터이다.

　속세의 삶이 내 등을 떠미는 힘으로 살아가는 우리 중생들에게, 그 관성에 맞서는 것은 큰 용기와 깊은 사유의 힘이 있어야 가능하다. 세상 돌아가는 꼴을 보지 않고 산속에 숨어 지내는 것은 웬만한 사람이라면 얼추 흉내낼 수 있다. 그렇지만 세상 소식을 의도적으로 단절하지 않고도 산속 생활을 하는 것은 어렵다. 이규보는 바로 그 점을 시로 읊었다. 높은 고갯마루에 올라가는 것이 고생스럽기는 하다. 고갯마루에 오르는 일을 꺼리는 것이 그 고생을 하기 힘들어서가 아니라는 것이다. 문제는 높은 고갯마루에 올라갔을 때 내려다보이는 세상을 마주하면, 산속에서 만들어낸 맑은 눈이 더렵혀질까 두렵다는 것이다.

은거를 무수히 노래하는 사람치고 은거하는 사람은 없다. 말이란 언제나 두려운 내 마음을 감추기 위해 교묘한 수사를 통해 장식을 하는 성질이 있기 때문이다. 세상의 굴레를 벗어나 자유로운 세계를 맛보고 싶은 사람은 그냥 그렇게 하면 된다. 나는 어떤가. 그냥 그렇게 할 힘은 없으니, 이렇게 말로라도 계속 이야기를 하는 것이다. 그 말의 힘으로 언젠가 나도 실천할 수 있지 않을까. 말 속에서 희망을 찾아보는 일, 그게 지금 내가 할 수 있는 가장 큰 실천일 수도 있겠다.

| 다시 세상 속으로 |

다시 걸음을 뗀다. 산꼭대기에 가까워질수록 길은 가파르다. 숨은 턱에 차고 걸음은 무겁다. 저 아래 골짜기 쪽에서 물기를 가득 머금은 바람이 내 이마를 스치고 위쪽으로 달려간다. 깔깔거리며

웃음을 터뜨리듯, 상수리나무들이 일제히 잎을 뒤집으며 아침 햇살에 빛난다. 잎들이 부딪치며 사르락거리는 소리가 경쾌하다. 순간 무겁던 몸이 가벼워지면서 눈앞에 정상이 보인다. 나무 그늘 작은 바위에 아무렇게나 걸터앉아 땀을 식힌다.

산을 오르는 동안 힘이 들 때마다 나는 몸을 돌려 산 아래를 바라본다. 내가 걸어 올라왔던 길이 아래쪽으로 구불구불 이어져 있다. 그 길을 보다가 다시 눈길은 내가 살고 있는 도시를 향한다. 산에 마음을 붙이지 못한 중생의 마음은 여전히 도시 위를 떠돈다. 이생에서는 결코 저 도시를 떠나지 못하지, 하는 마음이 내면 깊숙이 숨어 있다. 도시를 경멸하면서도 그 도시에서 누추한 생을 살아가는 내 자신이 아니던가. 출가의 심정으로 매일 출근하지만, 문을 나서는 순간 도인의 마음은 온데간데없이 사라지고 오직 욕망의 늪 속에서 허우적거리는 나를 발견한다.

산꼭대기에 이르자 어느새 해는 저쪽 산 위로 완연히 떠올랐다. 마음을 추스르고 다시 도시 쪽으로 걸음을 옮긴다. 내 마음은 잠시 청정해졌다가 오래도록 먼지 자욱한 도시를 가득 담게 될 것이다. 그 청정의 순간에 내 마음을 잊지 않으려고 애쓰지만, 가능한 일일지는 잘 모르겠다. 그 힘으로 하루를 살아갈 일이다.

정원 이야기

정원의 변화를 통해서 계절의 변화와 함께 우주의 변화를 감지한다. 몸은 비록 좁은 공간 속에서 살아가고 있지만 그의 마음은 천하와 함께 한다. 그렇지만 이러한 경지를 저절로 터득하는 것은 아니다. 평범함과 깨달음 사이의 거리가 상상할 수 없을 만큼 크다는 것이야 누구나 알고 있지만, 그 경지를 몸과 마음으로 체현하는 것은 다른 차원의 문제다. 오랜 기간의 수련과 공부가 있어야 가능하다.

정원, 사적 공간의
몇가지 얼굴들

暢
神

| 정원庭園의 변화, 몸의 변화 |

한 해 동안 좁은 아파트를 벗어나서 생활할 기회가 생겼다. 시멘트 집에서 시멘트 길을 걸어 시멘트 도시를 오가며 생활하던 내게, 그런 생활을 벗어나게 된 것은 망외의 축복이었다. 시골에서 자랐지만 대학 진학 이후 나는 한 번도 땅을 밟으며 오랜 기간 동안 생활을 해 본 적이 없었다. 맨발보다는 양말을 신고 살았던 탓에 무좀은 발에서 떨어질 날이 없었고, 간편한 신발보다는 구두를 신고 다녔으므로 등산을 하면서도 무의식중에 구두를 신는 날이 꽤 있었다. 그런 생활을 벗어나 뜰이 있는 곳에서 살게 되자 자연의 축복이 햇살처럼 내 삶 속으로 스며들기 시작했다.

아이도 처음에는 이런 환경이 낯설었는지 매일 방 안에서만 서성거리더니, 어느새 밖에서 노는 일이 많아졌다. 문만 열면 넓은 뜰이 펼쳐져 있고, 산과 개울이 주변을 둘러싸고 있으니 얼마나 신나는 일 인가. 봄이 오는지 여름이 가는지 도대체 알 길이 없는 아파트와는 달리, 섬세한 계절의 변화를 아이는 쉽게 알아차렸다. 전자기기로 가 득하던 생활도 완전히 변해서 이제는 거의 만지지 않게 되었다. 문만 열면 자연의 숨결이 느껴지니 매일 밖에서 뛰놀 수밖에 없었다.

여전히 눈발과 햇살이 섞여 치던 어느 날, 아이와 함께 뒤뜰에 풀 을 뽑고 땅을 부드럽게 골라서 씨앗을 심었다. 약간의 야채와 함께 아이가 좋아하는 라벤더를 뿌렸다. 도시에서 나고 자란 아이가 자 기 손으로 씨앗을 뿌려서 싹을 틔워보는 일은 처음이었다. 며칠 동 안 땅에서 아무런 소식이 없자 자못 실망과 초조함을 드러내더니, 작은 싹이 나오자 환호작약했다. 학교에서 돌아오기만 하면 가장 먼저 하는 일이 자신의 작은 텃밭에 물을 주는 일이 되었다. 뜰의 변화와 함께 우리의 삶도 어느새 바뀌어가고 있었다.

| 새로운 인간 관계를 만드는 정원:가산假山 이야기 |

조선 전기 관료 문인들 사이에 가산을 만드는 것이 유행처럼 번 졌던 적이 있었다. '가산'이라고 하면 아마도 중국의 정원을 연상할 것이다. 정원 한쪽에 태호석太湖石과 같은 기괴한 바위를 쌓아서 산 을 만들고, 사이사이에 온갖 화훼와 초목을 심어서 장식을 한다. 꼭 대기에는 정자를 하나 만들고, 아래쪽으로는 연못을 만든다. 이런

것이 중국 가산에서 많이 보이는 모습이다. 조선 전기의 문인들이 어째서 가산을 만드는 일에 골몰했는지는 좀더 자료를 확인해야 할 것이지만, 이들이 중국 문인들의 시문에서 영향을 받았던 것만은 분명해 보인다. 예컨대 소순蘇洵의 「석가산기石假山記」는 고려 후기 이래 소동파(그는 소순의 아들이다) 열풍에 힘입어 분명히 읽혔을 것이고, 그 글을 거론한 조선 전기 문인들의 글도 꽤 보인다. 물론 이 시기에만 석가산을 만드는 일이 유행한 것은 아니었다. 조선이 끝날 때까지 돈 꽤나 있는 풍류 문인들은 자기 집 정원에 석가산을 만들었다.

소재蘇齋 노수신(盧守愼, 1515~1590)은 1586년 겨울, 자신의 정원에 석가산을 만든 뒤 그 위에 십청정十靑亭을 짓고 주변 사람들과 시문을 주고받았다. 그가 집 앞에 소나무, 잣나무, 회나무(檜木, 노송나무), 삼나무, 진송眞松, 적목赤木, 비자나무, 두충杜冲, 해송海松, 황양黃楊 등 열 가지 나무를 심고 십청정이라는 정자를 지은 이면에는 자신의 절의로운 마음을 부치려는 의도가 있었을 것이다. 여기에 당대 최고의 문인 관료들, 권벽權擘, 황정욱黃廷彧, 허성許筬, 김귀영金貴榮, 이준李埈 등 여러 사람들이 시를 지어 축하를 했고 그들의 시를 모아 시권詩卷을 편찬하였다. 그가 석가산을 만들었다는 기록은 황정욱의 글에 나온다. 석가산 앞에는 작은 연못을 팠고, 그 옆으로 열 가지 나무를 심었다고 했다. 노수신의 문집 기록을 합쳐서 보면 그의 석가산은 거처하는 방 앞 정원에 만든 것이라 하겠다.

십청정을 지은 것은 물론 풍류와 호사를 드러내려는 목적만은 아니었을 것이다. 당시 그는 영의정 직에 있었는데, 여러 차례 물러나려 해도 임금의 윤허를 받지 못하던 터였다. 주변 사람들은 그의 만년 절의가 여전함을 드러내려는 의도로 읽었다.

승상께서 동쪽 성곽 옆에 새로 정자 지으시니 　　丞相新亭東郭偏

정자 앞 총총한 바위, 신의 솜씨로 빚어졌다. 　　亭前叢石被神鞭

의연히 여산의 면모처럼 아름답게 자리하여 　　依然幻置廬山面

괴이하게도 몰래 맑디맑은 샘과 통한다. 　　怪底潛通玉乳泉

열 그루 굽은 가지 울창하게 서로 나란히 서서 　　十樹樛枝鬱相竝

한겨울 눈 쌓여도 푸른빛 여전히 선연하여라. 　　三冬積雪翠還姸

공평한 저 물색 마음을 겸하여 　　平章物色兼心事

오래 참아 추위 이겨내니 저마다의 힘이로세. 　　耐久凌寒各一權

―황정욱, 「십청정을 읊다題十靑亭」, 『지천집芝川集』 권2

황정욱의 시는 노수신이 경영했던 정원의 모습을 조감하듯 묘사하면서도 그 아름다움을 잘 드러내고 있다. 여산廬山은 중국의 명사들에게 사랑을 받았던 산 이름이고, 옥유천玉乳泉은 맑고 투명한 샘을 의미한다. '신의 솜씨로 빚어진 듯한 총총한 바위'는 기암괴석을 쌓아서 만든 석가산을 일컫는다. 그 모습이 마치 중국 여산廬山의 면모를 빼닮았고, 그것은 다시 옥 같은 소리를 내며 흘러가는 '옥유천'과 통한다고 하여 석가산 앞의 작은 연못을 묘사한다. 그 둘레로 열 종류의 푸른 나무들을 심어서, 아름다우면서도 모진 추위를 이겨내는 모습을 통해서 노수신의 마음을 빗대고 있다.

이처럼 정원에 석가산을 만들고 나서 주변의 문인들에게 시를 받는 사례는 더러 있었던 것으로 보인다. 그보다 앞서서 안재安齋 성임(成任, 1421~1484)의 경우를 예로 들 수 있다. 성임 역시 정원에 석가산을 만들고 주변의 문인들에게 시문을 받은 뒤 그것을 『가산시권假山詩卷』이라는 제목으로 편찬한 바 있다. 여기에는 서거정徐居正, 김수온金守溫, 강희맹姜希孟, 이승소李承召, 성현成俔, 홍귀달洪貴達 등 당대의 쟁쟁한 명류들이 모두 참여했다. 성임은 만년에 세상사에 관심을 두지 않고 집 뒤 정원에 기괴한 돌을 모아 산을 만들고 '석가산'이라는 이름을 붙였다. 그 아래로는 시냇물을 끌어서 흐르게 했고, 연못을 판 뒤 주변에는 온갖 꽃과 풀들을 심었다. 『해동잡록海東雜錄』에 나오는 기록이다.

다산 정약용 역시 집 주변에 가산을 만들고 채마밭과 연못을 그 옆에 위치시켰다고 했다. 그렇게 만들어놓으니 보는 사람마다 감탄을 하면서 좋다고 칭찬한다는 기록을 남긴 바 있다. 그것을 노래한 장편시를 지은 것이 남아 있다.

누가 만들었든 간에 석가산을 경영했던 사람들의 공통점은 자신의 정원에 만들어서 완상의 자료로 삼았다는 것, 주변 사람들과 그 아름다움을 공유했다는 것을 들 수 있다. 즉 개인의 사적 공간인 정원에 만든 것이지만, 그것을 매개체로 하여 많은 지식인들과 관계를 맺었다. 석가산을 예로 들기는 했지만, 굳이 볼거리가 있어야만 하는 것은 아니다. 조선 후기 빼어난 정원으로 송석원松石園을 들 수 있다. 그것은 중인 출신의 이름난 시인 천수경(千壽慶, ?~1818)의 정원인데, 이곳에 장혼張混, 조수삼趙秀三, 차좌일車佐一, 김낙서金洛瑞, 박윤묵朴允默, 최북崔北, 김홍도金弘道 등 당대 최고의 예술가들이 드나들면서 교유하였다. 그 사이에서 좋은 예술 작품이 만들어졌던 것은 말할 나위가 없다.

그렇게 보면 정원은 단순히 개인의 비밀스러운 공간으로만 작동하는 것이라기보다는 세상의 많은 벗들을 자기 공간으로 끌고 들어와서 새로운 관계의 그물을 짜는 공간이다. 이를 통해서 당사자는 좁은 집안에 앉아 있으면서도 세계와 소통을 할 수 있었다. 물론 세도가들의 정원은 언제나 바깥에서 들어오는 사람들로 북적인다. 고려 후기에 최씨 정권이 국정을 농단할 때, 그들의 정원에는 당대의 문인재사들이 수없이 드나들었다. 그러나 거기에서 만들어지는 관계란 대체로 정치적 혹은 경제적 차원의 세속적 욕망으로 가득했다. 벼슬을 한 자리 얻기 위해, 혹은 무언가 청탁을 하기 위해, 그것이 아니라면 훗날 자신의 출셋길에 도움을 받기 위해 관계를 맺으러 오는 사람들로 넘쳐났다. 그런 상황에서 예술적 행위가 있었다 해도 과연 얼마나 좋은 작품이 만들어지고 얼마나 좋은 관계가 형성되었을까. 자신이 거처하는 사적 공간을 어떻게 만들어나갈 것인가 하는 문제는 상당 부분 나의 안목과 능력에 달린 것은 아닐까 싶다.

| 몸은 관청에 있으되 마음은 정원을 거니노라 |

사람 마음이라는 게 참 묘해서, 텅 빈 땅에 금만 그어놓아도 거기

에 얽매이는 듯한 느낌을 받을 때가 많다. 상고시대의 감옥은 땅에 금을 그어놓고 그 안에 두었다는 글을 읽은 적이 있다. 금을 긋는 행위도 그러한데, 하물며 담을 치는 것이야 말해 무엇하랴.

집을 짓고 나서 둘레를 담장으로 치는 순간 그 안쪽은 사적 공간으로 변한다. 낮은 담이든 높은 담이든, 돌로 쌓은 아름다운 담이든 싸리나무로 얼기설기 만들어놓은 누추한 담이든, 그것은 나의 공간과 다른 공간을 나누는 경계를 만드는 역할을 한다. 사람들은 그 안쪽으로 들어갈 때 주인의 허락을 받아야 하고, 되도록 그곳을 침범하지 않으려고 애를 쓴다. 그만큼 담장 안쪽은 개인의 삶이 보호받는 곳이다.

범박한 차원에서 간단히 생각할 때, 담 안쪽은 크게 두 가지 기능을 가지는 것이 아닐까 싶다. 하나는 주거 공간으로서의 역할일 것이고, 다른 하나는 휴식 공간으로서의 역할일 것이다. 주거 공간은 건물을 지어 비바람을 막고 온기와 냉기를 적절히 조절할 수 있도록 만들겠지만, 그 외의 공간은 대체로 휴식 공간으로 활용될 것이다. 주거와 휴식이 별개의 개념인가 하는 논란도 있을 것이다. 게다가 대청마루와 같은 공간은 주거와 휴식 공간의 복합적인 형태로 볼 수도 있을 것이다. 그러나 주거 기능이 주로 실생활과 연관되는 것이라면 휴식 기능은 문화적인 것과 연결시킬 수 있을 것이다. 그렇게 본다면 우리는 휴식 공간의 대표로 정원-뜰을 꼽을 수 있을 것이다. 아파트를 비롯한 대부분의 도시 생활은 주거와 휴식 공간이 하나로 통합되는 바람에 휴식을 취할 때 자연과 호흡할 수 있는 기회를 상실하였다.

땅기운을 받아 살아가는 것은 새로운 생명력을 느낄 수 있도록 다양한 경험과 기회를 제공한다. 평소에는 눈을 돌리지 못하던 수많은 생명들이 내 정원 안에 살고 있었다는 사실을 깨닫는 순간, 우리는 새로운 세계에 눈을 뜬다. 땅기운을 받지 못하고 회색빛 문명 속에 갇히면서 우리의 눈은 더 이상 자연을 바라보는 힘을 잃어갔다. 돌이켜보면 우리가 땅을 딛고 사는 시간이 하루에 얼마나 되겠는가. 도시를 벗어나 자연 속에서 살아가는 사람들조차 자동차의 도움을 받고 전기전자 문명의 혜택을 받는다. 더욱이 몸은 자연 속에 있지만 마음은 세상에 쏠려 있다면 자연 속에서 살아가는 것이 아니다.

아무리 한적한 생활을 누린다 해도 마음이 번뇌로 가득하면 그의 삶은 세속의 바쁜 삶을 살아가는 것과 같고, 아무리 바쁜 도시 생활을 한다 해도 그의 마음에 여유가 넘친다면 그의 삶은 유유자적 그 자체일 것이다. 도시라 한들 자연이 없을 것이며, 전원이라 한들 문명이 없을 것인가.

옥당 높은 곳은 세상 티끌 끊어져	玉堂高處絶塵埃
눈부신 날 맑은 바람 푸른 홰나무 흔든다.	白日淸風動綠槐
상관에게 한 번 읍한 뒤 종일토록 앉았노라니	一揖長官終日坐
새소리 들리는 뜰엔 이끼만 가득하다.	數聲啼鳥滿庭苔

—이색, 「절구絶句」, 『목은시고牧隱詩藁』 권3

고려 말 문신 목은牧隱 이색의 시에는 관리와 야인의 삶이 묘하게 혼효되어 있다. 옥당玉堂이란 임금에게 간언을 하는 관청이라 청요직淸要職으로 일컬어지기 때문에 그 마음의 견결함에 대한 자부심은 대단하다. 그가 옥당에 출근해서 하는 일이라고는 윗사람에게 출근 인사로 한 차례 읍을 한 뒤 종일토록 앉아 있기만 하는 것이다. 그 표현은 처리할 일이 아무 것도 없다는 뜻인데, 이것은 태평성대를 의미하는 경우가 많다. 임금에게 간언할 것이 아무 것도 없다는 의미이기 때문이다. 만약 시대가 어지러워서 아무리 간언을 해도 임금이 듣지 않아서 할 일이 없는 경우라면 당연히 벼슬을 그만두고 물러나야 마땅한 일이다. 그렇다고 해서 이색이 자신의 시대를 태평성대로 여겼는가 하는 문제는 별도로 따질 일이다.

여기서 이 시를 읽는 것은 속세의 티끌이 끊어진 곳에서 은거하고 있는 야인野人으로서의 삶이 보인다는 점 때문이다. '수성數聲'이라고 했으니 새소리가 많이 들리는 것은 아니다. 이따금 들리는 새소리는 작가가 앉아 있는 '옥당'이라는 관청을 순식간에 고요한 뜰로 만든다. 공무를 처리하느라 바쁘다면 그의 귀에 이따금 들리는 새소리가 들어올 리 만무하다. 게다가 뜰에는 이끼가 가득하다. 오가는 사람이 없다는 뜻이다. 관청에 어찌 오가는 사람이 없겠는가마는, 이런 식의 표현은 작가의 마음을 비유하는 경우로 보아야 할 것이다. 몸은 옥당에 있지만 마음은 새소리 들리는 정원의 고요함 속에 머물고 있다.

| 방안에서 우주로 나아가는 뜰 |

그렇지만 역시 근대 이전 지식인들에게 정원-뜰은 개인의 마음을 돌아보는 공간으로서 자주 나타난다. 이 경우 정원은 대체로 고요함의 이미지가 주를 이룬다. 앞서 살펴본 것처럼 정원을 매개로 세상과 관계를 맺고자 할 때에는 떠들썩함의 이미지가 나타나기도 한다. 물론 그 경우에도 우아함 혹은 문화적 토대를 전제로 한 교유가 주를 이룬다. 사람들 사이의 교유 문제가 글의 이면에 스며 있기 때문에 동적인 이미지나 약간의 흥성스러움을 동반하기 일쑤다. 그러나 개인적 공간을 강조하면서 정원을 소재로 삼을 경우에는 기본적으로 고요함을 기조로 하여 작품이 구성된다.

개인적 공간으로서의 정원은 '나'만의 공간이기 때문에 속세와 인연이 얼마나 끊어졌는가를 강조하는 것이 중요하다. 속세와 절연을 강조함으로써 자신이 위치한 정원이 얼마나 순수하고 고결한 곳인가를 자연스럽게 드러낼 수 있기 때문이다. 번잡한 세상을 벗어나 자기만의 공간으로 들어가는 것은 지나치게 소극적이라는 비판을 받을 여지도 있지만, 자신의 뜻을 실현할 수 없는 현실에 대한 의견 표명일 수도 있다.

정원 안에서 자적自適하는 생활이 반드시 자발적인 것만은 아니다. 벼슬에서 쫓겨나서, 혹은 관직 생활을 지속하기 어려운 상황을 만나서 물러나는 경우도 많다. 그렇다 해도 정원을 거닐며 이런저런 생각을 표현하는 것은 자발성 여부에 관계없이 비슷한 양상을 보인다. 권근權近의 작품을 읽어보자.

정원은 고요하고 섬돌엔 이끼 가득   庭園寥寥滿砌苔

유인은 비를 보며 시상을 펼친다.   幽人看雨暢詩懷

해 길어진 문밖엔 봄 진흙 매끄러워   日長門外春泥滑

처마 끝엔 제비만 날아오누나.   唯有簷前燕子來

—권근, 「비 속에서雨中有感」, 『양촌집陽村集』 권4

찾아오는 사람 하나 없는 고요한 뜰, 웃자란 이끼가 가득한 섬돌, 은거하여 살아가고 있는 선비[幽人], 소리 없이 내리는 가랑비 등이 따뜻한 봄날의 이미지와 어울려서 공간의 내밀함을 형성한다. 들리는 것이라고는 처마 밑 제비들의 지저귐뿐이다. 새로운 생명의 사이클이 시작되는 순간의 감흥을 시회詩懷로 풀어내면서 글자를 매만지고 있는 작자의 모습은 정원이 가지는 개인적 공간으로서의 역할을 유감없이 드러낸다. 봄비가 내린 탓에 문밖의 진흙은 적당히 매끄럽다. 이 진흙을 제비가 물어다가 집을 짓는다. 제비의 행위조차 밖에서 안으로 향하면서 자신의 공간을 만들고 있는 것이다.

이렇게 개인의 내밀함을 내포하고 있는 공간이 정원이라면, 그 정원을 삶의 중심 터전으로 삼고 있는 사람에게는 이 공간이 우주를 구성하는 출발점이자 핵심이다. 정원의 변화를 통해서 계절의 변화와 함께 우주의 변화를 감지한다. 몸은 비록 좁은 공간 속에서 살아가고 있지만 그의 마음은 천하와 함께 한다. 그렇지만 이러한 경지를 저절로 터득하는 것은 아니다. 평범함과 깨달음 사이의 거리가 상상할 수 없을 만큼 크다는 것이야 누구나 알고 있지만, 그 경지를 몸과 마음으로 체현하는 것은 다른 차원의 문제다. 오랜 기간의 수련과 공부가 있어야 가능하다.

정원이 개인의 사적 공간에서 우주적 공간으로 무한 확장하기 위해서는 바로 평범함에서 깨달음으로 나아가는 한 개인의 공부가 전제되어 있어야 한다. 이 공간이 때로는 수양의 장소처럼 그려지는 것은 바로 이 때문이다.

사립문은 한가로이 푸른 시내를 향해 열려 있고　柴扉閑向碧溪開
텅 빈 뜰에 늙은 솔, 달이 절로 찾아온다.　松老庭空月自來
밝은 창 홀로 마주하여 책을 펼치니　獨對明窓舒卷秩
아름답게 성현 공부 성취하려 함일세.　斐然要就聖賢裁

─정온鄭蘊, 「서당에서 읊다書堂偶吟」, 『동계집桐溪集』 권1

이 작품에서도 정원의 이미지는 텅 비어 있음, 한가함, 깨끗함 등으로 구성되어 있다. 어떤 속취俗趣도 허용하지 않을 듯한 정온 (1569~1641)의 정원은 소박하면서도 조촐한 사물 몇 가지만이 제시되어 있다. 그의 표현대로 '뜰은 텅 비어[庭空] 있다. 그런 곳에서 작자의 행위는 성현의 책을 펼치고 그 경지에 도달하고자 하는 소망이 표현되어 있다. 사립문이 푸른 시내를 향해 열려 있어서 언제나 맑고 깨끗한 자연을 정원 안으로 끌어들이는 것처럼, 밝은 창 앞에 혼자 앉아 책을 열어젖힘으로써 성현의 경지를 자신의 마음 경계까지 끌어들이고자 하는 작자의 소망이 아름답게 느껴진다.

서당의 방안에서 정원으로 향하는 그의 시선은 좁은 방에서 우주를 향해 나아가는 구조를 취한다. 그것은 전통적으로 선비들이 가지고 있었던 것처럼, 혹은 노장적老莊的 사유에서 흔히 등장하는 것처럼, 몸은 좁고 궁벽한 곳에 처해 있지만 마음은 우주와 함께 노니는 정신 경계를 의미한다. 사람에 따라 약간의 편차는 있겠지만 찾아오는 사람 없는 방안에서 고요한 밤에 책을 퍼드는 이미지는 달밤이 가지는 맑고 고요한 느낌과 어울려 서정적 자아의 정신적 고결함을 드러내는 것에 적격이다. 담으로 내외內外가 구분되어 있는 내밀한 공간을 넘어, 푸른 시내를 향해 열려 있는 그의 사립문은 어쩌면 우주의 고요함과 하나가 되기 위한 장치일지도 모르겠다.

정담으로 밤은 깊어가고

오랜만에 친지들이 모여 정원 잔디밭에 자리를 깔고 내키는 대로 앉았다. 아이들은 저마다 이리저리 뛰놀고, 어른들은 모여서 정담을 나눈다. 서로 가져온 음식을 풀어놓고 우리가 준비한 음식을 함께 차리니 특별한 반찬은 없어도 진수성찬이 따로 없다.

담장 안쪽이 사적 공간이라고는 하지만 그것이 편안한 마음을 느끼게 하는 이유는 가족들이 함께 살아가고 있기 때문이다. 사촌들이 놀러 오면 아이는 자신이 심어서 싹을 틔운 작은 채마밭 앞으로 가서 자랑하기에 여념이 없다. 괜히 잡초도 뽑고 물도 주면서 자신이 이 생명들을 싹 틔우는 데에 얼마나 기여했는가를 은근히 뽐낸다.

철 따라 정원의 풀들은 그 나름의 일생을 우리에게 보여준다. 인간사에 바쁘면 결코 만날 수 없는 그들의 일생은, 다시 내 삶을 돌아보는 좋은 스승으로서의 역할을 한다. 봄날의 폭설을 뚫고 솟아나던 민들레의 노란 꽃잎이며, 뽀얀 솜털과 함께 머리를 내밀던 쑥더미들, 우박 섞어 치던 날 눈발처럼 날리던 담장 옆의 벚꽃들, 그리고 내가 미처 알지 못했던 이름 모를 풀들이 만들어낸 봄날의 향연을 어찌 잊을 것인가. 나는 어째서 해마다 열리던 이 성대한 자연의 잔치를 무심히 지나쳤던 것인가.

음식이 줄어들수록 정담은 짙어간다. 아이들의 떠들썩한 소리도 바람을 따라 뜰 여기저기를 돌아다닌다. '열친척지정화(悅親戚之情話, 도연명陶淵明의 〈귀거래사歸去來辭〉 중에서)'라더니, 정말 친척들의 정겨운 이야기에 마음이 흐뭇하다. 개인과 세상의 경계, 사적 공간과 공적 공간의 경계, 수양과 실천의 경계에서, 나는 뜰을 거닐며 상념에 잠긴다. 문득 권상하의 시 한 편이 마음을 울린다.

모든 산 쌓인 눈 속의 병든 늙은이	積雪千山一病翁
인간 세상 온갖 일이 모두 텅 비었다.	人間萬事摠成空
다만 바라노니, 봄이 오면 형제들 모여	只願春來兄弟會
뜰 가득한 꽃과 나무들 속에서 봄바람에 취하기를.	滿庭花樹醉春風

— 권상하權尙夏, 「봄날의 축원春祝」, 『한수재집寒水齋集』 권1

대나무 향기 속에서

아무리 무거운 눈을 머리에 이고 대나무가 휘어졌다 해도, 눈이 녹으면 다시 곧게 하늘을 향해 허리를 편다. 외물外物에 의해 휘어짐은 잠시의 일이고, 곧게 서서 푸른빛을 드러내는 것은 평소의 모습이다. 우리의 삶도 그와 같아서, 세상이 나를 힘들게 할 때 잠시 휘어질지언정 평소의 모습은 곧고 싶다. 평생 이루지 못한 중생의 꿈이라 비웃어도, 나는 그런 모습을 꿈꾼다.

대숲 짙은 그늘 속에서
세월이 가네

疎竹

|대나무 숲 그늘|

오래 전부터 대나무를 길러보고 싶었다. 어린 시절 내가 자란 집이 대나무 숲에 둘러싸여서 사시사철 친한 벗처럼 지냈기 때문일지도 모른다. 어떤 나무든 친하게 지내서 좋지 않은 것이 있으랴만, 대나무는 낮이나 밤이나, 여름이나 겨울이나, 늘 좋다. 윤선도尹善道가 자신의 벗 다섯을 골라 「오우가五友歌」라는 연시조를 지으면서 대나무를 꼽은 것도 허투루 보이지 않는다. 겨울에도 푸른빛을 잃지 않고, 언제나 꼿꼿한 모습을 자랑하는 대나무에서 선비들의 절의를 읽어내는 것도 그다지 나쁘지는 않다. 그렇지만 대나무 숲에서 어린 시절을 보낸 나로서는 그 상징적 의미 이전에 느낌으로 대나무를 받아들였던 것이다. 바람이 불면 서걱이는 나뭇잎 소리가 좋았고, 여름이면 대숲에서 불어오는 시원한 바람이 좋았으며, 겨울에는 눈이 쌓여 휘어졌던 대나무들이 온몸의 눈을 털며 일어서는 모습이 기지개를 켜는 것 같아서 좋았다.

몇 해 전, 친구가 대나무를 심은 화분 하나를 선물해주었다. 노상 대나무를 입에 달고 사는 나를 생각해서, 자신이 기르던 대나무를 분갈이하면서 내게 분양을 해 준 것이다. 검은 윤기 자르르 흐르는 오죽이었다. 다행히 잘 자라서 이제는 큰 화분을 가득 채우며 그늘을 드리우기도 하고, 창문을 열고 그 옆에 놓아둘라치면 스미는 바람에 서걱이는 잎새가 제법 대나무로서 품격을 보인다.

감각적으로 받아들이던 대나무가 처음으로 새롭게 보인 것은 아마도 『채근담菜根譚』을 읽던 시절이었을 것이다. 중학교에서 윤선도의 「오우가」를 배우기는 했지만, 그 작품의 대나무는 그냥 학습의 대상일 뿐이었으니 내 눈에 들어올 리 만무였다. 대나무가 내 마음에 문화적 그늘을 드리운 것은 『채근담』의 한 구절 때문이었다.

성긴 대숲으로 바람이 불어오지만, 그 바람이 지나가면 대숲엔 아무 소리도 담지 않는다. 기러기가 차가운 못을 지나가지만, 기러기가 지나가면 못에는 어떤 그림자도 남지 않는다. 그러므로 군자는 일이 생기면 마음이 비로소 나타나고 일이 사라지면 마음도 그를 따라 텅 비게 된다.[1]

이 글은 군자의 마음공부에 대한 것이다. 그렇지만 열 몇 살쯤

먹은 어린 사내아이의 눈에 군자의 수양이 들어올 리 없다. 당시 나는 이 구절을 읽으면서 대숲에 눈길이 먼저 갔다. 늘 집 주변에서 뒤란을 호위하듯 서있는 대숲을 이렇게 가슴 서늘한 느낌으로 담을 수 있는 글이 있다는 사실에 놀랐다. 집 뒤란의 대숲은 그렇게 내 삶 속으로 들어와 짙은 그늘을 드리웠다.

| 비온 후의 죽순 |

비가 내리면 언제나 작은 죽순들이 뾰족뾰족 머리를 내밀었다. 죽순이 언제 크는지 눈여겨본 적은 없다. 그러나 뾰족한 머리를 내밀었다 싶으면 벌써 내 키만큼 훌쩍 자라 있었다. 아이들 자라는 걸 '비 온 뒤 죽순 자라듯 [雨後竹筍]' 한다는 표현이 실감난다. 야들야들한 죽순이 식용으로도 쓰인다는 걸 안 것은 한참 뒤의 일이었다. 우리 동네에서는 죽순을 요리해 먹는 일이 없었던 탓이다. 죽순이 그리 굵지도 않았지만, 바쁘게 놀러 다니는 아이들의 눈에 죽순이 자라는 게 들어올 까닭이 없었다.

울창한 대숲은 한낮에도 어둑하다. 약간은 습기를 머금어 축축한 땅과 이리저리 얽혀서 자라는 단단한 마디의 대나무 뿌리가 묘한 느낌을 자아낸다. 이따금씩 독사 같은 것들도 있어서, 우리는 낚

---

1) 風來疎竹, 風過而竹不留聲; 雁度寒潭, 雁去而潭不留影. 故君子, 事來而心始現; 事去而心隨空.
　(홍자성洪自誠, 『채근담』前集, 제82장)

싯대나 대나무 빗자루가 필요한 때처럼 특별한 경우가 아니면 대숲으로 들어갈 일이 없었다. 그러니 죽순이 자라거나 말거나 우리가 신경을 쓸 여유는 없었다. 대숲 어귀에 나지막이 서있는 앵두나무 덕분에 죽순이 머리를 내미는 품을 구경하곤 했을 뿐이다.

딱히 어린 시절의 경험과 맞아 떨어지는 것은 아니지만, 19세기 관료문인인 남병철(南秉哲, 호는 규재圭齋)의 작품을 보면 그가 묘사하고 있는 정경이 어린 시절 우리 집과 비슷하다는 걸 느낀다.

> 종일토록 빗소리에 사립문 닫고 지내니　　　　雨聲終日掩柴門
> 빗물은 섬돌과 뜰 침식하고 풀은 뿌리 드러냈다.　水齧階庭草露根
> 정원지기는 요즘 얼마나 집안 가꾸는가　　　　園史近來修幾許
> 앵두는 열매 맺고 대나무는 죽순 올리는걸.　　櫻桃結子竹生孫
>
> ─남병철, 「하일우음夏日偶吟」

남병철은 대숲으로 둘러싸인 검박한 집에서 은거하고 있거나 쉬고 있는 중일 것이다. 종일 비가 내리니 찾아오는 사람도 없다. 사립문을 열 필요도 당연히 없다. 열없이 문 밖을 내다보면 오직 비만 내린다. 장마처럼 종일 내리는 비. 빗물이 흘러 섬돌을 적시고 섬돌 모서리를 타고 내려가며 홈을 만든다. '설齧'은 이빨로 물어뜯은 것처럼 들쭉날쭉 삐죽빼죽 침식을 당했다는 의미로 사용한 글자다. 뜰에도 이리저리 빗물의 흔적이 엇갈린다. 그 서슬에 풀은 뿌리를 드러내며 온몸으로 비를 맞는다. 서정적 자아의 시선은 빗물에서 섬돌로, 뜰로, 다시 작은 풀뿌리로 옮겨가면서 세밀한 관찰을 한다. 그 관찰을 통해서 우리는 서정적 자아가 얼마나 무료하게 혹은 일없이 세월을 보내고 있는지, 그 한가함의 깊이가 어느 정도인지를 짐작한다.

그와 같은 무료함 혹은 한가함이 집 주변을 꼼꼼히 돌아보게 만드는 계기다. 몸과 마음이 바쁜 사람에게는 주변의 어떤 변화도 눈에 들어오질 않는 법이다. 집안을 돌보는 하인이 분명 있을 터인데, 이토록 빠른 자연의 변화에도 불구하고 손질을 한 태가 나질 않는다는 것을 남병철은 즉시 알아차린다. 앵두 열매가 붉게 달리고 죽순도 쑥쑥 올라오는데, 도대체 정원을 손질한 흔적은 거의 보이지 않으니 이게 웬일이냐는 것이다.

일없이 한가로운 모습을 작품 속에 드러내는 것은 때때로 관습적 비유에서 비롯하는 것인지도 모르겠다. 사립문을 닫고 하루 종일 인기척 하나 없는 집 안에서 보낸다는 것은, 서정적 자아가 짐짓 실의에 빠진 선비의 모습을 가장하고 있지만 사실은 세속적 권력에 그리 관심이 없다는 것을 노골적으로 드러내는 하나의 방편이다. 그런 점에서 앞서 예로 들었던 남병철의 작품을 보아야 한다. 그가 사립문 달린 작은 집에서 산다면 '정원지기[園史]'가 있기는 어려울 것이다. 정원 손질을 맡길 정도의 하인이 있다는 것에서도 그 집의 하인이 한둘이 아니라는 점을 충분히 눈치챌 수 있다.

은거한 도인의 이미지는 기대승(奇大升, 1527~1572)의 작품에서도 보인다.

쓸쓸한 담 안,	蕭然環堵裏
주렴 걷지도 않고 궤안에 기대앉았다.	隱几不褰簾
꿀 만드느라 벌들은 자리에 요란하고	養蜜蜂喧坐
둥지 다투느라 제비는 처마에서 떨어진다.	爭巢鷰落簷
시표詩瓢²⁾는 산비에 젖고	詩瓢山雨瀑
도가서道家書는 들판 안개에 맛이 더하다.	道帙野煙添
눈 가득 붉던 꽃 다 지자	滿目紅芳盡
섬돌 앞 죽순이 뾰족 솟는다.	階前錦籜尖

―기대승, 「유거잡영幽居雜詠」, 『고봉집』 속집 권1

이 작품은 고요함과 움직임의 이미지가 교차되면서 구성되었다.
쓸쓸한 담 안 방안에 아무 것도 하지 않고 들어앉아 있는 자아의 모
습, 벌과 제비들의 부산스러운 모습, 시 원고와 도가서적의 고요함,
떨어지는 꽃과 솟아오르는 죽순을 통해서 정적 이미지와 동적 이미
지를 교차시켰다.

쓸쓸한 집 방안에서 홀로 궤안几案에 기대어 앉아 있는 모습은 다

---

2) 『당시기사唐詩紀事』 「당구唐球」 조에 나오는 말로, 시고詩稿를 넣어두는 상자나 그릇을 말한
다. 당구는 촉蜀 지방에 은거하는 방외지사方外之士였다. 그는 시를 지어서 어느 정도 원만한
수준이 되었다고 생각이 되면 큰 표주박에 넣어두곤 하였다. 훗날 병이 들자 그 표주박을 강에
던지면서, "이 글이 물에 잠기지 않는다면 누군가가 건져서 보고는 내 마음을 알아줄 것이다"
라고 했다. 누군가가 시고를 건져서 꺼내보고는 당구의 글이라는 것을 알았다고 한다. 이후부
터 '시표'는 시고 넣어두는 상자를 의미하게 되었다고 한다.

분히 폐쇄적인 느낌을 던진다. 그러나 수련(首聯, 율시의 1~2구)의 이미지는 경련(頸聯, 율시의 5~6구)의 언급과 만나면서 단순한 칩거가 아니라는 점을 보인다. 시 원고가 산비(山雨)에 젖어 감각적 풍경을 연출하고, 도가류의 서적은 들판 안개에 싸여 그 맛이 더해진다는 말 속에서 말로는 형용할 수 없는 신비스러운 우주의 운행을 연상하게 한다. 함련(율시의 3~4구)의 벌과 제비의 분주한 모습이 미련(율시의 7~8구)에 보이는 마지막 구절에서 새로운 힘의 약동으로 이어진다. 벌과 제비의 분주함 속에 붉은 꽃이 다 지면서 봄이 갔다. 계절의 변화는 단순히 아름다운 꽃 시절의 소멸만을 의미하는 것이 아니다. 섬돌 앞 뾰족한 죽순이 새로운 탄생을 보이면서 우주 운행의 새로운 계기로 작동한다.

도인(道人)의 고요함과 천지만물의 떠들썩함은 동(動)과 정(靜), 음(陰)과 양(陽)의 반복과 조화 속에 끝없는 생명의 연속선을 그리는 힘이라는 것을 느끼게 한다. 우주의 고요함과 우주를 구성하고 있는 사물들의 떠들썩함이 시인의 눈앞에서 교차하고 있다. 고요함 속에 움직임이 있고, 움직임 속에 고요함이 있다는 것을 암묵적으로 그려낸다. 그럴 때 죽순이란 어떤 의미를 지니는 것일까. 아마도 우주를 향해 무한히 뻗어 오르는 생명의 약동일 것이며, 작가의 마음속에 지니고 있을 인간 생명의 약동일 것이며, 작가와 우주 사이의 합일을 경험하는 순간일 것이다. 그것이 죽순의 뾰족하고 작은 모습으로 드러난 것일 터이다.

여름이 가면 어느 날 갑자기 기온이 뚝 떨어진다. 반팔 옷으로는
아침저녁 나절을 견디기 어렵다. 서늘한 가을이 찾아온 것이다. 괜
히 떨어지는 낙엽에도 마음이 가라앉는다. 몸이 서늘하면 마음도
서늘해지는 것일까?

마음이 서늘하면 한여름 염천에도 서늘함을 느낀다. 글 읽는 사
람에게 서늘함이란 아마도 그런 의미가 아닐까 싶다. 그렇지만 하
루를 번뇌 속에서 살아가는 우리 중생들에게 그 경지를 요구하는
것은 아무래도 무리다. 삶의 고비마다 번뇌가 만드는 뜨거운 열기
로 언제나 펄펄 끓는 이 마음으로, 어찌 서늘한 경계를 짐작이나 하
겠는가.

서늘한 가을을 지나 추운 겨울이 되면 대숲은 새로운 풍경을 만
들어낸다. 방문을 닫고 겨울밤을 지내노라면 대숲은 언제나 서로
다른 소리를 전해주곤 했다. 겨울바람이 불어오면 대숲은 온통 허
공을 쓸어대는 댓잎 소리로 가득했고, 싸락눈이라도 내릴라치면 고
운체로 밀가루를 치듯이 소리 없는 가운데서도 사르락거리는 소리
를 몰래 전해주곤 했다. 어린 시절 내 귀에는 제대로 들리지 않았지
만, 옆에서 말없이 삼을 삼던 할머니의 귀에는 정확히 들리곤 했던
모양이다.

그렇지만 내 어린 시절의 기억 속에 있는 겨울 대숲은 언제나 눈
을 뒤집어쓴 채다. 싸락눈이 아니라 함박눈이 펑펑 내린 날 밤이면,

게다가 눈이 그치고 보름달이라도 두둥실 떠오른 날이면, 대숲은 정말 환상적인 모습으로 변했다. 뒷문을 열면 장독대 너머로 보이는 대나무들의 반짝임. 흰 옥으로 만든 지팡이 같은 모습이었다. 바람이 없으면 어떤 소리도 들리지 않는 숲속은, 달빛과 흰 눈의 반짝임 때문에 속속들이 보일 것만 같았다. 한참을 보고 있으면 대숲 안쪽으로 눈의 무게를 견디지 못하고 땅바닥까지 휘어진 대나무들도 보였다. 일직선으로 쭉 뻗은 대나무들 사이로 이따금씩 휘어진 선들은 묘한 느낌을 자아냈다.

눈 맞은 대나무 들쭉날쭉 눌려 있는 저 줄기들	雪竹參差壓萬竿
간 밤 비에 섞여 옥玉 같은 가지 망가졌다.	夜來和雨敗琅玗
내일 아침 갠 뒤엔 다시 일어나겠지만	明朝霽後應還起
부러진 채 서로 기댄 모습 차마 볼 수 있으랴.	拗折相扶可忍看

—김시습金時習, 「눈 속의 대나무雪竹」, 『매월당집梅月堂集』 권12

　사물을 보는 시선에는 자기도 모르는 사이에 내 삶이 담기게 되는 모양이다. 젊은 시절의 꿈을 피워보지도 못한 채 방랑의 길을 나서야만 했던 김시습으로서는 눈에 맞은 대나무를 보는 시선도 예사롭지 않다. 이 작품은 경주 금오산에 은거하던 시절에 지은 것이다. 세조의 왕위 찬탈 사건 이후 한 차례 긴 방랑을 거친 뒤, 금오산에 은거한 그로서는 세상을 바라보는 마음이 편치 않았다.
　그의 은거가 절의 정신을 상징하는 것으로 알려져, 후대의 수많은 선비들에게 칭송과 앙모의 대상이 되어왔다. 그렇지만 나는 그의 절의로운 은거가 가슴 아플 때가 많았다. 그의 작품을 읽을 때마다 느껴지는 것은 더러운 세상에 대한 서슬 퍼런 절개보다는 가슴 아픈 기억 속에서 사물을 섬세하게 느끼고 묘사하는 듯한 생각이 들곤 했기 때문이다. 우리가 대나무에서 절의를 읽고 그 꼿꼿한 정신을 읽은 것은, 어쩌면 중고등학교에서 학습한 내용 때문일지도 모른다. 대나무의 절의가 사은유死隱喩라는 걸 뻔히 알면서도 여전히 대나무의 곧은 모습에 눈길이 머무는 것은 세월을 넘어서 많은 사람들이 비슷한 감흥을 일으키는 탓이 아니겠는가. 더욱이 근대 이전 한문학의 세례 속에서 문화적 토대를 만들었던 김시습에게 대나무의 곧은 모습은 자신의 모습을 투영하기에 적절한 시적 상관물이었을 것이다.

사시장철 곧은 모습과 푸른 잎새로 살아가는 대나무가, 어느 날 내린 눈에 덮이더니 급기야는 비까지 내렸다. 눈의 무게도 만만치 않아서 대나무가 휘었을 텐데, 비가 내려서 눈이 물기를 머금자 그 무게는 몇 배나 더해졌다. 그 중 약한 놈은 당연히 부러지기도 했을 것이다. 김시습은 부러진 대나무들이 지친 몸을 서로 기대며 겨우 서있는 모습을 주목한다. 그냥 우연히 눈에 들어왔을 뿐인 이 풍경이, 어느새 김시습의 가슴 아픈 생애와 겹쳐서 읽힌다. 세조의 폭압적인 정치 현실을 눈으로 본다면, 눈의 무게에 꺾인 대나무는 김시습 자신이 아닐까 싶었다. 자신의 가련한 삶을 조상弔喪하는 느낌은 이 작품의 의미를 다시 새기게 했다.

김시습이 정말 내가 느낀 의미를 염두에 두고 시를 지었는지는 분명치 않다. 그러나 스치는 시간의 한 조각을 포착하여 정제된 작품으로 만들었을 때에는 그의 심사가 그리 단순하지는 않았을 것이다. 순간적으로 흔들리는 그의 눈동자를 본 것 같은 느낌도 그냥 착각에 불과한 것이었을까.

아무리 무거운 눈을 머리에 이고 대나무가 휘어졌다 해도, 눈이 녹으면 다시 곧게 하늘을 향해 허리를 편다. 외물外物에 의해 휘어짐은 잠시의 일이고, 곧게 서서 푸른빛을 드러내는 것은 평소의 모습이다. 우리의 삶도 그와 같아서, 세상이 나를 힘들게 할 때 잠시 휘어질지언정 평소의 모습은 곧고 싶다. 평생 이루지 못한 중생의 꿈이라 비웃어도, 나는 그런 모습을 꿈꾼다. 그런데 김시습의 작품이 가슴 아프게 다가오는 것은, 대나무를 덮은 눈에 비가 내려 결국은 부러진 모습으로 그려져 있기 때문이다. 다시는 곧게 허리를 펼 기회가 없다는, 허리가 우지끈 부러진 대나무에서 김시습은 자신의 모습을 본 것은 아닐까.

| 가슴에 대숲을 품고 |

느낌으로 받아들인 대나무가 어느 날 깊은 울림으로 내게 들어오자 나는 대숲이 그저 눈에 보이는 대숲과는 다르다는 걸 알았다. 대숲의 소리를 귀로 듣는 것이 아니라 마음으로 듣는 것, 그것은 내가 읽는 책의 종류가 바뀌는 것에 비례하는 것 같았다. 봄볕 따뜻한

마당에서 보는 대숲과 소나기 쏟아지는 여름날 문을 열고 바라보는 대숲, 가을의 음산한 바람이 부는 저녁에 마주하는 대숲이며 눈을 덮고 달빛 가득 품고 있는 대숲은 오랫동안 내 가슴 한 귀퉁이에서 서성거리고 있었다. 도시 생활을 하는 동안 나는 그 느낌을 아득히 잊고 살았다.

내 방에 작은 대나무 화분이 그 느낌을 되살린 것은 아마도 내 가슴속에 들어와 그늘을 드리웠던 대숲이 있었기에 가능했을 것이다. 나도 모르는 사이에 대숲이 드리운 그늘은 짙고 깊었다. 그 그늘 밑에서 나는 책을 읽고 글을 쓰고 누워서 쉬고 잠을 잤던 것이다. 그렇게 내 가슴의 그늘을 발견하는 순간, 알 수 없는 서늘함이 저 밑에서 솟아오르는 듯했다. 내가 찾던 서늘함의 실마리를 잡은 듯한 느낌이 들었고, 나와 함께 살고 있는 대나무를 화두 삼아 지금 걷고 있는 삶의 자리를 짚어보고 싶었다.

오죽의 검은 빛은 처음부터 우러나오는 것이 아니다. 죽순이 올라와서 위로 뻗기 시작할 때면 대나무 줄기는 푸른빛이다. 이듬해가 되어서야 비로소 윤기 흐르는 검은빛을 완연히 보인다. 지금 나는 푸른빛 미투리를 신고 천천히 걸어가고 있다. 가슴속 대숲 그늘이 온몸을 덮을 때, 혹시 아는가, 푸른빛 미투리가 윤기 나는 검은빛으로 바뀔 줄을.

은거의 즐거움

자발적 은거부터 비자발적 은거에 이르기까지, 거기에는 숨어 사는 사람의 숫자만큼 많은 사연이 깃들어 있다. 때로는 풍류로, 때로는 눈물로, 때로는 원망으로 드러나는 삶이지만, 숨어사는 사람들에게 상대항은 사람들의 욕망으로 가득한 속세다. 속세와 은거지 사이의 거리는 심리적인 것이지만 그 사이를 메우는 수많은 사연은 참으로 다채롭다.

숨어서 사는 사연

間
情

| 그곳에 무슨 즐거움이 있는 것일까 |

문득 여행을 떠나고 싶은 날이 있다. 딱히 이유를 알 수는 없지만, 내가 매일 마주하는 일상에서 벗어나고 싶을 때 우리는 여행을 떠올린다. 그러나 바쁜 일상에 매인 우리가 언제든 여행을 갈 수 있는 호사를 누린다는 것은 언감생심이다. 벼르고 벼른 끝에 겨우 시간을 내서 하는 당일치기 여행이라도, 동네를 벗어나자마자 우리 마음은 그보다 먼저 먼 곳을 누비고 있다. 순간 가슴이 탁 트이는 듯한 느낌을 받곤 한다. 그것은 삶이 팍팍하면 할수록 정도가 심해지기 마련이다. 그 이면에 우리는 번잡한 현실에서 벗어나고 싶은 욕망이 자리하고 있다는 것도 잘 알고 있다.

어떤 때는 놀고먹는 것이 내 꿈인 듯도 하지만, 마냥 노는 것에도 늘 불안한 마음이 동반된다. 노동을 하지 않는 것을 불편하게 여기거나 심지어 악덕으로 취급하는 것은 사회가 우리를 세뇌시킨 결과일 수도 있지만, 무언가를 위해 끊임없이 움직이고 성취감을 만끽하고 싶은 마음을 생각하면 일하는 것이야말로 인간의 숙명인 듯도 하다. 그렇지만 그 일들이 매일 반복되어 지루함을 느낄 때쯤이면 그 굴레를 벗어나 새로운 길을 걸어보고 싶은 마음이 든다. 어쩌면 안주와 탈주 사이의 기묘한 긴장 관계가 우리 삶을 활기로 가득하게 만드는 것이 아닐까.

세상 어디엔들 긴장 없는 곳이 있으랴마는 그것을 즐기기보다 회피하고 싶은 마음이 먼저 드는 것은 어쩔 수 없다. 나아감과 물러남, 긴장과 이완, 성공과 실패, 이렇게 짝을 만들다 보면 나는 전자보다는 후자 쪽으로 마음이 간다. 삶이 노숙해지면서 20세 무렵의 에너지는 전혀 다른 종류의 기운으로 바뀌는 것 같다. 그러니 삶의 지향이나 생각 역시 달라질 수밖에.

사람들과 어울려서 지내는 즐거움도 있지만, 그들과 떨어져서 혼자 지내는 즐거움 역시 크다. 요즘 들어 나는 혼자서 멍하니 앉아 있는 시간을 즐기곤 한다. 책의 감옥에서 벗어나 어디에도 매이지 않는 마음의 여행을 즐기고 있는 것이다. 몸은 이곳에 매여 있으되 마음은 하염없이 먼 하늘을 헤매는 것은 말뿐인 귀거래歸去來와 다를 바 없다. 그 사이의 간극은 도저히 메울 길이 없다.

그것을 극복할 방도가 도저히 발견되지 않을 때 우리는 불현듯 모든 것을 던져버리고 아무도 모를 궁벽한 곳으로 은거하고 싶어진다. 해가 뜨면 일어나고 해가 지면 잠을 자는 삶, 사회의 구성원으로서 살아가던 모든 습벽을 버리고 원초적 인간의 모습을 드러내는 삶, 그것이야말로 완벽한 은거가 꿈꾸는 모습들 중의 하나가 아니겠는가.

> 사람은 이제 산골 집의 문을 닫고　　　　　人方掩幽戶
> 구름 또한 높은 봉우리로 돌아간다.　　　　雲亦返高岑
> 뱁새 쉬지 않고 날아가나니　　　　　　　　鷦鷯飛不息
> 저 숲속에 무슨 즐거움 있는 것일까.　　　　何樂在叢林
>
> ―김창흡金昌翕, 「갈역잡영葛驛雜詠」 제6수, 『삼연집三淵集』 권15

　깊은 산골 마을을 여행하던 김창흡의 눈에 마을의 풍경이 한눈에 들어온다. 산골이라 해가 빨리 진다. 어둠이 찾아오면 인적은 순식간에 끊긴다. 사람들은 이제 사립문을 닫고 하루를 마감한다. 때맞춰 구름도 산봉우리로 돌아온다. 산꼭대기에는 바위굴이 있는데, 아침이면 구름이 거기서 나와 온 하늘을 돌아다니다가 저녁이 되면 다시 그 굴 속으로 돌아간다는 말이 있다. 뱁새 또한 부산하게 움직이며 숲속 자신의 보금자리로 찾아든다. 저 작은 뱁새는 도대체 무슨 낙이 있어서 어둠 짙어지는 이 시간에 숲으로 드는 것일까. 그것은 찾아들 곳 하나 없이 떠도는 작자 자신의 처지와 대비되면서 묘한 울림을 낳는다.
　동시에 그는 이렇게 묻고 있다. 깊은 산골에 사는 저 사람들은 도대체 무슨 낙으로 여기서 살고 있을까. 나는 무슨 괴로움이 있어서, 저들처럼 한곳에 깃들지 못하고 이렇게 길 위를 떠돌고 있는 것일까. 문득 숨어 살고 싶은 욕망이 솟구친다. 나는 이곳에서 무슨 낙을 발견할 수 있을까.

| 숨어 살아야 하는 사연 |

평생을 학문 연마에 매진해 온 사람에게 숨어 산다고 하는 것은 쉽지 않은 선택이다. 자신의 공부를 세상에 시험해보고 싶은 욕망이야 누구에게나 있기 마련이다. 자발적으로 은거를 선택하는 사람이 드문 것은 아마도 그 때문이리라. 그러나 예나 지금이나 지식인들의 운명은 언제나 권력의 맞은편에 위치하게 되어 있다. 자신의 공부를 현실에 실현하기 위해 권력을 가까이 해야 하지만, 결코 권력에 영합해서는 안 된다. 자신에게 주어진 권력을 행사할 때에도 늘 반성적 사유를 작동해야만 한다. 그 권력이 사유화되지 않도록 주의하면서 언제나 현실과 학문의 거리를 점검해야 한다. 그러니 권력이 주는 달콤한 유혹을 비판적으로 받아 넘기며 절제된 이성으로 살아가야 할 일이다.

지식인의 운명을 무시하고 권력의 맛에 길들여지는 순간 그는 지식인으로서의 위치를 포기하고 추악한 권력자의 노릇을 하게 된다. 그러나 자신의 운명이 현실의 거대한 벽을 넘지 못할 경우 대부분 은거의 길을 택한다. 타의에 의한 은거다. 이럴 경우 은거하는 사람은 혼란스럽고 힘든 현실 속에서 고독과 싸운다.

바위들 사이로 미친 듯 흐르는 물줄기 산봉우리
울리니   狂奔疊石吼重巒
지척에서도 사람들 말소리 분간하기 어려워라.   人語難分咫尺間
세상 시비 홀연 내 귀에 들릴까 언제나 두려워   常恐是非聲到耳
짐짓 흐르는 물로 산을 온통 둘러막았다.   故教流水盡籠山

—최치원, 「가야산 독서당題伽倻山讀書堂」, 『고운집』 권1

   널리 알려진 최치원의 작품이다. 가야산에 독서당을 만들고 거
기서 살던 시절의 작품으로 보이니, 아마도 현실 정치에 실망한 뒤
가야산으로 은거한 시절에 지은 작품일 것이다. 홍류동紅流洞 계곡
의 크고 작은 바위 사이를 부딪치며 흘러내리는 물소리는 주변 경
관과 어울려 장관을 연출한다. 무심하고 한가한 여행객에게는 감탄
을 자아낼 만한 계곡이지만, 숨어 사는 최치원의 착잡한 마음에는
들어오지 않는다. 어린 나이에 중국으로 건너가 문명을 날리고, 고
국 신라로 돌아와 자신의 뜻을 펴고 싶었다. 그러나 신라는 최치원
을 품어줄 만큼 넓은 나라가 아니었다. 자신의 포부를 담아 정책을
건의했지만 실현될 가능성은 전혀 없었다. 신라의 지식인 사회는
최치원이 은거하도록 등을 떠밀었다. 타의에 의한 은거다.
   아무리 아름다운 경관이 있으면 뭐하나, 정작 자기 가슴에 품었
던 뜻은 펴지 못하고 평생의 공부는 허사가 되고 말았는데. 마음에

들끓는 심사를 어쩔 수 없다. 자신의 눈은 부질없이 경주를 향하고, 자신의 귀에는 조정의 시비是非가 들려온다. 그렇지만 자신이 할 수 있는 일은 전혀 없다. 그러니 귀를 막고 산속에서 죽은 듯이 살아갈 수밖에. 저 우렁찬 물소리야말로 옳고 그름 따진다고 떠들어대는 세상 사람들의 소리를 막아주는 좋은 벗이다.

비자발적 은거의 가장 비극적인 형태는 아마도 유배가 아닐까 싶다. 모든 권력을 빼앗긴 채 굴욕과 곤고의 나날을 보내야만 하는 유배는, 훗날 유배 생활이 공식적으로 끝난 뒤에도 오랫동안 정신 적 상처를 남긴다. 정치적 변화에 따라 금세 해배解配되는 경우도 있지만 배소配所에서 죽음을 맞이하는 경우도 꽤 있다. 어쩔 수 없 는 이유 때문에 숨어 살아야만 한다면 정말 가슴 아픈 일은 무엇일 까. 부모나 처자식과의 생이별, 손안의 권력이 눈앞에서 사라질 때 느끼던 절망감, 행동할 수 있는 자유를 잃은 것, 세상의 온갖 쾌락 을 누리지 못하는 안타까움. 수많은 번뇌에 잠 못 이루는 밤은 얼마 나 될 것인가.

비 내려 깜깜하고 바람 우는데 산은 적막하고	雨暗風號山寂寂
하늘 흐려 달은 뵈지 않는 어둑한 밤.	天陰月黑夜沈沈
꿈 깨자 홀로 앉으니 근심은 끝없는데	夢闌獨坐愁無盡
새벽 알리는 닭소리는 만금 값어치.	報曉鷄聲直萬金

─유방선柳方善, 「밤중에 비바람이 몹시 쳐서 홀로 앉아 회포를 쓰다夜中風雨大作獨坐書懷」,
『태재집泰齋集』 권2

유방선(1388~1443)은 조선 초기의 문단을 쥐고 흔들었던 권근權近, 변계량卞季良 등에게 배워서 상당한 문명을 얻었으나, 그의 부친이 민무구閔無咎 사건에 연루되어 제주도로 유배될 때 함께 유배되어, 19년 동안이나 그곳에서 나오지 못하게 된다. 이후 풀려나서 강원도 원주 법천사에서 지내며 다시는 벼슬에 나아가지 않았다. 유방선의 문집이 갈래별로 편집되어 있어서, 위의 작품이 지어진 시기를 판단하기는 어렵다. 그러나 밤을 지새우는 그의 고뇌가 생생하게 전해진다.

꿈자리 어지러운 밤, 놀라서 일어나 보니 비바람 몰아치며 울부짖는 캄캄한 밤이다. 시간이 얼마나 되었을까. 다시 잠들 자신이 없다. 자리에서 일어나 홀로 앉아 있으려니 온갖 시름이 모여든다. 집 밖은 비바람으로 가득한 곳, 어쩌면 지금 살아가고 있는 이곳이 더 평온할지도 모르겠다. 한 발 밖으로 딛기도 어려운데 비바람까지 몰아치는 캄캄한 밤이다. 수심으로 가득한 시간은 언제나 견디기 괴롭다. 바로 그때 어디선가 비바람 울부짖는 어둠을 뚫고 새벽을 알리는 닭소리가 들린다. 얼마나 기쁜가. 이제 날이 밝으면 저 어둠도 사라질 것이고 그와 함께 시름도 사라질 것이다. 만금萬金에 값하는 닭소리다.

세상과 고립되어 혼자 지내면서 닥치는 가슴 아픈 일에 대해 앞에서 잠시 언급한 바 있다. 그러나 지식인으로서 가장 괴로운 일은 아마도 자신의 공부가 쓸모없어졌다는 열패감이 아닐까 싶다. 유방선은 다른 작품에서 그런 마음의 일단을 보인 적이 있다.

요즘 문 앞에 잡초도 뽑지 않았는데　　　　　門巷年來草不除

외로운 나무에 조각구름 걸리니 스님 거처 같아라.　片雲孤木似僧居

오랜 세월 들었던 버릇 모두 사라지고　　　　多生結習消磨盡

다만 가슴속에 만 권 책만 남았구나.　　　　只有胸中萬卷書

— 유방선, 「즉사卽事」 3수 중 제3수, 『태재집』 권2

　잡초 무성한 뜰, 외롭게 선 나무 우듬지에 걸린 조각구름은 풍경
만으로도 작가의 외로운 삶을 드러낸다. 인적 끊긴 지 오래 되었음
을 뜻하는 이미지를 통해 우리는 숨어 살고 있는 유방선의 삶을 짐
작한다. 게다가 오랜 세월 동안 사람들과 부대끼면서 살아왔던 습
성은 모두 사라지고 오직 남은 것은 가슴속에 들어 있는 '다만' 만
권 서책뿐이라고 했다. '다만'이라는 글자가 가슴에 깊은 울림을 던
진다. 이런 생활 속에서 도대체 공부란 어떤 의미가 있는 것일까.
자신이 해 왔던 공부로 도대체 무엇을 할 수 있단 말인가. 이런 생
각이 드는 순간 유방선의 절망은 깊이를 모르고 추락한다. 그 절망
을 유방선은 '다만'이라는 글자에 온전히 담고 있다.

　세상의 발걸음을 거부하고 혹은 세상의 끝자락으로 추방당하여
살아가는 사람들의 마음속에는 상반된 지향이 보인다. 어지럽게 떠
드는 사람들의 시비가 자신의 귀에 들려오지 않기를 바라면 바랄수
록 그의 귀는 세상을 향해 예민한 감각을 보인다. 정말 세속에 관심
을 완전히 끊었다면 시비가 들려오는 것을 막기 위해 우렁찬 시냇
물 소리를 이용할 필요도 없는 것 아니겠는가. 차라리 먼 곳으로 유

배되어 자신의 공부가 필요 없음을 깨닫고 끝없이 절망하는 유방선의 탄식이 훨씬 가슴에 와 닿는다.

┃ 숨어 사는 사람의 한가함 ┃

바쁠 때에는 언제나 한가함을 그리워하지만 한가하기 그지없을 때에는 바쁘게 일하던 때를 그리워한다. 그것은 쳇바퀴 같은 일상에 금세 싫증을 내는 인간의 마음 때문일 것이다. 가만히 생각해보면 우리가 어린 시절부터 공부하는 것은 자신의 포부를 실현해보고 싶은 욕망 때문일 것이다. 그 과정에서 돈과 명예도 따라온다. 근대 이전의 지식인들에게 공부를 하는 것은 관직 진출과 상당 부분 맞물려 있다. 그러니 가장 이상적인 것은 젊은 시절 공부를 해서 과거에 급제하여 관직에 진출하고, 관료로서 공을 크게 세워 태평성대를 만드는 데 힘을 보탠 뒤, 나이가 들면 은퇴하여 한가로운 노년을 즐기는 것이다. 『노자老子』에서 말하는 '공성신퇴功成身退'가 그것이다. 공이 이루어지면 물러난다는 뜻이다.

그렇지만 인간의 욕망은 자신이 공을 이루었노라 생각할 수 없게 한다. 굶주린 하이에나처럼, 끊임없이 무엇인가 새롭고 더 큰 것을 찾아 헤맨다. 돌아가서 쉬고 싶다는 마음을 하지 않는 것은 아니지만 그런 계기를 찾기 힘들다. 아주 짧은 순간 귀거래歸去來하고 싶은 마음이 들지만, 그순간을 이어서 자신의 삶을 실제 귀거래로 이끄는 것은 참으로 어렵다.

십 리 잔잔한 호수에 가랑비 지나는데   十里平湖細雨過

긴 젓대 한 소리 갈대꽃 저편에서 들려온다.   一聲長篴隔蘆花

금솥에서 음식 만들던 손으로   直將金鼎調羹手[1]

낚싯대 잡고 저물녘 모랫벌로 내려간다.   還把漁竿下晚沙

홑적삼 짧은 모자로 연못 돌아드니   單衫短帽繞池塘

건너편 언덕 수양버들은 저녁 서늘함 보내온다.   隔岸垂楊送晚涼

산책하다 돌아오니 산 위로 달 떠있고   散步歸來山月上

지팡이 끝엔 여전히 연꽃 향기 감돈다.   杖頭猶襲露荷香

—한종유韓宗愈, 「한양의 시골집漢陽村庄」, 『동문선』권21

　한종유(1287~1354, 호는 복재復齋)는 젊은 시절 방탕한 생활을 하기도
했지만, 재상이 되어서는 공명을 이루어 이름을 떨쳤다. 『견한잡록
遣閑雜錄』에 의하면 위의 작품은 그가 만년에 저자도楮子島로 물러나
한가롭게 지내는 동안 지어진 것으로 알려져 있다. 전체적으로 한
가함과 소박한 가운데 느긋한 풍류가 스며 있다. 잔잔한 호수에 스
치듯 내리는 가랑비, 갈대꽃 저쪽에서 들려오는 피리 소리, 홑적삼
입은 시골 노인의 낚싯대, 푸른빛 슬며시 드러내는 수양버들, 산 위
로 뜬 달과 그윽한 연꽃 향기 등의 이미지는 서정적 자아의 삶이 얼

---

1) '금솥에서 음식을 조리하던 사람'은 천자를 도와 천하를 다스리던 재상을 의미한다.

마나 평화로운지 느끼게 한다. 개성의 복잡한 정치 현실을 벗어나 한강 저자도로 은거한 그의 삶은 이미 재상으로서 능력을 한껏 발휘한 뒤에 얻은 것이라서 더욱 빛난다. 애초부터 시골에 살던 노인이 아니라 최고의 관직에 올랐다가 스스로 은퇴한 뒤 선택한 삶이기에 사람들의 눈길을 더 끈다.

시간은 언제나 우리 편이 아니다. 시간은 우리 삶을 조금씩 갉아 먹으며 언젠가는 다가올 죽음을 예고한다. 천하를 울리던 영웅도 결국은 북망산에 작은 터만을 차지할 뿐이다. 그것마저도 시간은 용납하지 않는다. 세월이 흐르면 그 터도 먼지로 변해 사라진다. 재상을 지낸 늙은이가 모든 것을 버리고 저자도로 은거해서 낚시를 하면서 자연의 흐름에 자신을 맡겼다면, 그의 삶에서 물러남이란 도대체 어떤 의미를 가지는 것일까. 단순히 죽음을 준비하기 위한 것일까, 아니면 새로운 삶을 준비하려는 것일까. 새로운 삶을 준비한다면 과연 어떤 패를 보일 수 있을까.

물론 멍하니 있는 시간, 아무 일도 하지 않고 지내는 시간이 필요하기는 하다. 그러나 그것은 삶의 굽이마다 잠시 필요한 것이지 일생을 통틀어 그렇게 살아간다는 것이 옳은 일인지 장담하기는 어렵다. 노인이 되기 전에 노인의 생각과 삶을 이해하는 것이 애초에 불가능한 일인 것처럼, 한가로움을 내세워 숨어 살아가는 일이 어떤 즐거움을 주는 것인지 알아채기란 힘들다. 작은 뱁새가 날이 저무는 무렵 숲속으로 깃드는 것을 보며, 거기에 어떤 즐거움이 있는지 궁금해 하는 것과 비슷한 이치다.

만년의 한종유가 낚싯대를 들고 저 아름다운 풍광 속을 노니는 것이 어떤 즐거움 때문이었는지 알 도리는 없다. 그러나 촘촘한 인연의 사슬로 묶여 어쩔 줄 모르는 중생들에게, 모든 것을 이룬 뒤 물러나서 숨어 지내는 그의 삶이야말로 얼마나 부러운 것인가. 매일 마주하는 작은 사물에게서도 뜻밖에 우주의 신비를 느낄 수 있으니, 숨어 산다고 해서 즐거움이 없는 것은 아니리라. 그것이 단순하게 늙음의 막바지에 필연적으로 만나게 되는 죽음이라는 존재를 만나기 위한 기다림이 아니라면, 우리는 숨어 사는 일의 즐거움이 세상살이의 수많은 즐거움 중에서도 몇 손가락 안에 꼽힐 만한 즐거움이라는 것을 짐작할 수는 있다. 예전의 많은 재자문인들이 그 즐거움을 희망해왔고 작품으로 노래했으며 실제로 그 즐거움을 현실 속에서 누렸다는 것을 알고 있기 때문이다.

숨어 살기도 어렵구나

근대 이전의 지식인들에게 은거는 출사出仕와 불가분의 관계에 있었다. 공자도 일찍이 갈파한 것처럼, 등용되면 나아가 벼슬을 하고 버려지면 물러나 은거한다(用之則行, 舍之則藏: 『논어』「술이述而」)는 것이 그들의 중요한 입장이었다. 게다가 재야에서 공부를 하는 학자라 해도 그들의 중요한 목표는 자신의 공부를 현실 속에서 실현해보는 것이었다. 특히 유학은 치자治者의 학문이었으므로 유자儒者의 공부는 사적인 것처럼 보여도 그 내밀한 지점에는 공적인 차원으로 내함하고 있는 것이었다. 『여씨춘추呂氏春秋』「심위審爲」에 나오는 말, '몸은 강호에 있으나 마음은 천자의 궁궐에 있다身在江湖, 心存魏闕'는 말은 어쩌면 유자의 기본 입장이었을 것이다.

그러나 임금이 있는 곳을 그리워하더라도 그가 있는 곳은 세상의 번잡함에서 한 걸음 물러서 있는 자리다. 벼슬을 하면서 귀거래를 되뇌이지만, 귀거래에도 현실적 조건이 없을 수 없다. 가장 먼저 부딪치는 문제는 역시 경제적 조건이다. 숨어 살아갈 곳에 자신의 터전을 마련하기 위해서는 돈이 있어야 한다. 그게 없다면 아무리 아름다운 은거라 해도 실현될 수 없다. 벼슬을 하지 않으면 딱히 경제활동을 할 수 없었던 과거의 지식인들에게, 은거를 선택하는 것은 쉽지 않은 현실이었다.

파산에 돌아와 누우니 세상 뜻 적어져　　　　坡山歸臥世情微

대낮에도 한가한 처마에 사립문은 반쯤 닫혔다.　白日閒簷半掩扉

서책은 저녁 다하도록 마주할 만하니　　　　黃卷政堪終夕對

붉은 티끌 어찌 능히 이 사이로 날아들랴.　　紅塵能向此間飛

맑고 서늘한 골짜기는 옥패 소리 울려주고　清泠澗壑鳴環珮

고요한 산봉우리 병풍처럼 둘렀어라.　　　窈窕林巒繞障幃

병중에 아이들 혼사 겨우 마치느라　　　　病裡僅成婚嫁畢

십년토록 연잎 옷 아직도 못 지었네.　　　十年猶未製荷衣

—김인후金麟厚, 「죽우당竹雨堂」, 『하서집河西集』 권10

죽우당은 청송聽松 성수침成守琛의 당호堂號이므로, 이 작품의 주인
공은 성수침이다. 그는 잠시 벼슬을 하다가 다시 고향인 파산坡山으
로 돌아왔다. 그러나 전원으로 돌아왔음에도 여전히 생활인으로서
의 책무 때문에 은자로서의 즐거움을 온전히 누리지 못했던 것으로
보인다. 물론 김인후는 성수침의 생활이 은자로서 부족한 것이었다
고 말하는 것은 아니다. 성수침의 가난한 삶이 비록 연잎 옷(연잎으로
만든 옷은 은자隱者의 상징이다)을 짓지 못할 정도라고 했지만, 그 자체만으
로도 이미 가난한 가운데 도를 즐기는(安貧樂道) 삶을 은연중에 강조하
고 있다. 붉은 티끌로 상징되는 세상의 시비가 끼여들 틈이 없을 정
도로 그의 삶은 책을 읽으며 도를 즐기는 일상에 푹 빠져 있다.

그러나 다시 한번 말하거니와, 평생 은거하여 오직 학문에 전념
하는 삶이 아름답고 고상한 것이기는 하지만 그것 역시 경제적 환
경이 해결되어야 가능하다. 당장 먹고 살 것이 없는데 어찌 책장을
넘기며 도를 말하겠는가. 가난을 편안하게 여기며 도를 즐기는 삶
을 꿈꾸지 않는 지식인이 어디 있으랴만 세상은 그들을 가만히 두
지 않는다. 세상살이가 호락호락하지만은 않은 탓이다.

언젠가는 알게 될 즐거움

숨어 사는 즐거움을 노래한 시는 많은 책 속에 차고도 넘친다.
그러나 숨어 사는 것에는 그 나름의 이유가 있다. 숨어 사는 사람의
인생이 만들어내는 결에 따라 숨어 사는 행위의 색깔이 만들어진

다. 자발적 은거부터 비자발적 은거에 이르기까지, 거기에는 숨어 사는 사람의 숫자만큼 많은 사연이 깃들어 있다. 때로는 풍류로, 때로는 눈물로, 때로는 원망으로 드러나는 삶이지만, 숨어 사는 사람들에게 상대항은 사람들의 욕망으로 가득한 속세다. 속세와 은거지 사이의 거리는 심리적인 것이지만 그 사이를 메우는 수많은 사연은 참으로 다채롭다.

한편으로 보면 은거는 공간의 차이로 만들어지는 것은 아닐 것이다. 장자莊子가 적절하게 지적했듯이, 뛰어난 은거자는 저잣거리에 숨어 사는 것이라고 했을까. 마음이 속세에서 멀어지면 내가 사는 곳이야 무슨 상관 있으랴. 중생의 좁은 소견으로야 숨어 사는 즐거움이 무엇인지 짐작하기는 어렵겠지만, 그래도 이따금씩 숨어 사는 즐거움을 상상하는 것은 내 삶의 여러 즐거움 중의 하나인 것은 분명하다. 세월과 함께 탈색되어가는 세속적 욕망을 희미하게 느끼면서, 어쩌면 나도 언젠가는 숨어 사는 사람의 즐거움을 알게 될 것이다.

밤비 내리는 소리

바람을 따라 밤중까지 내리는 봄밤의 비에 만물이 피어나는 것 하며, 소리 없이 내리는 봄비를 느끼는 그 마음이 어찌 그냥 얻어진 것이겠는가. 걸어 가야 할 길은 캄캄하지만, 그래도 그 밤을 지새우고 새벽이 되면 붉은 꽃을 보리라는 희망. 그것이 우리의 힘든 삶을 버티게 하는 큰 격려가 아니겠는가.

시간을 스치며 내리는 비

夜
雨

|마음을 울리는 빗소리|

문학청년 시절 혹은 문학소녀 시절, 한때 비 내리는 날을 좋아한 적 없는 사람이 있겠는가. 빗줄기를 하염없이 바라보며 생각에 생각을 거듭하다가 기어코 깊은 한숨을 내쉰 적 또한 없었겠는가. 그리하여 비 내리는 날의 눅눅한 방바닥마저 좋아하던 시절이 왜 없었겠는가.

비는 묘하게 사람의 마음을 끄는 매력을 지녔다. 생각해보면 비 내리는 날이 귀찮게 느껴진 것은 내가 문명의 이기에 길들여지면서부터였다. 비가 오면 운전을 걱정하고, 비가 오면 눅눅한 습기 가득한 공기를 짜증내며, 비가 오면 신발이 젖을까 조심한다. 우산 사이로 들이치는 빗줄기를 싫어하며 길바닥에 고인 물이 행여나 내게 튈까 봐 조심한다. 그렇게 나는 비와 멀어진다.

장마가 오래 지속되면 눅눅하고 무거운 분위기 때문에 내 생활도 그렇게 변한다. 눅은 김 조각처럼, 사지를 늘어뜨리고 앉아서 하염없이 흐린 하늘을 바라보곤 한다. 어떤 것에도 의욕이 생기지 않는다. 온몸은 끈적끈적한 느낌이다. 책상에 앉아보지만 글씨가 눈에 들어오지 않는다. 어느새 비는 내 삶에서 초대 받지 않은 손님이 된다.

저녁이 되면 서늘한 기운과 함께 몸도 생기를 되찾는다. 그러면 비 내리는 소리도 정겨워질 때가 있다. 하루의 일과가 끝나서 마음이 한가로워진 탓일까, 저녁을 먹은 뒤 창문이라도 열면 가늘게 내리는 빗줄기 저편으로 어둑하게 누워 있는 산등성이가 새삼스럽다. 자리를 잡지 못하고 떠돌던 내 마음이 괜히 진정이 되는 듯하다. 비는 낮이나 밤이나 똑같이 내리는데, 그것을 바라보는 내 마음이 변덕을 부리는 것이다. 마음의 변화에 따라 비는 느낌과 의미를 달리한다.

경쾌한 음악을 듣는 것처럼

여름에 만나는 비는 정말 다양한 느낌과 모습을 건넨다. 우리로서는 장마철이라 다른 계절에 비해 많은 양의 비를 만나기 때문에 그렇기도 할 것이다. 그러나 오랜 시간 동안 여름은 무더운 태양과 시원한 빗줄기의 이중주를 만나는 계절이었다. 자연히 그와 관련된 문학 작품도 꽤 많이 발견된다. 더위를 씻어주는 빗줄기의 이미지는 삶에 허덕이는 일상에 하나의 청량제처럼 작동하기도 했다.

여름비가 마음을 시원하게 씻어주는 것이라 해도, 도에 넘치는 순간 세상을 위협하는 무서운 존재가 된다. 장마가 우리를 힘겹게 하는 것도 모두 지나치기 때문이다.

장맛비 오래도록 그치지 않으니	霖雨久不止
저 만물들 어찌할거나.	其如萬物何
천시는 밤과 낮 어긋나고	天時昏晝錯
지리는 골짝과 언덕이 바뀌었구나.	地理谷陵訛
가마솥에 물고기 생기는 것 질리게 보았고	厭見魚生釜
보리가 나방 되었다는 말 깜짝 놀라 듣는다.	驚聞麥化蛾
오직 바다로 떠나갈 뜻만 남아서	唯餘浮海志
무릎 감싸고 길게 노래 부른다.	抱膝一長歌

—이행李荇, 「장맛비久雨」, 『용재집容齋集』 권5

이행(1478~1534)이 충주에서 귀양살이를 할 때 지은 작품이다. 귀양살이로 울울한 심정이 장맛비에 슬며시 이입되어 자신의 신세를 반영하고 있다. 천시와 지리야말로 하늘과 땅의 운행에 의해 일정한 법도를 가지는 것 아니던가. 낮과 밤이 어긋나고 골짜기와 언덕이 뒤바뀌는 현실이 정상일 리 없다. 오랜 비 때문에 부엌에 물이 차서 가마솥에서는 물고기가 생기고, 보리는 나방으로 변했다.[1] 세상이 뒤바뀌니 변괴가 일어난다.

그것은 단순히 장마 때문에 생기는 표면적인 변화만을 의미하지는 않는다. 세상이 제대로 굴러가지 못한다는 것은 뜻을 펴지 못하고 귀양살이를 하고 있는 자신의 처지와 은연중에 병치되고 있다. 미련(7~8구)에서 그가 뗏목을 타고 바다로 나갈 뜻을 가지고 무릎을 안고 길게 노래를 한다는 것은 자신의 뜻을 펼칠 생각을 여전히 놓지 않고 있음을 보여준다. 『논어』에서 공자는 도道가 세상에 펼쳐지지 않으니 뗏목을 타고 바다에 띄우겠다는 뜻을 피력한 적이 있다. 또한 제갈량이 유비에게 발탁되기 전, 무릎을 안고 길게 노래를 불렀다는 고사 때문에 '포슬음抱膝吟'은 뜻있는 선비가 자신의 회포를 펼쳐내는 것을 말한다. 이행은 장맛비가 오래 지속되는 자연 현상을 통해서 귀양살이로 인해 뜻을 펼치지 못하는 자신의 현실을 드러내고 싶었던 것이다.

물론 여름비라고 해서 왜 장맛비만 있겠는가. 종일토록 더워서 헉헉거리다가, 설핏 지나가는 소나기 한 줄기나 늦은 오후에 한바탕 쏟아지는 폭우에 얼마나 시원한 마음을 가졌던가.

앞산에 소낙비 지나가니	前山白雨過
마당가 송화 떨어진다.	堂畔松花落
홀로 서있으니 마음은 여유로워	獨立意悠悠
골짝 가득한 바람소리 고요히 듣는다.	靜聽風滿壑

---

1) 진晋나라 때 양주梁州에서 이레 동안 비가 내리자 보리가 나방으로 변하는 일이 생겼다고 한다.

— 이정李楨, 「사완당사절四玩堂四絕」 중에서 '여름비 솔바람夏雨松風」, 「구암선생집龜巖先生集」
속집續集

송홧가루 날리는 음력 4월쯤이었던 모양이다. 초여름 햇살 비치 던 어느 날, 먼 데 산에서 한바탕 소나기가 지나간다. 원래 '백우白 雨'는 폭우를 뜻한다. 갑자기 쏟아지는 비다. 한바탕 비가 지나자 집 옆 마당가에 섰던 소나무에서 송홧가루가 노랗게 떨어진다. 갑자기 서늘한 기분에 마음마저도 여유로워진다. 아무도 없는 집, 이정 (1512~1571)은 방에서 나와 혼자 툇마루에 선다(어쩌면 마당가에 섰을지도 모 르겠다). 소나기 지난 뒤끝이라 하늘은 구름 한 점 없이 푸르고 인적 은 없다. 들리는 것이라곤 오직 골짜기 가득한 바람이 소나무 숲을 스치며 내는 소리뿐이다. 그 순간 이정의 마음에는 한 조각 속기俗 氣도 없었으리라.

광란과 고요함, 그 사이에서 여름비가 스치듯 지나간다. 내 마음 도 그렇게 스치면서 세월과 함께 흐른다.

| 비와 함께 지새는 외로운 밤 |

고등학교 시절 최치원의 한시를 배웠다. '가을밤 비 내리는 속 에'라는 뜻의 '추야우중秋夜雨中'이라는 작품이다. 여기서도 가을 밤 빗소리를 듣는 나그네의 외로움과 쓸쓸함이 가득 들어 있다. 최치 원은 자신을 알아주는 이 하나 없는 낯선 땅에서 살아가야 하는 한 인간의 모습이 비 내리는 깜깜한 밤과 꺼질 듯 위태로운 외로운 등불의 선명한 대비를 통해서 절절하게 드러낸다. 그의 시에는 유독 밤비와 서정적 자아의 외로움을 노래하는 작품이 눈에 띈다.

여관에는 궁상스레 가을비	旅館窮秋雨
차가운 창엔 고요히 밤 등불.	寒囱靜夜燈
가련해라 근심 속에 앉아 있는 나여,	自憐愁裏坐
진실로 참선하는 스님 같구나.	眞箇定中僧

—최치원, 「우정에서의 밤비郵亭夜雨」, 『고운집』 권1

최치원의 가을밤 비 내리는 소리는 세상을 향해 울음을 우는 내면의 소리였을 것이다. 열두 살 어린 나이에 머나먼 중국으로 가서 열여덟에 과거에 급제하였으니, 어찌 보면 성공한 삶이라 할 수도 있다. 그렇지만 먼 변방 작은 나라에서 온 어린 아이를 누가 벼슬길에 천거를 할 것인가. 육두품이라는 신분의 한계 때문에 신라에서도 재능을 펼칠 수 없었고, 인적 네트워크 하나 없는 변방 출신이라는 한계 때문에 자신의 능력을 시험할 기회를 얻을 수 없었다. 그의 생애는 그렇게 요약될 수 있었다. 조국은 정치적 혼란으로 이미 기울었으니 일개 지식인의 힘으로 되돌리기에는 절망적인 상황이었다.

이 작품에서도 비 내리는 깜깜한 밤과 여관방의 외로운 등불이 함께 등장하면서 그의 마음을 드러내고 있다. 달 밝은 밤에 보이는 등불 하나와 비 오는 밤의 등불 하나는 전혀 다른 느낌을 준다. 외로움의 깊이도 달라진다. 아는 사람 하나 없을 객지의 여관방에서 등불을 마주하고 홀로 앉아 있는 그의 모습은, 자신이 봐도 영락없는 스님이다. 그것도 입정에 들어 미동도 하지 않는 스님이다. 그렇게 평생을 외로움 속에서 지냈으니, 그의 시에서 등장하는 가을비야말로 세상에 오롯이 홀로 남겨진 한 지식인의 마음을 대변하는 일종의 시적 상관물이다.

가을을 수확의 계절이라고 하면서 풍성한 이미지를 부여하는 경우도 많다. 더도 말고 덜도 말고 한가위만 하면 좋겠다는 말도 있으니, 가을의 풍성함은 한층 그 즐거움을 더한다. 들판에서는 풍년가가 울려 퍼진다. 풍년까지는 아니더라도 힘들게 살아가는 백성들이 그나마 나락 구경을 할 수 있는 때가 가을이 아니던가.

그렇지만 역시 가을은 조락凋落의 계절이다. 화려하고 무성했던, 뜨거웠던 태양의 계절 여름을 뒤로 하고 자신의 몸을 최소한으로 줄이기 위해 모든 것을 내려놓아야만 하는 것이 가을이다. 오행으로 보면 가을은 금金에 속하는, 모든 생명을 죽이는 숙살지기肅殺之氣를 드러내는 시기다. 서리라도 한바탕 내릴라치면 어제까지 푸르던 잎들이 순식간에 누렇게 변하면서 떨어진다. 생명의 사이클이 한 번 마무리되는 시기, 삶과 죽음을 고민하고 자신의 남은 생을 돌아보는 시기다.

조선의 걸출한 화가 김홍도(1745~1806?)의 그림 중에 「추성부도秋聲賦圖」가 있다. 구양수의 「추성부」를 소재로 하여 그린 작품이다. 어느 가을밤, 밖에서 무언가 소리가 들려서 혹시 비가 오나 싶은 마음에 동자를 불러 밖으로 나가 보도록 한다. 그러나 동자는 달만 환히 비춘다는 말을 전한다. 그렇게 시작하는 구양수의 글은 가을의 의미를 풀어내면서 깊은 생각 속으로 우리를 안내한다. 김홍도의 「추성부도」를 처음 본 것은 김홍도 탄신 250주년을 기념하기 위해 국립중앙박물관에서 마련한 특별전에서였다. 당시로서는 김홍도의 그림을 온통 망라해서 전시를 하는 것이었다. 김홍도의 그림을 보면서 여러 시간을 돌아다니다가, 힘겨운 발길을 옮기며 마지막 전시실로 들어갔다. 전시실로 들어서서 왼쪽을 돌자마자 벽에 거대한 검은빛 그림이 내 눈에 들어왔다. 얼마나 강렬한지 나는 순간 얼어붙은 듯이 서있었다. 오직 먹으로만 그린 거대한 그림 안에는, 방 안의 선비가 책을 읽다가 밖을 내다보고 있었고 창 밖에는 동자 하나가 달을 가리키며 서있었다. 그리고 그림 왼쪽으로는 구양수의 「추성부」가 단정한 글씨로 전문이 필사되어 있었다. 1805년에 그려진 이 그림은 김홍도가 죽기 전 마지막으로 그렸다고 전하는 작품이었다. 나는 그 그림 앞에서 한동안 박힌 듯이 서서 망연자실 바라보았다. 거기에는 깊은 가을 냄새가 가득 배어 있었고, 죽음을 앞에 둔 한 사내의 숨결이 있었으며, 그럼에도 불구하고 담담하게 자신의 삶을 지켜보는 작가의 눈길이 언뜻 비치고 있었다. 풍속도로만 알려진 김홍도의 진면목을 본 듯한 느낌이었다.

어쩌면 김홍도는 「추성부」를 읽으면서 자신의 삶도 늦가을로 접어들었음을 새삼 느꼈을지도 모르겠다. 화폭에는 온통 가을빛을 담은 나무들이 거친 필치 속에 달빛을 받고 있었다. 환청처럼 낙엽이 바스락거리며 옅은 바람에 굴러가는 소리가 들리는 듯했다.

가을비 종일토록 내리니	秋雨連朝暮
산 구름은 걷혔다 다시 덮인다.	山雲開復昏
오동나무엔 병든 잎 많아	梧桐多病葉
떨어져 사립문 감싸며 쌓인다.	零落擁柴門

　　—이응희李應禧,「가을비秋雨」,『옥담유고玉潭遺稿』

　　가을밤 오동나무에 달빛 비치면 그것을 바라보는 풍류는 이루 말할 수 없을 정도다. 그러나 비 내리는 가을이면 오동나무 잎은 축 처져서 볼품없이 떨어진다. 가을이 깊어 비에 젖은 잎들이 사립문 주변에 쌓이면 이제 겨울이 코앞이다. 그렇게 한 해가 저문다.

　　김홍도는 달이 훤하게 밝은 밤에 오히려 빗소리를 들었고, 이응희(1579~1651)는 비오는 날 오동나무 떨어지는 걸 본다. 가을밤은 비가 오든 오지 않든 비가 주는 쓸쓸하고 무거운 이미지를 느끼는 모양이다. 가을비와 함께 절대고독을 느끼며 생을 돌아보는 것이다.

▎비 오는 겨울밤, 벗이 그리워▎

　　겨울밤은 길다. 날도 빨리 저물지만, 저녁을 먹고 한참 동안 책을 읽어도 여전히 밤의 초입에서 서성거리고 있다. 문틈으로 한기가 스미고 이따금씩 눈보라 치는 소리가 들리는 밤은 어떻게 지새야 할지 머뭇거려진다. 읽던 책을 옆으로 밀쳐놓고 괜히 창문을 조금 열어 어두운 저쪽을 훔쳐본다. 아무 것도 보이지 않는다. 멀리서 등불만이 하나 깜빡거릴 뿐이다. 이런 날은 벗과 함께 한잔 술을 기울이고 싶어지지만, 인적 하나 없다. 세상에 자신만이 깨어 있는 듯한 외로움이 짙은 어둠과 함께 세상을 가득 채운다.

벗과의 정담은 시간 가는 줄 모른다. 꼭 벗이 아니더라도, 내가 좋아하는 일을 하거나 마음에 꼭 맞는 책을 읽을 때면 시간이 어떻게 지나는지 모를 정도로 빨리 지나간다. 기나긴 겨울밤을 함께 할 수 있는 벗이 있다는 것은 세상에 얻기 힘든 청복淸福이 아닐까 싶다.

겨울비는 재앙이 아닌 데다 가지 말라 만류까지 하니　冬雨非災也挽衣
인생길에 이토록 마음 흡족하기란 역시 드문 일.　人生意愜亦云稀
둥근 이끼 밟으며 수시로 찾아가서　苔錢踏破時常住
촛불이 다 타도록 밤 늦어도 돌아오지 않았지.　燭跋燒殘夜未歸
특별히 맑은 기쁨에 홍로처럼 취하고　特地淸歡紅露醉
그윽한 고향 꿈에 흰 구름 난다.　故山幽夢白雲飛
모름지기 알리니, 헤어진 뒤에 자주 재채기 나거든　須知別後勞頻嚔
바로 그대 그리워하며 생각하기 때문임을.　正是懷君念自依

—이익, 「정숙貞叔이 소주를 가지고 와서 함께 술을 마시다貞叔攜燒酒來飮」, 『성호전집』권2

겨울비가 내리는 날, 벗이 소주를 들고 찾아왔다. 이익(1681~1763)은 반가운 마음에 술잔을 나누다가, 벗이 돌아가겠다는 걸 만류하고 나선다. 정숙은 벗의 자字일 터, 아마도 고향 친구일 듯싶다. 세상 일이 뜻대로 되지 않으니 무슨 일을 마주해도 마음에 맞지 않는데, 벗과의 만남은 드물게도 마음에 흡족하다. '흰 구름 난다'는 것은 부모님 생각을 한다는 의미다. 당나라 때 적인걸狄仁傑의 고사다. 그가 태항산太行山에 있을 때 그의 부모님은 하양河陽에 있었다. 하늘에 흰 구름이 외로이 떠 있는 것을 보면 주변 사람들에게 "우리 부모님께서 저 아래 계신다"고 하면서 슬픈 표정으로 오래 바라보다가, 흰 구름이 다른 곳으로 옮겨가면 그제야 자리를 떠났다고 한다. 꿈속에서나마 부모님을 뵙고 싶은 마음을 표현하는 것을 보면 이들이 오래 전에 고향을 떠나 떠돌고 있었거나 혹은 부모님을 여의었을 것이다. 그리고는 벗에 대한 그리움을 다시 한번 표현한다. 재채기가 나면 자신이 벗을 그리워하는 마음 때문이라는 것이다. 우리의 속설에서도 재채기를 하면 누군가가 자기 이야기를 하기 때문이라는 말이 있는데, 중국에서도 그런 모양이다.

가족 구성원의 숫자가 적어지면서 우리는 점점 폐쇄적으로 변하는 것 같다. 자기 가족들과 시간을 보내는 것만이 좋은 삶인 것처럼 포장된다. 물론 가족들이 화목하게 많은 시간을 보내는 것은 좋은 일이다. 어떤 사회든 가족의 화목함이 사회의 안정과 조화를 가져올 것이라고 가르친다. 그렇지만 자기 가족만 챙기는 것은 사회의 다양한 관계를 축소시키기도 한다. 인간관계란 가족들 사이의 관계에서 시작하여 수많은 사회적 관계로 뻗어나간다. 내가 힘들 때 그 관계들이 나를 감싸준다. 그런 관계 중에서 벗과의 사귐은 얼마나 소중한 것인가.

겨울비 어지러이 내려 온 산이 어둑한데	冬雨紛紛暗四山
그윽한 회포 울울하고 고요하다.	幽懷鬱鬱寂寥間
하는 일 없이 한가하니 성정은 고요하고	閑無幹事性情靜
병 때문에 나다니지 않으니 온몸이 뻣뻣하다.	病不出行腰脚頑
아스라이 빛 더해져 시야를 가로막고	沼遞色添遮望眼
쓸쓸하게 소리 급하여 노쇠한 얼굴 재촉한다.	蕭疏聲急促衰顏
진정 섭리가 하늘의 뜻에 부합함을 알겠나니	定知燮理符天意
짐짓 아끼지 않고 뜻밖에 큰비 쏟아 붓는구나.	律外滂沱故不慳

─원천석元天錫, 「11월 23일 비가 내리다十一月二十三日有雨」, 『운곡행록耘谷行錄』 권3

소중한 것들과의 관계가 원만하지 못하면 겨울은 정말 우울한 계절이다. 어떤 계절이든 다 그렇긴 하다. 소중한 것들이 단순히 주변의 인간관계에 국한되는 것은 아니다. 시대와의 조화도 따지고 보면 정말 소중하다. 우리의 삶이 언제나 조화로운 상태를 유지할 수는 없는 일이지만, 시대와의 불화는 언제나 지식인들의 고민거리였다.

계절이 주는 상념들은 각각의 계절적 이미지에 영향을 받는 것처럼 보인다. 그렇다면 겨울은 어떨까. 여름이 밝고 경쾌한 느낌이라면 겨울은 어둡고 무겁다. 여름날의 소나기와 겨울의 찬비는 전혀 다른 이미지로 다가온다. 화로를 옆에 끼고 앉아 정담을 나누는 것이 아름다운 것은 방 밖을 어둡고 무거운 겨울이 포위하고 있기 때문이다. 어둠이 짙을수록 희미한 등불 하나가 아름다운 희망이 될 수 있듯이, 겨울이 무거울수록 화로의 따스함은 그 강도를 더한다.

그렇지만 여전히 겨울은 천지 만물을 땅 속으로 묻어버린다. 살아 움직이던 것들은 눈보라에 밀려서 어디론가 사라져버리고, 푸른 빛은 온통 눈에 덮여 생사조차 가늠할 수 없다. 노쇠함 때문에 더이상 세상에 대한 희망마저 접은 사람들에게 겨울은 특별한 의미로 다가온다. 마음은 고요하되 몸은 뻣뻣하다. 그것은 죽음에 비의될 수 있다. 겨울 빛은 시야를 가로막고, 겨울비 내리는 급박한 소리는 자신의 노쇠함을 재촉하는 듯하다. 원천석(1330~?)은 자신의 고려가 막을 내리고 그들의 조선이 건국되는 것을 지켜보면서, 역사에 대한 깊은 고민을 했을 것이다. 더이상 자신이 기여할 바가 없는 상황, 겨울비를 보면서 다시 한번 우주 운행의 섭리를 생각한다.

| 가슴 설레는 봄비 |

봄비에 가슴 설레 보지 않은 청춘이 어디 있으랴. 다소 통속적이긴 하지만, 여전히 봄비는 사람의 마음을 들뜨게 하는 매력이 있다. 그것은 긴 겨울을 지나 비로소 따스한 햇살과 푸른빛 감도는 천지를 마주한 사람의 마음 때문일지도 모르겠다. 가을비가 생명의 조락을 재촉하는 느낌이 있다면, 봄비는 생명의 탄생을 재촉하는 느낌이 있다. 그것은 수많은 옛 문인들이 그렇게 읊기도 했지만, 그들의 문학 작품을 어렸을 때부터 읽어오면서 나도 모르게 세뇌되었던

탓도 있을 듯싶다. 그렇지만 막상 봄비를 마주하면 나는 우주를 향해 온몸을 열고 모든 것을 내려놓게 된다. 어느새 무장 해제되어 있는 나 자신을 보면서 봄비의 부드럽고 강렬한 기운을 느낀다.

20대 후반, 잠시 국어 선생으로 근무한 적이 있다. 당시 나는 국어와 함께 한문 과목도 담당하고 있었다. 새로운 한자를 익히고 문장을 번역하면서 한문 수업을 진행하던 나에게, 연구수업을 하라는 지시가 떨어졌다. 남 앞에서 내 수업을 공개하는 것은 그때나 지금이나 참 껄끄럽고 민망한 일이다. 장학사와 주변의 한문 교사들, 교내의 국어와 한문 교과 교사들 앞에서 연구수업을 해야 할 처지에 놓이게 되자 그때부터 내 고민이 시작되었다. 내 수업은 중학교 때부터 배워왔던 한문 선생님들의 수업 방식에서 한 치도 벗어나지 않는, 그야말로 구태의연한 것이었다. 연구수업이니 그래도 뭔가 새로운 것을 보여줘야 하지 않을까 고민하면서 아이디어를 짜내기 시작했다.

마침 내가 가르치던 단원이 한시였으므로, 나는 한시가 가진 운율이 얼마나 울림성이 뛰어난지, 그리고 한자 하나하나가 가지고 있는 이미지가 얼마나 절묘하게 배치되어 있는지를 보여주기로 했다. 한시를 중국어로 읽은 음성 자료를 마련하고, 한시의 글자 배치와 이미지의 연결을 그림으로 그려서 괘도를 만들었다. 지금이야 컴퓨터 자료화면을 쓰면 되지만, 그 당시는 괘도를 썼기 때문에, 밤 늦도록 그것을 만드느라 고생을 했다. 그렇게 연구수업을 마친 뒤 저녁에 회식을 마치고 자취방으로 들어갔다. 씻지도 못하고 깜빡

잠이 들었다가 깨보니 새벽 3시쯤이다. 부스스한 표정으로 일어나 앉으니, 흐릿한 형광등 아래 어지러운 방안 풍경이 눈에 들어온다. 주변이 낯설었다. 순간 이상한 기분이 들어 감각을 끌어올리니, 무언가 희미한 소리가 귓전을 간지럽힌다. 이게 뭘까. 들릴 듯 말 듯 한 소리에 한참을 앉았다가, 일어나 창문을 여니 칠흑 같은 어둠 속에서 보슬비가 내리고 있었다. 보슬비 소리도 들을 수가 있구나, 하는 신기한 생각에 밖으로 나가니 언제부터 내렸는지 보드라운 봄비가 온 천지를 촉촉하게 적시고 있었다. 그날 연구수업을 했던 작품 역시 봄비를 소재로 한 것이었는데, 뒤늦게야 나는 봄비의 섬세한 이미지와 감각들을 체험으로 알 수 있었던 것이다.

봄비 가늘어 방울도 듣지 않더니　　　　　　　春雨細不滴
밤중 되어 미세하게 소리가 났다.　　　　　　夜中微有聲
눈 녹아 남쪽 시내 물이 불었으니　　　　　　雪盡南溪漲
싹들이 얼마쯤 돋아났으리.　　　　　　　　　多少草芽生[2]

―정몽주, 「봄春」, 『포은집』 권2

미세한 봄비 소리를 듣는 사이, 이제 눈도 모두 녹아 시내는 봄물[春水]로 가득하다. 그 비 덕분에 새싹들이 어느 정도 머리를 내밀었

---

2) 『동문선東文選』에는 이 작품의 제목이 「春興봄의 흥취」으로, 마지막 구절이 '草芽多少生'으로 기재되어 있다. 여기서는 정몽주의 문집에 따라 인용하고 번역하였다.

을 터이다. 비로소 기나긴 겨울이 지나고 생명 약동하는 봄이 된 것이다. 그 기쁨과 기운이 생생하게 느껴진다.

정몽주의 시를 읽으면 중국의 시성詩聖 두보의 「봄밤에 반갑게 내린 비春夜喜雨」라는 작품이 떠오른다. 두보의 시 중에서는 흔치 않게 밝고 힘찬 느낌을 주는 작품인데, 나는 고등학교 시절 『두시언해』에서 처음 읽었다. 그 이후 봄비에 관한 작품으로 가슴에 깊이 남는 시가 되었다.

좋은 비는 내려야 할 때를 알고 있어	好雨知時節
봄이 되면 만물을 싹트게 하는 법.	當春乃發生
바람을 따라 조용히 밤중까지 내리되	隨風潛入夜
만물에 생기 돌게 하면서도 가늘어 소리조차 없다.	潤物細無聲
들길도 비구름과 더불어 까만데	野徑雲俱黑
강에 뜬 배엔 고기잡이 불빛만이 밝다.	江船火燭明
새벽녘에 붉게 젖은 곳 바라보게 된다면	曉看紅濕處
그곳은 꽃이 활짝 핀 금관성이리.[3]	花重錦官城

―두보, 「봄밤에 반갑게 내린 비」

만물이 소생하는 계절이라고 관용적으로 봄을 설명하지만, 그 관용어구가 가슴에 들어와서 감동으로 느껴지는 사람이 얼마나 될까

---

[3] 번역은 다음에서 인용하였다 : 이영주 외 역해, 『완역 두보율시』(명문당, 2005), 585쪽.

싶다. 그것은 거센 눈보라를 견뎌본 사람만이 알 수 있는 감정이 아 닐까. 어려움을 넘어본 경험이 없는 사람에게 봄은 그저 따분한, 햇 살 비치는 나른한 오후로 연상할 수 있다. 흥미롭게도 위의 작품은 두보가 전란과 가난 때문에 고생을 하다가 성도成都에서 가족들과 안온한 생활을 할 무렵 지어졌다. 그의 눈에 보이는 저 붉은 꽃들이 어찌 그냥 피어난 것이겠는가. 바람을 따라 밤중까지 내리는 봄밤 의 비에 만물이 피어나는 것 하며, 소리 없이 내리는 봄비를 느끼는 그 마음이 어찌 그냥 얻어진 것이겠는가. 걸어 가야 할 길은 캄캄하 지만, 그래도 그 밤을 지새우고 새벽이 되면 붉은 꽃을 보리라는 희 망. 그것이 우리의 힘든 삶을 버티게 하는 큰 격려가 아니겠는가.

| 다시 봄비를 기다리며 |

나는 어떤 일이든 적절한 것이 좋다. 그 적절함의 기준이 어느 정도일지 표현해낼 재주는 없지만, 누구나 마음속으로 자신의 적정 선을 그릴 수 있지 않은가. 특별히 흥분하거나 지나치게 기운이 저 하되어 있는 경우만 아니라면, 자기만의 적절함을 가지고 있다고 생각한다. 그 적절함을 지키면서 살고 싶다. 그것은 사회적 처지나 경제적 차이를 따지기 이전에, 인간으로서 가져야 할 일종의 품격 이 아닌가 싶다. 자유롭게 자신의 생각을 표출하고 본능에 따라 사 는 것이 삶을 마음껏 즐기는 중요한 조건이라 해도, 나는 적어도 적 절함을 지키면서 품격 있게 살아가는 삶 역시 아름답다고 생각한다. 어쩌면 이런 것이 20대의 생각에 적절하지 않을 수도 있으리라. 그렇다 해도 나는 인간의 삶에서 품격의 문제는 정말 중요하다고 생각한다.

봄비는 다른 계절에 내리는 비에 비해 적절함의 아름다움을 가지고 있다. 적절한 비가 생명을 틔우고 우리의 삶을 윤택하게 한다. 봄비를 노래하는 시구들은 식상해 보이지만, 봄비를 느끼는 우리 마음은 해마다 새롭다. 어쩌면 20세 무렵에는 제대로 느끼지 못했을 저 봄비의 설렘을 이제야 알 것 같다고 하면 너무 늦은 고백일까. 언제나 밤비를 보고 들으면서 세월의 흐름을 읽곤 했지만, 여전히 봄비가 주는 그 설렘을 오래도록 간직하고 싶다.

옛시에 매혹되다

1판 1쇄 발행 2011년 10월 20일
1판 2쇄 발행 2012년 12월 20일

지은이 | 김풍기
펴낸이 | 김이금
펴낸곳 | 도서출판 푸르메
등록 | 2006년 3월 22일(제318-2006-33호)
주소 | 121-869 서울시 마포구 연남동 568-39 컬러빌딩 301호
전화 | 02-334-4285~6
팩스 | 02-334-4284
E-mail | prume88@hanmail.net
인쇄 · 제본 | 한영문화사

ⓒ 김풍기, 2011

ISBN 978-89-92650-44-1 03810

이 도서의 국립중앙도서관 출판시도서목록(CIP)은 e-CIP홈페이지(http://www.nl.go.kr/ecip)와
국가자료공동목록시스템(http://www.nl.go.kr/kolisnet)에서 이용하실 수 있습니다.
(CIP제어번호: CIP2012006047)